家藏文库

黄庭坚诗选

〔北宋〕黄庭坚　著　　陈永正　注解

中州古籍出版社
·郑州·

图书在版编目（CIP）数据

黄庭坚诗选 /(北宋) 黄庭坚著；陈永正注解. —郑州：
中州古籍出版社，2018.7
（家藏文库）
ISBN 978-7-5348-7919-7

Ⅰ.①黄… Ⅱ.①黄… ②陈… Ⅲ.①古典诗歌–诗集–
中国–北宋 Ⅳ.①I222.744.1

中国版本图书馆CIP数据核字（2018）第148349号

家藏文库：黄庭坚诗选

选题策划　卢欣欣　赵发杰
约稿统筹　卢欣欣
责任编辑　张　佳
责任校对　周　靖
封面设计　王　歌
版式设计　曾晶晶

出　版　中州古籍出版社
　　　　　地址：河南省郑州市经五路66号
　　　　　邮编：450002
　　　　　电话：0371-65788693
经　销　新华书店
印　刷　郑州市毛庄印刷厂
版　次　2018年7月第1版
印　次　2018年7月第1次印刷
开　本　640毫米×960毫米　1/16
印　张　17.75印张
字　数　220千字
定　价　29.00元

前　言

一

　　黄庭坚，字鲁直，自号山谷道人，又号涪翁。北宋洪州分宁（今江西修水县）人。宋仁宗庆历五年（1045）生。父庶，字亚夫，庆历进士，知康州，赠中大夫，有《伐檀集》。黄庭坚是一位多才多艺的诗人、词人、文章家、书法家。宋神宗年间，曾任过地方上的县官、学官。历官汝州叶县尉，任北京国子监教授，知吉州太和县。宋哲宗即位后，被召为秘书省校书郎，修《神宗实录》检讨官。后擢起居舍人。宋徽宗绍圣初，新党谓其修史"多诬"，贬涪州别驾，安置黔州（今重庆彭水县）、戎州（今四川宜宾市）等地。最后卒于宜州（今广西宜州市），年六十一岁。兄大临，弟叔献、叔达、苍舒、仲熊。妻孙氏，继室谢氏。子相，女睦。

　　北宋中后期，以王安石为首的"新派"跟以司马光为首的"旧派"反复斗争，黄庭坚属于旧派中人，他的政治生涯也随着旧派势力的消长而升沉变化。但他一生从未居于要职，握有大权。他在地方任上，有机会接近下层，能关心老百姓的疾苦，为农民做了一些好事。他对王安石变法的看法比较客观，从没有像司马光那样持全面否定的态度。但他对新法的一些弊病是看得很清楚的，正如陆佃在熙宁年间从山阴到汴京，把沿途所见向王安石汇报的那样："法非不善，但推行不能如初意，还为扰民。"在新派当权时，黄庭坚执行了新法，但在具体实施时敢于作了一些便民的修改；旧派得势时，他对变法被全部废弃而感到惋惜。他很倾慕王安石的道德文章，颂美王是"贤辅"，在王安石逝世后，还写了好几首诗表示深切的悼念之情。吴聿《观林诗话》引山谷云："余从半山老人（王安石号）得古诗句法。"可见王对他的影响。

黄庭坚，在文学史上与苏轼并称。宋代的"苏黄"，其地位与成就仅次于唐代的"李杜"。黄对后世的影响，在某些方面也许还超过了苏轼。人们习惯把他称作山谷，以与东坡并列。山谷被奉为影响有宋一代的"江西诗派"的祖师，后人常把山谷诗的艺术风格作为整个宋诗的代表。称赞他的人说，山谷"会萃百家句律之长，究极历代体制之变"（刘克庄《江西诗派小序》），甚至认为山谷诗"句法尤高，笔势放纵，实天下之奇作。自宋兴以来，一人而已"（蔡正孙《诗林广记》之《豫章先生传赞》）。但也有人批评他"乃邪思之尤者"（张戒《岁寒堂诗话》）、"剽窃之黠者"（王若虚《滹南诗话》），说他的作品是"狞面目恶气象"（冯班《钝吟杂录》）的劣诗。直至近世，在不少文学史、批评史著作中都把他称作"反现实主义"的诗人。对这样一位在中国文学史上影响很大而又有争议的作家，我们应如何客观地、历史地、全面地作出恰当的评价？

一个作家的创作实践，是检验作家本人思想倾向的最重要的标准。山谷诗，有一个最大的特色，就是在诗歌语言艺术上的革新精神。山谷跟东坡一道，在中国古典诗歌深厚的传统基础上，开拓了宋诗新的诗境，为中国诗歌的发展做出了贡献。他继承了北宋初年苏舜钦、梅尧臣的诗体改革的主张，反对风靡一时的浮华、庸俗的文风，通过自己大量的有独特个性的艺术作品，给当时和后世的诗歌创作以巨大的影响。人们称这独创的诗体为"黄庭坚体"。赞美他的人评论山谷诗"包含欲无外，搜抉欲无秘，体制通古今，思致极幽眇。贯穿驰骋，工夫精到。虽未极古之源委，而其植立不凡，斯亦宇宙之奇诡也"（罗大经《鹤林玉露》引陆九渊语），或说"山谷专意出奇"（吴乔《围炉诗话》），"自出己意以为诗"（严羽《沧浪诗话》）。这都说明了山谷的独创精神。他要达到"不践前人旧行迹，独惊斯世擅风流"（张耒《读黄鲁直诗》）的目的，要自辟蹊径，戛戛独造，敢于探索，勇于革新。向着更高目标前进的人们，在艰苦的途程中，往往会有成功或失败的经验，也许失败的经验会更多些，受到的压力会更大些。山谷大概也是属于这一类的探索者吧！

　　山谷，是个真正的诗人。他把写诗作为自己毕生的事业，所以，他的创作态度是非常严肃认真的。"一句一字，必月锻季炼，未尝轻发。"（任渊《山谷内集诗注·序》）一首诗，从构思到完篇，往往要累月方成。山谷《与晁尧民帖》中谈到他写《送范德孺知庆州》一诗的经过："范五诗至今未成，比年几月四十日，不曾着一句。"精思苦想，成诗后还反复修改，寄给朋友提意见，到最后编诗集时还认真删除。他的哥哥黄大临说："鲁直旧有诗千余篇，中岁焚三之二，存者无几。"（叶梦得《避暑录话》）可见山谷对自己的要求是多么严格了。

　　山谷诗的内容，比起同时代的王安石、苏轼的诗来是比较贫乏的，但也有一些较真实地反映北宋中后期的历史情况和社会现状的好作品。像本书所选的《流民叹》《戏和答禽语》《送范德孺知庆州》《蚁蝶图》等，都深深打上了时代的烙印——反对统治阶级的苛政，对人民的疾苦表示同情，关切宋朝与契丹、西夏之间的日益尖锐的民族矛盾斗争。但这些"爱民忧国"的诗篇在山谷全集近两千首诗中毕竟是少数。这不能不是山谷诗严重的缺陷。

描述个人的生活经历、亲友间的交谊,这类诗在全集中占了三分之二以上。这些诗歌,表现了封建时代知识分子的理想和抱负,抒发了他们失意时的感慨。诗人珍惜那金石般坚贞的亲情友谊,把诗当成日常往来的书信,次韵、和答、有赠、有怀,热情的鼓励,亲切的劝勉,共同分享着生活中的欢乐与悲哀。即使处处是罗网,每句诗都可以构成文字狱,诗人们深挚的情谊依然在维系着,哪怕因此被贬官,被流放,总还是感到"难答故人情"!在这一类诗当中有不少是百世传诵的名作。

此外,山谷诗还有为数不少的题咏之作。有些是所谓"托物寄讽"的,但多数是描写日常生活中琐屑的事物,表现士大夫悠闲的趣味。一般说来,这些诗在艺术形式上比较讲究,技法纯熟,在今天还有一些借鉴作用。

黄山谷,对中国古典诗歌影响最大的,是他以自己大量的创作实践,总结出一套较完整的诗歌创作技艺,指示人们作诗的规矩方法,以至后来形成一个笼罩两宋百年的有力的诗派。其流风余韵远被于近代,清末的"宋诗运动",也许就是"江西诗派"最后的回光返照了。

二

对这样一位在中国文学史上影响很大而又有争议的作家,今天,研究者应客观地、历史地、全面地作出恰如其分的评价。要了解黄山谷的诗,必须了解其渊源。黄山谷是在全面地学习优秀文化遗产的基础上,创作出有着自己独特风格的诗歌。

黄山谷的诗,诗人"自以为出于《诗》与《楚辞》"(刘克庄《后村诗话》引张嵲评语)。其实，山谷主要还是"规模汉、魏以下"的诗人，其中第一位是陶渊明。山谷欣赏陶诗简放自然的诗风，因为陶诗"妙在和光同尘"(《赠高子勉四首》)，超乎成法之外，达到"意在无弦"的境界，这是山谷努力追求而未能实现的。山谷晚年的一些作品，如《跋子瞻和陶诗》《追和东坡题李亮功归来图》等，妥帖浑成，纯以意胜，就是宗法渊明的结果。楼钥谓"山谷晚年诗皆是悟门"(《攻媿集》卷七十)，也是说山谷悟得陶诗超妙之处，而渐臻寓有法于无法之高境。

前人指出，山谷曾对六朝诸家如谢灵运、徐陵、庾信等下过实在功夫，山谷诗"佳处往往与《古乐府》《玉台新咏》中诸人所作合"(张嵲评语)。在黄诗中，可窥见谢灵运的"瘦硬、艰难、奇峭"(潘伯鹰《黄庭坚诗选·前言》)、庾信的"锤炼密栗"(何绍基《东洲草堂文钞》)，至如《赣上食莲有感》《清人怨戏效徐庾慢体》等诗，情致婉转，语言优美，亦与六朝乐府和徐庾体诗相近。

然而，山谷一生所师法的诗人还是杜甫。山谷"自言学杜子美"，而"子美之诗，得山谷而后发明"(张戒《岁寒堂诗话》卷上)。山谷是学杜而又有所发展的一位杰出诗人。他称赞老杜诗，"无一字无来处"(《答洪驹父书》)，特别是杜甫到夔州后的诗，"不烦绳削而自合"，"句法简易，而大巧出焉。平淡而山高水深，似欲不可企及。文章成就，更无斧凿痕，乃为佳作耳"(《与王观复书》)。又谓："杜子美诗妙处，乃在无意于文。夫无意而意已至，非广之以《国风》《雅》《颂》，深之以《离骚》《九歌》，安能咀嚼其意味，闯然入其门耶?"(《大雅堂记》)从这些议论中，可以看到山谷学杜的宗旨，通过学习杜甫的诗法，以达到"理得而辞顺"的"出群拔萃"的高境。

山谷学杜，自有其渊源。他的父亲黄庶、先后两位岳父孙觉和谢景初、母舅李常都是专学杜诗的。黄庶论诗推重杜、韩,其诗戛戛独造,实开江西宗派之先。山谷从小在师长的熏陶下,精研诗法。山谷除了直接取法师长外,还通过各条不同的途径达到学杜的目的。其一是自韩入杜。韩愈觑定老杜诗中奇崛一途,用功深造,硬语盘空,摆落陈言,山谷亦极力效之,"专取其苦涩惨淡、律脉严峭一种"(方东树《昭昧詹言》卷八)。山谷有些诗作,"雄健太过,遂流而入于险怪"(张嵲评语),正是由酷学杜、韩而致的。奇怪的是,山谷学杜,竟招致以学杜自矜的史舜元、胡应麟、何景明、钱谦益等人的讥弹,说山谷"于少陵初无关涉","绝与杜不类"。其实山谷学杜,岂徒模拟形貌,如明七子辈优孟衣冠者,可喜处正于似与不似之间,而得杜之真意耳!

还应注意山谷诗和李商隐及西昆体诗的关系。西昆体诗,布局细密,标榜学习李商隐,重视句律,组织华丽,声调优美,而李商隐诗又是能"得老杜之神髓"者。山谷吸取李商隐和西昆体诗在布局句律上的功夫,加以杜甫沉雄的气骨,形成自己独特的风貌。

此外,宋初的梅尧臣以及稍后一些的王安石都给山谷有益的影响。梅尧臣诗"覃思精微"(欧阳修《六一诗话》),"初如食橄榄,真味久愈在",而山谷诗亦有人评说"如食橄榄,始若苦涩,咀嚼既久,味满中边"(沈涛《瓠庐诗话》)。梅尧臣主张作诗要"意新语工,得前人所未道者"(《六一诗话》),也是与山谷的见解一致的。王安石诗本学韩愈,思致深妙,山谷自云:"余从半山老人(王安石)得古诗句法。"作为苏门四学士之一的黄庭坚,自然也不可避免地受到苏轼的影响。苏轼才气奔放,崇尚自然,主张"出新意于法度之中,寄妙理于豪放之外"(《书吴道子画后》),求新求变,以议论为诗。山谷没有模仿苏诗的风格,而吸取了它的变革精神,自成面目。

山谷在诗文中一再声称"随人作计终后人，自成一家始逼真"（《以右军书数种赠丘十四》），"我不为牛后人"（《赠高子勉四首》）。所以，他的诗作也力求"极风雅之变，尽比兴之体，包括众作，本以新意"（《王直方诗话》），成为宋诗独特艺术风格的代表作品。

黄山谷诗"体致新巧，自作格辙"（范季随《陵阳先生室中语》），人们称这独特的诗体为"黄庭坚体"或"山谷体"，"后学者同作并和，尽发千古之秘"（吕本中《江西诗社宗派图·序》）。甚至苏轼作诗，也"效庭坚体"，可见山谷诗巨大的影响了。严羽《沧浪诗话》指出："宋诗至东坡、山谷，始自出己意以为诗，唐人之风变矣。山谷用工尤为深刻，其后法席盛行，海内称为江西宗派。"宋诗到了山谷，可以说已完成自梅尧臣、欧阳修开始的诗风的转变，始有别于唐诗而在中国诗坛上自树一帜，自此，也开始了历时八百年之久的唐、宋诗门户之争。

三

山谷的诗，前人每许其"格高"。陈善谓山谷"诗格遂极于高古"（《扪虱新语》下集卷三）。方回称"诗以格高为第一"，并谓陶渊明、杜甫、黄庭坚、陈师道"四人为格之尤高者"（《唐长孺艺圃小集序》）。王士禛引林季野语亦谓山谷诗"未必篇篇佳，但格制高耳"（《渔洋诗话》卷一）。所谓"格"，在这里当指诗歌的艺术形式、语言风格而言。普闻《诗论》对此作了明确的解说："诗家云，炼字莫如炼句，炼句莫若得格，格高本乎琢句，句高则格胜矣。天下之诗，莫出于二句，一曰意句，一曰境句。境句则易琢，意句难制。境句人皆得之，独意不得其妙者，盖不知其旨也。所以鲁直、荆公之诗出于流辈者，以其得意句之妙也。"由此知之，格高，须从句法诗律而来。黄庭坚和江西诗派的作家，非常重视诗法技巧，讲究篇章结构的安排，精研句法、句眼。山谷还特别提出"以俗为雅，以故为新"的宗旨，运用"点铁成金""夺胎换骨"的手法，用事运典，力求工切，音节韵脚，皆别出心裁。下边着重讨论山谷诗的艺术特色和诗法。

严密的谋篇结构的法度。宋诗自梅尧臣、欧阳修以来，已有散文化的倾向，山谷更把韩愈写文章的法度用于作诗，要求一篇上下，都有线索可寻；每句每段，都要安排得法，使之曲折变化。但山谷主张的"布置"，并不是试帖诗那种僵化的规格，村学究式的"起、承、转、合"，而是要"奇正相生"，寓有法于无法之中，最后达到"无意于文"的浑成之境。"曲折"，是山谷诗章法的特色。要做到能曲折，诗中无论长篇短章，往往采取"多层次"的结构形式，每一两句即成一段，随即换意。长篇如《次韵子瞻题郭熙画秋山》《武昌松风阁》等，皆波澜开阖，层次曲折；跌宕有势。七律如《次元明韵寄子由》诗，八句有四个层次，每句又自成一层，曲折有味。故方东树谓："此诗足供揣摩取法。"（《昭昧詹言》卷十二）

山谷诗的章法，还特别注意到层次与层次、句与句之间的承接转折关系。如方东树云："转折如龙虎，扫弃一切，独提精要之语。每每承接处，中亘万里，不相联属，非寻常意计所及。"所谓"中亘万里"，亦即前人常说的"草蛇灰线"之法。读山谷诗有时会遇到这样的情况：作者的思路好像突然断了，上下两句、前后两段接不上榫。这正像电影中的蒙太奇手法，镜头一下子转换，场面突然改变，其中还是有内在联系的，读者要用自己的想象去补充它。这样，文字更简练，诗意也更含蓄。如《次韵裴仲谋同年》诗："交盖春风汝水边，客床相对卧僧毡。舞阳去叶才百里，贱子与公俱少年。白发齐生如有种,青山好去坐无钱。烟沙篁竹江南岸,输与鸠鹚取次眠。"颔联二句,追述与友人交游情事。字面极平常,句意似乎也很易了解,但实际上是经作者千锤百炼的。它的构思,已突破唐人习见的成法,摆脱了"云对雨、雪对风"的冬烘学究的呆板样式。字面对得不甚工切,句意也相去甚远,但一句一意,合起来给读者以生新之感。颈联二句,截断追忆,笔意向纵深方面作新的开拓,使全诗气势振起。

山谷尤善使用"逆笔"。所谓逆笔,是与顺笔相对而言的,"意未起而先迎之,势将伸而反蓄之"(翁方纲《黄诗逆笔说》)。势似欹而反正,力避平铺直叙,以达"沉郁顿挫"之高境。如《再答元舆》诗起处:"君不能入身帝城结子公,又不能击强有如诸葛丰。法当憔悴百寮底,五十天涯一秃翁。"起二句逆入,跌宕有势。真所谓"宁涩毋滑","笔笔断,笔笔续",这也是山谷得自老杜而加以发展的。

山谷非常注意诗歌的起和结。"山谷之妙,起无端,接无端","凡起一句,不知其从何来"(《昭昧詹言》)。读山谷诗,常见到这样劈空而起的句子:"十年不见犹如此,未觉斯人叹滞留。"(《闰月访同年李夷伯子真于河上,子真以诗谢,次韵》)"壮气南山若可排,今为野马与尘埃。"(《过方城寻七叔祖旧题》)终篇处,也是匪夷所思。山谷云:"作诗正如作杂剧,初时布置,临了须打诨,方是出场。"所谓"临了须打诨",就是说,在结处须别出心裁,摆脱上文的拘系,在意境、句法、用笔上皆作急剧的转换,迥出常人的意表,如陈长方《步里客谈》所云:"古人作诗断句,辄旁入他意,最为警策。"

句法,是山谷诗法的独得之秘。讲究句法,也是江西派诗的一大特色。山谷在诗文中多次提到句法的重要性:"无人知句法,秋月自澄江。"

(《奉答谢公定与荣子邕论狄元规孙少述诗长韵》)"寄我五字诗,句法窥鲍谢。"(《寄陈适用》)"比来工五字,句法妙何逊。"(《元翁坐中见次元寄到和孔四饮王夔玉家长韵》)"句法俊逸清新,词源广大精神。"(《再用前韵赠子勉四首》)所谓句法,黄庭坚为之定下了最高准则:"但熟观杜子美到夔州后七律诗,便得句法简易,而大巧出焉。平淡而山高水深,似欲不可企及,文章成就,更无斧凿痕,乃为佳作耳。"(《与王观复书三首之二》)"观杜子美到夔州后诗,韩退之自潮州还朝后文章,皆不烦绳削而自合矣。"(《与王观复书三首之一》)这种"大巧"的"简易",是不易做到的。千锤百炼,炉火纯青,山谷自己晚年的一些诗作,如《题李亮功戴嵩牛图》等,才能达到句法简易的高境。

山谷诗的主要倾向,还是"句法奇创"。使用一些特殊的手法,摆脱一切凡近的语词意境,给读者以深刻的印象。山谷的句法内容丰富,简单归纳,可有以下几点:

(一)锻炼句意,力求生新。在句子结构上,不按正常的语法规律,把主语、谓语、宾语的次序颠倒过来,或删去一些句子成分,或把两个意思紧缩在一句中,以使句意曲折,文气跌宕。如《次韵王定国扬州见寄》诗:"飞雪堆盘鲙鱼腹,明珠论斗煮鸡头。"这里用倒装的句子,表现出奇峭的风格。又《次韵高子勉十首》诗"寒炉余几火?灰里拨阴何",两句以拨火设喻,教导学生:要通过亲身实践,努力探索,才能悟出道理,写出好诗来。阴何,指六朝诗人阴铿和何逊。而"拨阴何",意说在炉灰中拨出阴、何那样好的诗来。句法奇绝,也构成一幅冬夜围炉吟咏的画图,用意比杜甫"颇学阴何苦用心"更为深刻。还有,在山谷诗中,一句往往有两折意。如《次韵高子勉十首》诗:"久立我有待,长吟君不来。"五言中上二下三,分作两意。《次韵宋楙宗僦居甘泉坊雪后书怀》

诗：“家徒四壁书侵坐，马耸三山叶拥门。”七言中上四下三，亦作两意。山谷尤善于把熟意炼生，陈意炼新。他的名作《寄黄几复》诗："桃李春风一杯酒，江湖夜雨十年灯！"把习见的词语巧妙地配搭起来，却构成了全新的意境。山谷也是捕捉语言形象的好手。他特别善用譬喻，写物附意，引譬连类，展开丰富的联想，创造出生动逼真的形象。在山谷最精彩的诗中，那些新颖的譬喻，都是独出心裁的创造，决不盲目模拟古人。如，"文章功用不经世，何异丝窠缀露珠"（《戏呈孔毅父》）、"夜谈帘幕冷，霜月动金蛇"（《次韵张仲谋过酺池寺斋》）、"蜂房各自开户牖"（《题落星寺岚漪轩》）等，的确是前人未道之语。王庭珪《又和酬子余》诗曰："句法出修水。"苏轼《次韵范淳甫送秦少章》诗也说道："句法本黄子。"

（二）重视炼字，讲究句眼。山谷在《赠高子勉四首》诗指出："拾遗句中有眼，彭泽意在无弦。"任渊注云："谓老杜之诗眼在句中，如彭泽之琴，意在弦外。"可见，诗歌有了句中之眼，就生出弦外之意。黄庭坚把"句中有眼"与"意在言外"联系起来，惠洪《冷斋夜话》卷五"句中眼"条，载黄庭坚评王安石"江月转空为白昼，岭云分暝与黄昏""一水护田将绿绕，两山排闼送青来"诗云："此皆谓之句中眼，学者不知此妙，韵终不胜。"句眼是指诗句中锤炼得特别精彩的字眼，要做到"置一字如关门之键"（《跋高子勉诗》），尤其是五言诗句中的第三字，七言诗句中的第五字，要"置字有力"（《跋欧阳元老诗》）。披沙拣金，用上工稳而新警的字眼后，句子便更显得骨格峻峭，使全诗为之生色。如《题花光老为曾公衮作水边梅》诗："梅蕊触人意，冒寒开雪花。"《听宋宗儒摘阮歌》："紫燕黄鹂韵桃李。"《汴岸置酒赠黄十七》："黄流不解浣明月。"《赠陈师道》："又似秋虫噫寒草。"其中"触""韵""浣""噫"

等字皆有力有味。除了准确地选用字眼外，山谷还善于活用词语，改变词性，把名词作动词使用，或把内动词变作外动词。如"敌人开户玩处女"（《送范德孺知庆州》）、"胡琴抱明月，宝瑟阵归鸿"（《清人怨戏效徐庾慢体三首》）、"姮娥携青女，一笑粲万瓦"（《秘书省冬夜宿直寄李德素》）等句中的"玩""阵""粲"等字，都是诗人专意使用的"奇字"。奇妙而不是怪僻，妥帖生动，很有韵味。山谷还善炼虚字，清末同光诸家每从此得法。方回云："诗家不专用实句实字，而或以虚字为句，句之中以虚字为工，天下之至难也。"（《瀛奎律髓》卷四三）并谓山谷《戏题巫山县用杜子美韵》诗"直知难共语，不是故相违"二句"虚字有力"，"老笔与少陵诗无以异矣"。

（三）尤其重视律诗中对偶句的锤炼。对偶，唐人已下过很多功夫，宋人只得另立新法，别出新意。山谷诗的偶句，自然生动，乍看来像是散文的句子，毫不似对句，但认真看来，则觉字字工切，别有风味。唐诗中对句，往往两句意思相近，如孪生姊妹，见其一即可想其二，而山谷却特意使两句各有一意，或下句顺接上句。如《次韵马荆州》诗："谁谓石渠刘校尉，来依绛帐马荆州。"或下句逆接上句，如《追和东坡题李亮功归来图》诗："欲学渊明归作赋，先烦摩诘画成图。"或两句一气呵成，单行直下，联成一意，如《次韵元翁从王夔玉借书》诗："常思天下无双祖，得读人间未见书。"

（四）诗句散文化的倾向。"以文为诗"，本来是韩愈诗的一大特色。山谷曾指出："诗文各有体，韩以文为诗，杜以诗为文，故不工耳。"（陈师道《后山诗话》）山谷说这话可谓别有用心，其实他自己的诗歌，"于公（指韩愈）师其六七"（李详《韩诗萃精·序》）。"以文为诗"，亦山谷句法一大特色。"以文为诗"，主要有这几个方面内容：好用铺叙，好发议论，句式散文化。山谷诗亦兼有此。看看这样的诗句："酌君以蒲城桑落之酒，泛君以湘累秋菊之英。赠君以黔川点漆之墨，送君以阳关堕泪之声。酒浇胸次之磊块，菊制短世之颓龄。墨以传千古文章之印，歌以写一家兄弟之情。"（《送王郎》）"我提养生之四印，君家所有更赠君：百战百胜，不如一忍；万言万当，不如一默。无可简择眼界平，不藏秋毫心地直。"（《赠送张叔和》）这些句子，语言像散文，而骨子里还是诗，既有诗的优美，又有散文的流畅。

四

无论在谋篇造句，还是遣词炼字等各个方面，山谷都恪守一条原则，那就是要"自出己意"。他继承了杜甫、韩愈的传统，"陈言之务去"（韩愈《答李翊书》），"词必己出"（韩愈《南阳樊绍述墓志铭》），脱去陈腐，无论前人诗中常见的熟境、熟意、熟词、熟字、熟调、熟貌，皆一概不用，故姚范称赞他说："涪翁以惊创为奇，其神兀傲，其气崛奇，玄思瑰句，排斥冥筌，自得意表。"（姚范《援鹑堂笔记》）为了摆脱前人束缚，学古人而力求与古人远，山谷特提出"以俗为雅，以故为新"八字诀，作为写诗的不二法门。苏轼在《题柳子厚诗》一文中曾指出："诗须要有为而作，用事当以故为新，以俗为雅。好奇务新，乃诗之病。"而极尽"好奇务新"之能事的山谷，却拈出其中八字，并把它推广到诗法的各个方面。山谷认为，用此法作诗，则能"百战百胜，如孙吴之兵，棘端可以破镞；如甘蝇飞卫之射，此诗人之奇也"（《再次韵杨明叔小序》）。

所谓"以俗为雅"，是说运用民间俗语、成语以及野史传说入诗。在这方面，杜甫是位能手。山谷标榜学杜，当然也要继承这点。"运用俗语，使诗体散文化,也使诗体通俗化,却不使诗意庸俗化,诗句滥熟化。"(郭绍虞《中国文学批评史》)但山谷运用俗语,往往是有所选择的。山谷在诗中自称"贱子""痴儿""老子",都有出典。如《答公益春思》诗"西施逐人眼,称心最为得",即用俗谚"情人眼里有西施";《谢陈适用惠送吴南雄所赠纸》诗"千里鹅毛意不轻",即用俗谚"千里寄鹅毛,物轻人意重"。其实这也是梅尧臣、欧阳修的惯技。欧阳修《梅圣俞寄银杏》诗已有"鹅毛赠千里,所重以其人"之句,不过黄诗中用俗语尤为突出罢了。江西诗派诸子,如陈师道等,"亦多用一时俚语",更有出蓝之势了。

以故为新,是山谷作诗大法,金针度人,对后世诗家影响甚大,亦最为时人所诟病。惠洪《冷斋夜话》引山谷语:"诗意无穷而人之才有限,以有限之才追无穷之意,虽渊明、少陵不得工也。然不易其意而造其语,谓之换骨法,窥入其意而形容之,谓之夺胎法。"黄庭坚《答洪驹父书》云:"自作语最难。老杜作诗,退之作文,无一字无来处。盖后人读书少,故谓韩、杜自作此语耳。"在这段话中,黄氏首先提出的是"自作语",《诗经》《楚辞》多为自作语,汉魏六朝诗用事虽渐多,然亦不少为自作语。自作语之所以为最难,乃因要皆为诗人所独创,且随时世推移,诗歌愈积愈多,所谓"天然好语"多已被古人说过,后人作诗作文,便不免在古人的作品中寻出路。大手笔如杜甫、韩愈,既力求语必己出,也明白学习并运用前人语汇也是创作的良法。他的岳父孙觉谓杜子美诗无两字无来处。山谷又进一步把"两字"变为"一字",此说一出,和者景从,似乎已成定论。山谷接着又说:"古之能为文章者,真能陶冶万物,虽取古人之陈言入于翰墨,如灵丹一粒,点铁成金也。"这就是山谷提出的关于写诗的艺术技巧的方法——"点铁成金"和"夺胎换骨"。这其实也是古来诗人惯用之法，不过山谷把它明确地提出来，变本加厉地推广，以致集矢于己身。陆机《文赋》中就有"或袭故而弥新，或沿浊而更清"之语，皎然《诗式》也有"偷语""偷意""偷势"的说法。山谷的"点铁成金"和"夺胎换骨"，把古人诗文中没有诗意或诗意不足的语句，点化、改易为自己的有浓郁诗意的诗句，或是把古人诗句中的意境、形象，换了一个形式更生动地表达出来。杜甫就是运用这些方法的妙手。他"读书破万卷，下笔如有神"，驱使古人在自己笔下奔命不暇。他的名作《宿江边阁》诗"薄云岩际宿，孤月浪中翻"，不就是从何逊《入西塞示南府同僚》"薄云岩际出，初月波中上"化出的吗？韩愈、李商隐，直至宋代的王安石、苏轼等大家，无不使用此法，而独让山谷横受"剽窃"的恶名，毋乃不公乎！

在具体讨论"夺胎换骨"和"点铁成金"之前，先谈谈近似的手法——用典使事。

方回《刘元晖诗评》谓："黄专用经史雅言、晋宋清谈、《世说》中不要紧字，融液为诗。"掉书袋，这是许多宋代诗人的习尚。但山谷运典用事还是有一套技巧的。他借用经精心选择的一些典故，以雄健的笔力把它们贯串起来，熔铸成整体，诗歌便显得精练、警策。前人对此，不乏赞美之辞，甚至连一向贬斥山谷的张戒也承认，山谷"用事押韵之工，至矣尽矣"（《岁寒堂诗话》卷上）。

赵次公《杜诗先后解》一书揭出用典"祖""孙"的概念："何谓祖？其始出者是也。何谓孙？虽事有祖出，而后人有先拈用或用之别有所主而变化不同，即为孙矣。杜公诗句皆有焉。世之注解，谬引旁似，遗落佳处固多矣。至于只见后人重用、重说处，而不知本始，所谓无祖。其所经后人先拈用，而但引祖出，是谓不知夫舍祖而取孙。"即以首出之典为祖,后出者为孙,然"孙"的意思似较含混。本人认为可以采用"祖典""父典""孙典"为术语,概念似更明确。祖典,指典故最早出处,即"初典",亦即陈寅恪《柳如是别传》所称的"第一出典";父典,即典故直接的出处。而祖典与父典之间,可历一个至多个层次,有似高、曾、祖、父。犹赵次公所谓的"用事之孙",任渊《山谷诗集注》谓山谷诗有"一句一字有历古人六七作者"者,亦即赵次公《杜诗先后解自序》:"又有用事之祖、有用事之孙。"祖典,指典故最早出处,即"初典",亦即"第一出典";孙典,即"第二出典""第三出典"等。山谷《别杨明叔》诗:"皮毛剥落尽,惟有真实在。"任渊注引《涅盘经》:"其树陈朽,皮肤枝叶,悉皆脱落,惟真实在。"胡仔《苕溪渔隐丛话》则补充云,《正法眼藏》云:"石头一日问药山,曰:'子近日作么生?'山曰:'皮肤脱落尽,惟有真实在。'鲁直《别杨明叔》诗云:'皮毛剥落尽,惟有真实在。'全用药山禅语也。"《涅盘经》是黄诗原始出处,即"祖典";药山语是黄诗直接所从出,是"父典"。山谷《题落星寺》之三"小雨藏山客坐久",钱锺书《谈艺录》谓典出贾岛《晚晴见终南诸峰》"半旬藏雨里,今日到窗中"。山谷《和答赵令同前韵》诗:"亲遣小童锄草径,鸣驺早晚出城来。"除"鸣驺"一词外,其余字面极为普通,似乎未用故实,注家亦极易忽略。然细审之,句意实出杜甫《奉酬严公寄题野亭之作》诗:"枉沐旌旗出城府,草茅无径欲教锄。"山谷时为叶县尉,赵令为其上官,载酒过访,故诗中以严武访杜甫况之。"锄草径""出城",字面均出杜诗,"亲遣"与杜诗"欲教"同意,"鸣驺"亦"枉沐旌旗"之意。

合用典故,是诗家特殊的技巧。注家每不察,或仅注词语常义,或误以为只用一典。张载华谓论诗与论文不同,故一句中既并用两事,而每句内又自领,"即严沧浪所谓'如水中月,如镜中花,言有尽而意无穷'者也"（引自《瀛奎律髓汇评》评李商隐《锦瑟》）。一句诗中使用不同出处的两个或两个以上的典故，而诗人又能巧妙地把数意融合，浑成一体，山谷尤擅此法。句中合用两事甚至数事，并视之为诗歌创作的重要手法。山谷《次韵秦少章晁适道赠答诗》"士固难推挽"句，任渊注云："《左传·襄公十四年》：臧武仲见卫侯曰：'二子者或挽之，或推之，欲无入，得乎？'又，《晋书》：'邓侯挽不来，谢令推不去。'盖参而用之。"任渊注中常见"参而用之""参用其事"一类用语。

合用两典，是诗家常用手法。注者若不解此，每以为误用邻典。《王直方诗话》云："韩存中云：家中有山谷写诗一纸，乃是'公有胸中五色笔，平生补衮用功深'。此诗本用小杜诗中'五色线'，而却书云'五色笔'，此真所谓笔误。"细审山谷诗意，并非笔误。五色笔，为江淹"彩笔"与杜牧"五色线"二典之合用。只有用"笔"字，才贴"胸中"，诗意谓以胸中之文章"补衮"。合用，任渊亦称为参用。有时，他把两三件彼此绝无干系的典故，巧妙地糅合在一起，赋予新的意义。即所谓"用古人语，而不用其意"（杨万里《诚斋诗话》）。如他的名作《和答钱穆父咏猩猩毛笔》："爱酒醉魂在，能言机事疏。平生几两屐？身后五车书。物色看王会，勋劳在石渠。拔毛能济世，端为谢杨朱。"就为历来评论家所推许。又如《戏咏猩猩毛笔》云："逢时犹作黑头公。"任渊注："《晋书》：诸葛恢名亚王导、庾亮。导尝谓曰：'明府当作黑头三公。'又《王珣传》桓温曰：'王掾当作黑头公。'按，《北史·古弼传》：'弼头尖，帝常名之曰笔头，时人呼为笔公。'故山谷于笔诗参用此事。"山谷以《晋书》中两"黑头公"典形容猩猩毛笔之着墨，又以《北史》中典形容笔头之尖，形象生新。

袭用前人诗，亦称为借用，是诗人创作法门，宋代诗家尤擅此道。任渊注黄庭坚，常见"借用其字""此借用""此反其意而用之""反而用之"等语。古人认为借用是正常的，被认可的。所谓"反意"，即翻用前人诗意，这是作诗的一大法门。唐人启其端，宋人更大行其道。前人说有，今则说无；前人说难，今则说易。如黄庭坚《次韵答张文潜惠寄》诗："未识想风采，别去令人思。"任渊注云："《世说》：谢太傅云：'安北见之乃不使人厌，然出户去，不复使人思。'安北，王坦之也。此反其意而用之。"原典不使人思之意，翻用为令人思，张耒的风采当可想见。

山谷用事，很少生搬硬套，有时，他搞个翻案文章，反其意而用之。如《寄黄几复》诗："我居北海君南海，寄雁传书谢不能。"上句本《左传》"君处北海，寡人处南海，惟是风马牛不相及也"，取了"北海""南海"的字面，但令人不觉是用典。次句前四字是"古人之陈言"，用得烂熟了的典故，下加"谢不能"三字，句意就变得新警了。这就是所谓的"化臭腐为神奇"。

"点铁成金"和"夺胎换骨"的技巧，就是把用典使事的方法，运用于点化前人诗句上。宋诗是在唐诗丰厚的基础上发展起来的，因此，在修辞手段、词汇使用等方面，不可避免地、也是必然地要取法于唐诗，同时唐诗的意境、形象以及句式结构，也给宋代诗人以启发。看看最有名的"点铁成金"的例子："翰墨场中老伏波，菩提坊里病维摩。近人积水无鸥鹭，时有归牛浮鼻过。"祝诚说："盖用《北梦琐言》陈咏诗曰：'隔岸水牛浮鼻渡，傍溪沙鸟点头行。'此本陋句，一经山谷妙手，神采顿异。"（《莲堂诗话》卷上）把"陋句"化成佳句，吃的是草，挤的是牛奶，有什么不好呢？所谓"点铁成金"，着重在"取古人之陈言"，也就是说，模拟、改易古人诗中的实体性的东西——词汇、语句，并赋予新的意义。至于"夺胎换骨"之说，古来议论纷纭，或讥之为"蹈袭剽窃"，或称之为"反现实主义""形式主义"的东西。试读山谷全集，即知以"自成一家"自诩的诗人绝非文抄公之辈。所谓"夺胎换骨"，目的是"追无穷之意"，也就是说，模拟、改易古人诗中的意境、情调、韵味，用自己的方式更准确、生动地表达出来。曾季狸对此有一段很好的说明："山谷《咏明皇时事》云：'扶风乔木夏阴合，斜谷铃声秋夜深。人到愁来无处会，不关情处总伤心。'全用乐天诗意。乐天云：'峡猿亦无意，陇水复何情？为到愁人耳，皆为断肠声。'此所谓'夺胎换骨'者是也。"（《艇斋诗话》）这即山谷所谓"不易其意而造其语""窥入其意而形容之"。如《雨中登岳阳楼望君山二首》诗："满川风雨独凭栏，绾结湘娥十二鬟。可惜不当湖水面，银山堆里看青山。"末二句本刘禹锡《望洞庭》诗："遥望洞庭山水翠，白银盘里一青螺。"两诗诗意相似，而黄诗用意更深，境界更远，这样的"夺胎换骨"，吾无讥焉。

总的来说，无论是运用前人成语、典故，或是"点铁成金""夺胎换骨"，其目的只有一个，就是在继承传统的基础上创新。山谷以其大量的作品，证明了这些方法还是有一定作用的。以故为新，是"黄庭坚体"的特色之一。在今天看来，仍可以有分析地、有批判地吸取，在当代诗词作品中，也不乏运用这些艺术技巧而成功之例。

五

最后，谈谈山谷诗的格律声韵问题。山谷诗，有一种特殊的音乐美。诗的音律与感情是一致的，特殊的风格需要用特殊的音律来表现，山谷就采用拗律和拗句来表现自己诗歌奇峭的风格。这种手法，也是得自杜甫。拗体诗，据元人方回《瀛奎律髓》统计，杜诗七律一百五十九首，此体仅十九首。韩愈亦善用拗体,以致有人把他的五律当成五古。而山谷七律三百一十余首中,拗体就占了一百五十余首,竟达总数一半以上。山谷的律诗,很多不合"正格"的句子,不按照诗律规定的平仄来撰句。宋代就有人指出:"鲁直换字对句法,如'只今满坐且尊酒,后夜此堂空月明''清谈落笔一万字,白眼举觞三百杯''田中谁问不纳履,坐上适来何处蝇''秋千门巷火新改,桑柘田园春向分''忽乘舟去值花雨,寄得书来应麦秋',其法于当下平字处以仄字易之,欲其气挺然不群。"(胡仔《苕溪渔隐丛话》前集卷四七)如上举例中的"且""空""一万""三""不纳""何""火""春""值""应"等字,皆平仄不调,音节反常,在不和谐中更觉其美。其他如《题落星寺岚漪轩》《汴岸置酒赠黄十七》等诗,几乎句句皆拗,取得峭拔奇崛的效果。人们读惯了晚唐、西昆谐婉圆润的七律时,乍一接触到山谷的拗体古律,无疑是耳目一新的。山谷强调的"宁律不谐,不使句弱"(《题意可诗后》),正是山谷大量创制拗律的主导思想。

还有,山谷喜欢步韵,尤喜欢押险韵,逞才使气,经常迭次四五次以至十次之多。诗人朋友之间,诗酒唱酬,各各挖空心思,以图独创新意,因难而见巧,愈出愈奇,有时竟有出人意表的佳句产生。至于"有押韵险处,妙不可言""奇健之气,拂拂意表"(刘埙《隐居通议》卷八引孙瑞语),则更是苏、黄的胜处了。

山谷像韩愈那样,在造句上打破常规,采用特殊的结构形式,有人称之为"拗句"。造五言句,作上一下四或上三下二句型。如:"吞五湖三江"(《子瞻诗句妙一世……》)、"石吾甚爱之"(《题竹石牧牛》)、"吾早知有觏,而不知有觌"(《赠秦少仪》)。造七言句,作上三下四或上五下二句型。如:"吾二人如左右手"(《还家呈伯氏》)、"空明湛群木之影，搏击下诸峰之巅"（《岩下放言五首之钓台》）。山谷这种拗体拗句，对江西诗派诸人影响颇大，陈师道、曾几等更发展之，不断变化出奇，各成体格。方东树说，山谷诗之音节，"尤别创一种兀傲奇崛之响，其神气即随此以见。杜、韩后，真用功深造，而自成一家，遂开古今一大法门，亦百世之师也"（《昭昧詹言》卷十）。可为定论。

山谷就这样，刻意出奇，用他的"奇正相生"的谋篇法度，用他的特殊的句法字法，用他的奇拗的音律，形成山谷诗独特的风格。人们称之为"老健超迈""清新奇峭"，这种"格韵高绝"的黄庭坚体，彻底扫除晚唐五代、北宋初年那种柔弱华靡的诗风。在这点上，山谷对中国诗歌的发展是有贡献的。

黄庭坚的诗集有宋人注本。宋高宗绍兴二十五年（1155），任渊《黄陈诗集注》（《山谷诗集注》与《后山诗注》）刊行于蜀中，世称蜀本。南宋理宗绍定五年（1232），黄㽦刊《内集诗注》于福建延平，世称延平本。宋末徐经孙校正《内集诗注》刊行于福建提点刑狱司，世称闽宪本。后又有元刊本。明孝宗弘治九年（1496），南昌陈沛等合刊《山谷内集诗注》二十卷、史容《山谷外集诗注》十七卷、史季温《山谷别集诗注》二卷，世称弘治本。清乾隆四十七年（1782），翁方纲校其家藏三集诗注，上之于朝，诏刊入聚珍版丛书，世称聚珍本。乾隆五十四年（1789），翁方纲以其所抄校进底本通五十六卷，付南康谢启昆刻于树经堂，世称树经堂本。光绪年间，陈三立以杨守敬所藏三集诗注影刊于汉口，世称光绪本。此外，尚有日本宽永六年（1629）大和田意闲刻本，日本庆安五年（1652）野田弥兵卫重修大和田意闲刻本。

近年出版的山谷诗集注本，有刘尚荣校点《黄庭坚诗集注》（中华书局版）、黄宝华校点《山谷诗集注》（上海古籍出版社版），校点质量很高，可称山谷诗的定本。然存世的黄诗尚有四分之一六百余首未有古注，主要出于清谢启昆所编《山谷诗外集补》《山谷诗别集补》及各家所辑山谷逸诗，有鉴于此，陈永正、何泽棠撰《山谷诗注续补》，以与《山谷诗集注》相配套，合成山谷诗注之完璧。

这本选集所选山谷诗一百余首，约为总数二十分之一。大都是后世所传诵的名篇。本书的注释以任史两家注为基础，较广泛地搜用了相关史书及各代笔记的材料，也吸取了近人研究黄诗的一些成果，并详细地注明典故出处。编排顺序基本上根据黄㽦的《山谷先生年谱》，以诗歌创作年代先后为次。

目　录

徐孺子祠堂 ………………………………………… 1

早　行 ……………………………………………… 3

次韵赏梅 …………………………………………… 4

次韵裴仲谋同年 …………………………………… 6

夏日梦伯兄寄江南 ………………………………… 8

流民叹 ……………………………………………… 9

和答登封王晦之登楼见寄 ………………………… 12

弈棋二首呈任公渐（选一） ……………………… 14

冲雪宿新寨忽忽不乐 ……………………………… 16

郭明甫作西斋于颍尾，请予赋诗二首（选一） … 17

过平舆，怀李子先，时在并州 …………………… 19

答龙门潘秀才见寄 ………………………………… 21

晓起临汝 …………………………………………… 22

闰月访同年李夷伯子真于河上，子真以诗谢，次韵 … 25

和师厚接花 ………………………………………… 26

过方城寻七叔祖旧题……28

古诗二首上苏子瞻……30

和师厚郊居示里中诸君……33

竹轩咏雪，呈外舅谢师厚，并调李彦深……35

次韵寅庵四首（选二）……37

次韵感春五首（选一）……39

次韵柳通叟寄王文通……41

乞 猫……43

稚川约晚过进叔，次前韵，赠稚川，并呈进叔……44

汴岸置酒赠黄十七……45

题新妇石……47

次韵公择舅……48

池口风雨留三日……50

以右军书数种赠丘十四……51

庭坚得邑太和，六舅按节出同安，邂逅于皖公溪口。风雨阻留十日，对榻夜语，因咏："谁知风雨夜，复此对床眠。"别后觉斯言可念，列置十字，字为八句，寄呈十首（选二）……54

题落星寺岚漪轩……57

赣上食莲有感……58

秋思寄子由……61

赠郑郊（一作交）……62

戏和答禽语……64

上萧家峡 … 65

次元明韵寄子由 … 66

再次韵寄子由 … 68

次韵寄上七兄 … 69

再用旧韵寄孔毅甫 … 71

寄陈适用 … 74

寄袁守廖献卿 … 79

上权郡孙承议 … 80

睡　起 … 81

出迎使客质明放船自瓦窑归 … 82

答余洪范二首（选一） … 84

登　快　阁 … 85

雕　陂 … 87

次韵道辅双岭见寄三叠（选一） … 89

寄晁元忠十首（选一） … 90

夜发分宁寄杜涧叟 … 92

过　家 … 93

渡　河 … 95

送　王　郎 … 96

次韵刘景文登邺王台见思五首（选一） … 100

寄黄几复 … 101

次韵吴宣义三径怀友 … 103

送张材翁赴秦签 … 105

送范德孺知庆州 …… 108

次韵王荆公题西太一宫壁二首 …… 111

有怀半山老人再次韵二首（选一） …… 113

和答钱穆父咏猩猩毛笔 …… 114

奉和丈潜赠无咎，篇末多以见及，以"既见君子，云胡不喜"为韵（选二） …… 116

和邢惇夫秋怀十首（选一） …… 118

谢公定和二范秋怀五首邀予同作（选一） …… 120

送谢公定作竟陵主簿 …… 121

送顾子敦赴河东三首（选一） …… 123

子瞻诗句妙一世，乃云效庭坚体，盖退之戏效孟郊、樊宗师之比，以文滑稽耳。恐后生不解，故次韵道之。子瞻《送杨孟容》诗云："我家峨眉阴，与子同一邦。"即此韵 …… 125

咏雪奉呈广平公 …… 127

次韵宋楙宗僦居甘泉坊雪后书怀 …… 129

双井茶送子瞻 …… 130

戏呈孔毅父 …… 132

次韵秦觏过陈无己书院观鄙句之作 …… 134

陈留市隐（并序） …… 135

题阳关图二首（选一） …… 137

次韵子瞻和子由观韩幹马，因论伯时画天马 …… 138

次韵子瞻题郭熙画秋山 …… 141

题郑防画夹五首（选一） ……………………………… 144

次韵王定国扬州见寄 ……………………………… 145

戏答陈元舆 ………………………………………… 147

再答元舆 …………………………………………… 149

和游景叔月报三捷 ………………………………… 151

题伯时顿尘马 ……………………………………… 153

题伯时画严子陵钓滩 ……………………………… 153

题伯时画松下渊明 ………………………………… 155

老杜浣花溪图引 …………………………………… 157

戏和舍弟船场探春二首（选一） ………………… 160

次韵子瞻寄眉山王宣义 …………………………… 161

听宋宗儒摘阮歌 …………………………………… 164

题子瞻枯木 ………………………………………… 166

和子瞻戏书伯时画好头赤 ………………………… 168

题竹石牧牛（并序） ……………………………… 169

题伯时天育骠骑图二首（选一） ………………… 171

姨母李夫人墨竹二首（选一） …………………… 172

次韵答曹子方杂言 ………………………………… 173

戏答俞清老道人寒夜三首（选一） ……………… 175

秘书省冬夜宿直，寄怀李德素 …………………… 177

忆邢惇夫 …………………………………………… 178

同元明过洪福寺戏题 ……………………………… 180

赠秦少仪 …………………………………………… 181

六月十七日昼寝 ……………………………………… 183
赵子充示竹夫人诗，盖凉寝竹器，憩臂休膝，似非夫人
　之职，予为名曰"青奴"，并以小诗取之二首 ……… 184
予既作竹枝词，夜宿歌罗驿，梦李白相见于山间曰：
　"予往谪夜郎，于此闻杜鹃，作竹枝词三叠，世传之
　不？"予细忆集中无有，请三诵，乃得之（选一）……… 186
和答元明黔南赠别 ………………………………………… 187
赠黔南贾使君 ……………………………………………… 189
次韵黄斌老所画横竹 ……………………………………… 190
次韵谢黄斌老送墨竹十二韵 ……………………………… 191
次韵答斌老病起独游东园二首（选一）………………… 193
送石长卿太学秋补 ………………………………………… 195
次韵杨君全送酒 …………………………………………… 197
次韵杨明叔见饯十首（选三）…………………………… 198
戏题巫山县用杜子美韵 …………………………………… 201
跋子瞻和陶诗 ……………………………………………… 202
病起荆江亭即事十首（选三）…………………………… 204
次韵中玉水仙花二首（选一）…………………………… 207
次韵马荆州 ………………………………………………… 208
王充道送水仙花五十枝，欣然会心，为之作咏 ……… 210
赠李辅圣 …………………………………………………… 212
和高仲本喜相见 …………………………………………… 213
次韵高子勉十首（选三）………………………………… 214

赠高子勉四首（选二） ………………………………… 217

蚁 蝶 图 …………………………………………………… 219

雨中登岳阳楼望君山二首 ………………………………… 220

题胡逸老致虚庵 …………………………………………… 222

新喻道中寄元明用"觞"字韵 …………………………… 224

湖口人李正臣蓄异石九峰，东坡先生名曰"壶中九华"，
并为作诗。后八年，自海外归湖口，石已为好事者
所取，乃和前篇，以为笑实。建中靖国元年四月
十六日。明年，当崇宁之元年五月二十日，庭坚
系舟湖口，李正臣持此诗来，石既不可复见，东坡
亦下世矣。感叹不足，因次前韵 …………………… 226

观化十五首（选二） ……………………………………… 228

题李亮功戴嵩牛图 ………………………………………… 229

追和东坡题李亮功归来图 ………………………………… 230

武昌松风阁 ………………………………………………… 232

鄂州南楼书事四首（选一） ……………………………… 235

寄贺方回 …………………………………………………… 236

离 福 严 …………………………………………………… 237

题花光老为曾公衮作水边梅 ……………………………… 238

戏咏高节亭边山矾花二首（选一） ……………………… 239

书摩崖碑后 ………………………………………………… 240

太平寺慈氏阁 ……………………………………………… 245

宜阳别元明用"觞"字韵 ………………………………… 246

黄庭坚诗选 | 7

附录

黄庭坚年谱简编 ………………………………………… 248

徐孺子祠堂

乔木幽人三亩宅,生刍一束向谁论①?藤萝得意干云日,箫鼓何心进酒樽②?白屋可能无孺子,黄堂不是欠陈蕃③!古人冷淡今人笑,湖水年年到旧痕④。

[题解]

宋神宗熙宁元年(1068),黄山谷在江西南昌,瞻仰了东汉时名士徐稚的祠堂,写了这首七律。徐稚,字孺子,南昌人。汉桓帝时,因不满宦官专权,多次被征聘都不愿出仕。在家乡过着贫寒的生活,亲自耕种田地,时人称之为"南州高士"。诗中表达了对这位有骨气的读书人的敬慕之情。这是山谷二十四岁时的诗作,已表现出自己独特的艺术风格。诗意清新劲峭,没有他后来的一些作品那样生硬晦涩。姚鼐称赞这诗"从杜公《咏怀古迹》来而变其面貌。凡咏古诗镕铸事迹,裁对工巧,此西昆纤丽之体。若大家以自吐胸臆,兀傲纵横,岂以俪事为尚哉"(《今体诗钞》)。

[注释]

①"乔木"二句:在高树下边,有古代隐士占地三亩的祠堂。当年那一束生刍的深意,试问谁能了解啊!据《后汉书·徐稚传》载,郭泰的母亲去世,徐稚去吊丧,在庐墓前放下一束生刍就走了。大家都感到奇怪,不知他的用意。郭泰解释说:"诗不云乎:'生刍一束,其人如玉。'吾无德以堪之。""生刍"句出于《诗经·小雅·白驹》:"皎皎白驹,在彼空谷。生刍一束,其人如玉。"徐稚以洁净的生刍,比喻主人高尚的道

德品质。山谷认为古人朋友间的这种神交心契，高情厚谊，在今人中再也找不到了。深深感慨知己的不易得。幽人：幽居的人。指隐士、避世者。《易·履》："履道坦坦，幽人贞吉。"刍（chú）：喂牲畜的草。论（lùn）：分析、判断事理。

②"藤萝"二句：那些野藤萝蔓，得意洋洋，互相攀援着，冲云蔽日。人们又有什么心思，在神巫的箫鼓声中，去进献他一樽清酒呢？写祠堂附近的景物。藤萝乱生，萧条冷落，说明人们早已忘掉祠堂中所祀的人。藤萝，象征那些朝廷中竞进的小人，爬上高位，蒙蔽皇帝。在这样丑恶的环境下，有谁能理解徐稚的高风亮节呢？箫鼓、酒樽，这些祭祀的用品，也徒然成了有讽刺意味的东西罢了。此二句谓祠宇荒凉，只有老百姓来此祭祀而已。山谷《送徐隐父宰余干》也有"孺子亭荒只草烟"之语。姚鼐《今体诗钞》说此诗"从杜公《咏怀古迹》来"，当指杜甫诗中"古庙杉松巢水鹤，岁时伏腊走村翁"两句。干：干犯、侵进。

③"白屋"二句：如今，在平民的茅屋中，怎会没有徐孺子这样的高士了呢；而官府的黄堂上，并不是缺少陈蕃那样的官吏啊！上句，用否定疑问句表肯定之意，"可能无"，正是"有"。下句，用肯定句表否定之意，"不是欠"，正是"无"。诗人认为，真正的贤才，正是出于白屋之中，问题是没有人去发现他们罢了。诗中以徐稚自况，感叹没有人像陈蕃赏识徐稚那样赏识自己。白屋：《汉书·萧望之传》颜师古注："白屋，谓白盖之屋，以茅覆之，贱人所居。"黄堂：太守所居之地，涂黄色。陈蕃：东汉末年的大官僚。与窦武等反对当权的宦官，事败被杀。陈蕃任南昌太守时，不交接宾客。但徐稚来访，则专设一榻招待，走后，就把榻悬起来，以示对徐稚的尊重。

④"古人"二句：对古人那种不慕荣名、淡泊自处的行为，而今的

俗人只会议论讥嘲而已。只有祠堂外的湖水，年年涨落，都回复到旧日的岸痕。"冷淡"二字是全篇的主旨。用景语作结，意味深长。湖水不变的旧痕，正表明历史是公允的，历史人物的真正价值，决不会随市价的涨落而有所增损。诗人满腔不平，兀傲之气喷薄而出。诗的风格很接近杜甫的怀古之作。可见山谷在青年时代对杜诗是下过苦功的。湖：南昌城外的东湖，即今青山湖，与赣江相通。徐稚的祠堂在湖南边的小洲上。方东树云："收切祠堂，高超入妙，即五六句中意。今人尚笑古人冷淡，则我安得不为人笑？但有志者不顾也。末句所谓兴也，言外之妙，不可执着。"

早 行

失枕惊先起，人家半梦中。闻鸡凭早晏，占斗辨西东。①辔湿知行露，衣单觉晓风。秋阳弄光影，忽吐半林红。②

[题解]

这里选一首黄庭坚早年的作品。我们可以看到山谷是怎样认真向唐诗学习的。无论在诗歌的艺术风格、组织结构上，还是词汇的使用上，本诗都有着明显的模拟唐诗的痕迹，如果把它混到唐人的诗集中，也很不容易分辨出来。这正说明了宋诗为什么要走上革新的道路。此诗是山谷在熙宁元年（1068）秋天赴叶县尉时作的。风致颇佳，写景亦美，是一首清新可诵的五律。

[注释]

① "失枕"四句：晚上睡不安宁，迷糊间忽然惊觉，一早起床，人

们多半还在睡梦之中。听到鸡叫了，就凭它来知道时候的早晚，望着北斗星，来分辨东西方向。四句写清晨起床准备上路的情景。失枕：头离枕。这里用一"惊"字把远行人的心情很生动地表现出来。占（zhān）：占候。诗中指观察天文现象。

②"辔湿"四句：马络头沾湿了，知道在路旁满是露水；衣裳单薄，更感到晓风寒凉。秋天的朝阳在云彩中正摆弄着光影，忽吐出万道霞光，把半个树林子都映红了。四句写上路时的情况。辔（pèi）：驾牲口的嚼子、缰绳。行（háng）露：道路上的露水。《诗经·召南·行露》："厌浥行露。岂不夙夜？谓行多露。"（大路上的露水重啊，难道我不赶早起来，怕那路上的露水多？）上句的"知"字，使用得很准确自然。因为天还未亮，看不清路边的露水，所以从"辔湿"察知。末两句的"弄""吐"两字，也很新警，把清晨日出的情景生动地刻画出来。

次韵赏梅

安知宋玉在邻墙？笑立春晴照粉光①。淡薄似能知我意，幽闲元不为人芳②。微风拂掠生春思，小雨廉纤洗暗妆③。只恐浓葩委尘土，谁令解合反魂香④？

[题解]

谁信这是山谷的作品？那样绮丽，那样深情！我们听惯了山谷那沙哑而苍老的嗓音，忽然传来这悠扬清越的歌声时，怎能不为之而惊喜？山谷是反西昆体的健将，现在我们可追查出了：原来他是从西昆的营垒中杀出来的,诗人年青时代的某些作品中,还带有浓郁的脂粉香味!

[注释]

①"安知"二句:她哪里知道,宋玉就在邻家的墙外?她只是含笑站着,让春日新晴的阳光,照在她那素洁的身上。宋玉:战国时的辞赋家,相传是屈原的学生。他曾写有《登徒子好色赋》,说他东邻有一位美丽的女子,她曾登上墙头窥看自己,以示爱慕之意。诗中以这位东家之女比梅花。"安知"两字,表现了梅花高洁的风格,她并不是为了取得别人爱慕而笑立墙边的。诗以宋玉喻那位赏梅诗的原唱者。

②"淡薄"二句:她恬淡清静,仿佛能了解我的心意;她安详和顺,本来就不是为了别人而芳香的。淡薄:同"淡泊"。恬淡寡欲。幽闲:亦作"幽娴"。颜延之《秋胡》诗:"婉彼幽娴女。"吕向注:"幽闲,柔顺貌。"王有宗云:"第四句隐然写己。"(《十八家诗钞》评注)我们可想见诗人不慕虚荣、淡泊自守的风骨。

③"微风"二句:微风悄悄地拂过,使她生起了荡漾的春思;细雨轻轻地洒下,把她沾了暗尘的幽妆洗净。廉纤:细雨貌。韩愈《晚雨》诗:"廉纤晚雨不能晴。""生春思"三字轻轻一逗,情致嫣然。意谓梅花开时,春天快到,含有迎春的意思。一"暗"字,似有美人迟暮之慨。

④"只恐"二句:只恐怕美丽的梅花萎谢在泥土里,谁能够懂得制造反魂香呢?浓葩(pā):秾丽的花。反魂香:《博物志》载:"武帝时西域贡反魂香三枚,病者闻之即起,疫死未三日考熏之即活。"两句对梅花的零落表示惋惜。

次韵裴仲谋同年

交盖春风汝水边,客床相对卧僧毡①。舞阳去叶才百里,贱子与公俱少年②。白发齐生如有种,青山好去坐无钱③。烟沙篁竹江南岸,输与鸬鹚取次眠④。

[题解]

这是山谷很具特色的诗作。在诗句的组织结构上,摆脱了唐诗中习见的那种工整的对偶形式的束缚,力求生新,对句的意思跳跃变化。我们可体会到诗人创作时复杂的思想过程。山谷这清新奇拗的艺术风格,给后世的诗人很大的影响。宋人黄㽦的《山谷先生年谱》把此诗编于熙宁二年(1069)。潘伯鹰先生的《黄庭坚诗选》认为:"此诗是追述做叶县尉时的事,而非其时所作。"可能据"白发"句而发。按:山谷头发早白,他在熙宁三年(1070)写的《河舟晚饮呈陈说道》诗:"由来白发生无种,岂似青山保不磨?"熙宁四年(1071)的《辱粹道兄弟寄书久不作报以长句谢不敏》诗亦有"故国青山长极眼,今年白发不胜梳"之语。裴仲谋,名纶,当时任舞阳县尉。

[注释]

①"交盖"二句:在汝水边上,春风轻拂,我们在路上邂逅。车盖相交,殷勤问讯。日暮投宿客店,躺在薄薄的僧毡上,对床共语。两句极亲切有味,把青年朋友间真挚的情谊表现出来了。交盖:两车路遇,乘客

下车相见,车上的伞盖就倾侧相交。古诗文中常用"交盖""倾盖"表示客途相遇的交欢。汝水:即汝河,淮河支流,流经河南省东南部。

②"舞阳"二句:舞阳离叶县才不过百里路,我跟您都是少年人。两句追述平时交游的情事。字面极平常,句意似乎也很易了解,但实际上是经作者千锤百炼的。它的构思,已突破了唐人习见的成法,摆脱了"云对雨,雪对风,晚照对晴空"的冬烘学究的呆板样式。字面对得不很工切,句意也相去甚远,但一句一意,合起来,给读者以生新之感。"才百里",强调两人为吏地点距离近。"俱少年",指出彼此年纪尚轻,遗憾的就是不能经常会面。古时地方官员是不能擅离职守的,山谷这时为处理一件命案而来到舞阳,所以是一次难得的机缘。贱子:山谷自谦之称。叶(旧读 shè):河南县名。

③"白发"二句:如今两人白发齐生,好像有种子在萌发似的;本应回到故乡的青山里好好过活,可惜没有买山的钱。两句写虚度年华的感慨。"白发"紧接着上句的"少年",对比强烈,截断追述,笔意向纵深方面作新的开拓,使全诗气势振起;"青山"句的后三字忽作转折,顿挫有味。坐:因为。无钱:温庭筠诗:"自是无钱可买山。"

④"烟沙"二句:遥想着故乡江南,轻烟笼罩着的岸边,水浅沙明,修竹摇曳。可惜啊,只好让那些悠闲地睡着的鸬鹚去享用了。两句推远一层,联想起两人江南的家乡,风景虽美,但自己无法归去欣赏,因而美慕起那些无忧无愁地在家乡生活的鸬鹚来了。输与:让给。鸬鹚(lú cí):水鸟名,俗称"水老鸦",又名"乌鬼",能捕鱼。取次:任意,随便。

夏日梦伯兄寄江南

故园相见略雍容,睡起南窗日射红①。诗酒一年谈笑隔,江山千里梦魂通②。河天月晕鱼分子,槲叶风微鹿养茸③。几度白沙青影里,审听嘶马自揩筇④。

[题解]

山谷在叶县任上已经快一年了,免不了想家,想到哥哥黄大临。这一首诗感情很细腻,特别写景两句,幽深精美,是不减唐人的佳作。清人黄爵滋《读山谷诗集》云:"山谷诗尽多自然佳句。"即指此等诗而言。

[注释]

①"故园"二句:我梦到故园,与哥哥相见,从容和睦。醒来时,红彤彤的阳光已射到南窗上。首句写梦境。雍容:从容不迫、平和之状。

②"诗酒"二句:兄弟俩诗酒相酬,如今已离别一年,再不能一起愉快地谈笑了。尽管远隔千里江山,但我们的精神还是相通的。这里把对兄长的感情用很精练的语句表现出来。方东树谓"一起四句,亦是一气涌出"。

③"河天"二句:河流倒映着天空的月晕,游鱼在散布卵子,槲叶在微风中颤动,小鹿儿正安静地长养着。两句写景清奇,刻画出一个勾起相思的环境,引出下文。槲(hú):一种落叶乔木。鹿茸:公鹿初生之角,是贵重药物。吴子华诗云:"暖漾鱼遗子,晴游鹿引麛。"乃本诗所

自。

④"几度"二句：多少次啊，我在水边的白沙中，在青林的影子里，仔细地听着马嘶声——是不是您来了——自个儿拄着根竹杖站着！末句至情之语。搘笻（zhī qióng）：搘，拄着。笻，竹名。可作手杖。方东树云："此等诗只是真。清新古健，不腻不弱，不熟不俗，不与时人近。"

流 民 叹

朔方频年无好雨，五种不入虚春秋①。迩来后土中夜震，有似巨鳌复戴三山游②。倾墙摧栋压老弱，冤声未定随洪流。地文划剌水膏沸，十户八九生鱼头③。稍闻澶渊渡河日数万，河北不知虚几州。累累襁负囊叶间，问舍无所耕无牛④。初来犹自得旷土，嗟尔后至将何怙⑤？刺史守令真分忧，明诏哀痛如父母。庙堂已用伊吕徒，何时眼前见安堵⑥！疏远之谋未易陈，市上三言或成虎⑦。祸灾流行固无时，尧汤水旱人不知⑧。桓侯之疾初无证，扁鹊入秦始治病⑨。投胶盈掬俟河清，一箪岂能续民命⑩？虽然犹愿及此春，略讲周公十二政⑪。风生群口方出奇，老生常谈幸听之⑫。

[题解]

宋神宗初年，河北各地年年发生旱灾、水灾、地震。作者在叶县任上，看到灾民拖男带女逃难的悲惨情景，思想有强烈的触动。他在诗中对流民的深重灾难表示了深切的同情，特别是对当时统治阶级无视人民的疾苦，不及时预防灾害和赈济灾民表示了不满。

[注释]

①"朔方"二句：北方几年来，没有下过好雨。春秋两季，五谷无收。朔方：北方。五种：即五谷。一般指稻、黍、稷、麦、豆。泛指粮食作物。虚春秋：春种秋收，都成了一场空。这两句写长期旱灾，发生饥馑。

②"迩来"二句：近来，大地在半夜忽然震动，好像那些巨鳌又再头顶着三座大山在海上游行了。迩（ěr）来：近来。后土：古代把大地称为后土。下句据《列子·汤问》载：渤海东有大壑，下无底，中有大山，随波漂流。上帝命令十五头大鳌用头顶着蓬莱、方丈、瀛洲三座山，使之兀峙不动。

③"倾墙"四句：地震摧毁房屋，压死老弱。人们呼救的声音还未停，一下子又被洪水冲走。大地断裂，波浪翻滚。十户人家，八九化为异物。《宋史·五行志》载：熙宁元年八月，"河北复大震，或数刻不止，有声如雷，楼橹民居多摧覆，压死者甚众"。又："河决恩、冀州，漂溺居民。"划劙（lí）：割破。潎（bì）沸：水涌貌。生鱼头：据《南史·康绚传》载：淮河堤决，淹死数万人，许多"水中怪物，随流而下，或人头鱼身，或龙形马首"。又韩愈《月蚀诗效玉川子作》："尧呼大水浸十日，不惜万国赤子鱼头生。"

以上六句写地震、水灾同时发生的恐怖境况，极言死者之多。

④"稍闻"四句：听说在澶渊地区，每日有几万人渡过黄河南下。河北不知有几多州郡空无人烟。逃难的人接连不绝，背负小孩来到襄城叶县之间。要住无屋，要耕无牛。澶（chán）渊：古地名，在今河南濮阳西南。襁（qiǎng）：包裹婴孩的宽带子。

⑤"初来"二句：初来的人还能得到荒地耕种，唉，你们后到的人又靠什么呢？怙（hù）：依靠。

以上六句写灾民逃难的悲惨情况。

⑥"刺史"四句：当地的官吏尽力办事，为皇帝分忧。皇帝下了诏令，对百姓的受灾表示哀痛，像父母一样关心他们。朝廷中已起用了像伊尹、吕尚那样的贤相，但是什么时候才能亲眼看到人民安定啊！刺史：官名。一州的行政长官。常用作知州的别称。守令：郡守和县令。明诏：皇帝颁布的命令。庙堂：太庙的明堂。皇帝奉祀祖宗、议事的处所。此指朝廷。伊吕：商汤时贤相伊尹和周武王时贤相吕尚。安堵：安居，不受骚扰。《汉书·高祖本纪》："吏民皆安堵如故。"作者把希望寄托在统治阶级身上，但对能否解决问题还是有疑虑的。

⑦"疏远"二句：像我的阔略的救灾计划，献上去是不会被采纳的。被人们传布开来，更容易歪曲变样了。疏远之谋：指救灾的计划。"疏远"谓阔略不切实际，山谷自谦之词。三言成虎：出自《韩非子》。市集上本来是没有老虎的，但好几个人都肯定说有，听的人也就会相信了。这里指提出要从根本解决的措施，但不被人了解接受。

⑧"祸灾"二句：灾祸的流行，是没有确定的时刻的。唐尧时的水灾，商汤时的旱灾，人们都不能预知。意思是说：既然不能知道灾祸几时发生，就应着眼于预防工作，这才是治本的办法。

⑨"桓侯"二句：齐桓侯的病，起初是没有症状的，等扁鹊到秦国去了，才开始治病，那就迟了。《史记·扁鹊仓公列传》载：名医扁鹊发现齐桓侯有病，桓侯不信，不肯医治，直到病情发展严重，才找扁鹊，扁鹊已经离去，桓侯终于不治而死。作者用治病作比喻，强调要做好防灾准备工作，否则灾祸一旦发生，就来不及了。

⑩"投胶"二句：现在的措施，好比将一把胶投到黄河中，等河水澄清。一小箪饭，怎能挽救灾民的性命啊！"投胶"句用《抱朴子》意："寸胶不能理黄河之浊。"箪（dān）：古代盛饭用的竹器。圆形，有提手。这两句深刻地指出：大灾之后，小小的赈济是不够用的。

⑪"虽然"二句：尽管如此，还希望能赶得及在今年春天，略谈谈周公的十二个救荒的办法。十二政：《周礼·地官》："荒政十有二……一曰散利，一曰薄征。"这两句说，救灾措施虽不能从根本上解决问题，但还是聊胜于无的。希望朝廷能早办、急办。

⑫"风生"二句：让大家议论起来，提出好办法。就算这是老生常谈，也希望上边能好好听一下。风生：形容议论时的热烈。出奇：出奇计。幸：希望。曾国藩《求阙斋读书录》谓："熙宁二年，河北于旱后又遭水灾，流民南渡，就食襄、叶间。所云'疏远之谋''老生常谈'者，山谷是时必陈救荒之策也。"

和答登封王晦之登楼见寄

县楼三十六峰寒，王粲登临独倚栏①。清坐一番春雨歇，相思千里夕阳残②。诗来嗟我不同醉，别后喜君能自宽③。举目尽妨人作乐，几时归得钓鲲桓④？

[题解]

熙宁四年（1071）春，山谷在叶县任上作。诗歌意气高扬，境界开阔，表现了青年诗人的胸襟和抱负。尤其是前半首，情景声韵俱佳。和答：针对对方来诗的意思作答。诗人间互相唱和，首先作诗的叫"原唱"，依照别人诗的题材和体裁去写诗叫"和"。登封：地名，今河南登封市，在河南嵩山之南十里。王晦之：黄庭坚的朋友，在河南登封做官。见：表敬意的助词，用在动词前边，表示"对我怎么样"，如见告、见教等。

[注释]

① "县楼"二句：楼正对着高寒的三十六峰，想到您像王粲那样登楼北望，独倚着栏杆。想象王晦之登临的情景，起得很有气势。县楼：指旧时登封县的城楼。三十六峰：五岳中的中岳嵩山，有三十六个主要的山峰。王粲：东汉末年的文学家，建安七子之一，曾写过有名的《登楼赋》，抒发"冀王道之一平兮，假高衢而骋力"的抱负。

② "清坐"二句：清静地坐着，一番春雨洒过，夕阳将下，引起对千里外朋友的相思。两句融情入景，情深景美，确是白描的好句。黄爵滋云："清坐相思一层，唐人必在言外，但只要句法句意恰到好处，虽是宋体，亦未尝不好。"

③ "诗来"二句：接到您的诗，很可惜我不能跟您同醉。在离别之后，真高兴您能使自己宽怀。两句补充写思念之情。朋友远隔，不能共同欢聚，唯有自我宽解而已。

④ "举目"二句：但我举目四望，一切都好像妨碍我愉快作乐。什么时候才能归去，在大海上钓鱼呢？写自己在叶县无法自宽，希望能摆脱烦琐的公务，归去过渔钓的隐居生活，干一番大事。鲲桓：一说是两种大鱼的名。一说鲲，即鲸；桓，盘桓之意。《庄子·应帝王篇》："鲲桓之审为渊。"审，处也。韩愈《赠侯喜》有"君欲钓鱼须远去，大鱼岂肯居泪洄"的话，其中寄托了深意，山谷此诗似有要干一番大事的想法。

弈棋二首呈任公渐（选一）

偶无公事客休时，席上谈兵校两棋①。心似蛛丝游碧落，身如蜩甲化枯枝②。湘东一目诚甘死，天下中分尚可持③。谁谓吾徒犹爱日？参横月落不曾知④。

[题解]

山谷诗的题材很广泛。别人送一双袜，也要写首诗去道谢，见到把好扇子，也免不了题上几句。这些诗，大抵内容空洞，没有什么深刻的思想意义。但有些在艺术技巧上比较成功，如这首写下棋的诗。任公渐：叶县县令，是山谷的上司。

[注释]

①"偶无"二句：偶然没有公事要办，也没有客人来访的时候，就在坐席上边谈起兵法——较量一下棋艺。写下棋的缘起。校：同"较"，用竞赛的方式来比本领的高低。两棋：指围棋，分黑白两方，以在棋盘上占地盘多少来决定胜负。

②"心似"二句：精神，好像轻盈的蛛丝，悠悠地飘扬在天空；身体，好像蜕化后的蝉壳，挂在枯干的树枝上。两句把下棋的人那种专心致志的神情和姿态，非常具体形象地刻画出来。上句写"神"，下棋人忘掉了世界，忘掉了自己，所谓"游心物外，物我两忘"。下句写"态"，由于精思苦想，凝神不动，全身仿佛都僵化了，变成一个无生命的躯壳。在

这里我们也可以领略到山谷推陈出新的规摹手段。下句用《庄子》的典故，有一个痀偻丈人，善于捉蜩，他把自己的身体当成枯树，手臂当成枯枝，"虽天地之大，万物之多，而唯蜩翼之知"。山谷把这一人所熟知的典故用活了，他不说下棋人像枯枝，而是说像蜩甲，这样，既可以使读者联想起庄子的典故，又给古典赋予新的意义。碧落：青天。《度人经》注："东方第一天，有碧霞遍满，是云碧落。"蜩（tiáo）：即蝉。蜩甲，即蝉蜕。蝉的幼虫变为成虫时蜕下的壳。蒋澜谓"此二语穷形尽相，真是绘水绘声手"（《艺苑名言》卷一）。

③"湘东"二句：如果像湘东王那样只有一只眼，那就真的甘心就死；棋局像天下中分，双方各占一定地盘，那还是可以争持下去的。两句扣紧围棋的特点写。上句写局部的战役，下句写全盘的形势。把下棋者的心理，棋局的安排，都写得极为贴切生动。湘东一目：梁朝时的湘东王萧绎，独眼。他与侯景作战，被人嘲笑说："湘东一目，宁为赤县所归？"诗中只借用典故的字面。一目，即一个眼。据围棋比赛法则，一块棋，如果有两个对方的"禁着点"，术语叫作两个"眼"，就是活棋，如果只有一个"眼"，就是死棋。天下中分：《史记·高祖本纪》："项羽恐，乃与汉王约，中分天下，割鸿沟而西者为汉，鸿沟而东者为楚。"持：相持。指双方势均力敌，争持不下。

④"谁谓"二句：谁说我们还是爱惜时光的？连参星横斜、月亮西落，都不曾知道呢！两句写下棋的人那种夜以继日、通宵达旦，着迷的情景。参（shēn）：星名，二十八宿之一。参横月落，表示夜尽天明。

冲雪宿新寨忽忽不乐

县北县南何日了,又来新寨解征鞍①。山衔斗柄三星没,雪共月明千里寒②。小吏有时须束带,故人颇问不休官③。江南长尽捎云竹,归及春风斩钓竿④。

[题解]

山谷为叶县尉,经常因公差下乡。诗写无日不奔波于道途中,往往至夜间始解鞍休息,其行役之苦可知。加之身为小吏,见上官必须束带,受尽屈辱,故发归隐之思。黄䎖《山谷先生年谱》引《垂虹诗话》载,本诗五、六句原作"俗学近知回首晚,病身全觉折腰难",王安石见之,击节称叹,谓黄某清才,非奔走俗吏。今集中所载,乃改定本,原诗愤懑之意已趋平和,未必胜于原作。

[注释]

①"县北"二句:终日奔走县南县北之间,不知几时方了,而今又来到新寨,下马解鞍歇息。新寨:地名,在叶县境。

②"山衔"二句:只见北斗七星的斗柄已低垂在山间,三星也隐没于东方了,积雪在明月的映照下,千里清寒。三星:指心宿,有三颗主星,天昏时见于东方。月明千里寒:谢庄《月赋》有"千里兮共明月"。

③"小吏"二句:当个小吏,有时还不得已要束带拜见上官,老朋友就经常捎话:为什么不辞官归去。束带:《论语·公冶长》:"束带立于

朝，可使与宾客言也。"束好腰带，有整肃衣冠之意。小吏晋见上官，须穿好官服。《宋书·陶潜传》载："郡遣督邮至县，吏白：'应束带见之。'潜叹曰：'我不能为五斗米折腰向乡里小人！'即日解印绶去职。"陶潜不肯束带见督邮而休官，而自己却不能效法前贤，尤感无奈。

④ "江南"二句：在江南的故乡已长满高耸入云的绿竹，如今归去，正赶上春风吹拂的时候，还来得及斩些竹子作钓竿吧。捎云：拂云。两句是想象之辞，只不过是说说而已。

郭明甫作西斋于颍尾，请予赋诗二首（选一）

食贫自以官为业，闻说西斋意凛然①。万卷藏书宜子弟，十年种木长风烟②。未尝终日不思颍，想见先生多好贤③。安得雍容一樽酒？女郎台下水如天④！

[题解]

朋友新建了个书斋，请山谷赋诗。全诗都是想象之词。在山谷集中，这算是比较流畅自然的律诗。诗中劝勉友人，好好读书向学，修养成材。诗意含蓄有味，可想见诗人那雍容和蔼的意态。颔联风致尤佳，为后世所传诵。本诗结构严谨，起首两句扣题，三、四写作斋，五、六还题，收处结合自己，但这种格局比较平板，故方东树"嫌其习气空套"（《昭昧詹言》卷二十）。颍尾：颍水的下游。颍水在安徽颍上县东南流入淮河。

[注释]

① "食贫"二句：我家境清贫，只能把做官作为自己的事业了；听

说您新建了西斋，便起了敬慕之意。食贫：指过着贫困的生活。《诗经·氓》："三岁食贫。"凛然：严肃，可敬畏的样子。本诗中用以表示尊重、敬慕之意。

②"万卷"二句：西斋里万卷藏书，最适宜于子弟们学习；十年种树，在风烟中生长成材。十年种木：《管子·权修》："十年之计，莫如树木；终身之计，莫如树人。"说明培养人才，才是国家永久之计，是要花很长时间的。在本诗中，"十年"句语意双关，既是写西斋林木深茂的优美景色，又是对郭明甫的期望：在这良好的环境里教子弟读书，早日成为国家栋梁之材。

③"未尝"二句：我经常都思念着颍州的朋友，想到您是最喜欢跟贤士交往的。好（hào）：爱好。这两句紧承上文。西斋内有藏书，外有树林，是个极好的地方，很能吸引人，所以这里表示愿往之意。山谷是嗜书如命的，这首诗指出郭明甫藏书万卷，固然方便了他的子弟，但对山谷自己来说，不也正应好好利用吗？

④"安得"二句：怎能够从容地跟您樽酒相对，泛舟在水色如天的女郎台下？末两句希望能到西斋与朋友相聚，饮酒倾谈。雍容：形容文雅大方，从容不迫。女郎台：在颍州，今安徽省阜阳市西北一里。

按：郭明甫曾任颍州府的推官，掌勘问刑狱的工作。读书作文，常与来往的文士交游。东坡在元祐六年（1091）到颍州，跟他过从很密。程千帆、缪琨两先生选注的《宋诗选》说郭明甫名祥正，当涂人，隐居读书。误。名祥正的是郭功甫，诗人，跟苏、黄俱友好。

过平舆，怀李子先，时在并州

前日幽人佐吏曹，我行堤草认青袍①。心随汝水春波动，兴与并门夜月高②。世上岂无千里马？人中难得九方皋③。酒船鱼网归来是，花落故溪深一篙④。

[题解]

史容的《山谷外集诗注》云："解叶县尉时作。"山谷在熙宁元年（1068）赴叶县尉，九月到汝州，则终吏之期当在熙宁四年（1071）秋。此诗所写皆暮春的景色，疑为山谷尚在叶县任上作。因事经过平舆，想念起远在并州的同乡好友李子先，写诗劝他一起回到故乡。山谷在这年间写的诗很有些牢骚语，"用舍由人不由己，乃是伏辕驹犊耳""小吏有时须束带""折腰尘土解哀怜"。做个受气的小官，自以为有才而不受重用，想解职回乡的心情是很自然的。平舆：宋时属蔡州，元废县，1951年复置。今为河南省驻马店市辖县。并州：太原旧称。

[注释]

①"前日"二句：前日，那高洁的人被派做吏曹的小官。我行在堤上，看到青草跟青袍颜色难以分辨。幽人：隐士，或襟怀深远淡泊的人。指李子先。青袍：旧时读书人穿的一种衣服。旧诗中常用青草与青袍的颜色相比。庾信《哀江南赋》："青袍如草，白马如练。"次句是说因堤草记起了李子先，把青袍作为李的代称。本诗中用一"认"字，很妥帖。认，

正说明了难认,与杜甫诗"汀草乱青袍"的"乱"字有异曲同工之妙。

②"心随"二句:我的心情,随着汝水的春波而动荡;您的兴致,也许跟并州城门上升起的夜月那样增高了吧?汝水:出河南嵩县天息山,流入淮水。

一、四句写对方,二、三句写自己,把朋友两地相思之情细致地刻画出来。融景入情,意更深切。其实,这两句也可以说是写山谷自己,足见得他怀念李子先的深情。两句流水对,意思连贯,可作一句读,已成为千古名对了。

③"世上"二句:世界上难道没有千里马吗?只不过是在人群中难找到九方皋罢了!二句意与《徐孺子祠堂》"白屋可能无孺子,黄堂不是欠陈蕃"相似,但写得更直率。因为快解官,说话更没什么顾忌了。任渊注引《潜夫诗话》谓山谷教人作诗,云:"'世人岂无千里马,人中难得九方皋',此可为律诗之法。"这个法,大概是指对偶句意,要单行直下,不要断开来。这两句,先设问,再自己作答,贯成一气,这就是所谓的"流水对"。宋人吴聿《观林诗话》谓此二句"尤为工致"。九方皋:春秋时的相马专家,曾为秦穆公出外求马。他不大管马的颜色和雌雄,却能掌握马的内在本质,求得真正的好马。

④"酒船"二句:家乡还有酒船鱼网,您归来吧!新涨的溪水,漂送着落花,正好一竹篙深呢!两句写故乡风物。景极美,情极深。不直接说饮酒食鱼,而说"酒船鱼网",化为景语,使句意更新更美。"归来是",三字有力。劝告子先,还是一起回家乡好。本来意已尽,收处忽接一景句,既加强了"归来是"的说服力,也增加了全诗的美感。我们或许联想起六朝时丘迟《与陈伯之书》的名句来:"暮春三月,江南草长,杂花生树,群莺乱飞。"它们所表现的情与景不是很相似吗?赵翼《瓯北

诗话》盛称此诗"独辟蹊径",并谓:"诗果意思沉着,气力健举,则虽和谐圆美,何尝不沛然有余,若徒以生僻争奇,究非大方家耳。"这也算是公允平情之论。

答龙门潘秀才见寄

男儿四十未全老,便入林泉真自豪①。明月清风非俗物,轻裘肥马谢儿曹②!山中是处有黄菊,洛下谁家无白醪③?想得秋来常日醉,伊川清浅石楼高④。

[题解]

山谷对那些隐居不仕的读书人,总是充满敬意。因为官场实在是太污浊了,党派间的斗争实在是太残酷了,胸怀恬退的诗人,总是希望能有个平静的避风港,好让自己能不用担惊受怕地生活着。龙门:镇名,在洛阳市南二十里。

[注释]

①"男儿"二句:男子汉,年方四十,还不算老,便隐居于林泉之中,真值得自豪。方东树曰:"起兀傲,一气涌出。"本来男儿四十,正是出仕之时。孔子说:"四十曰强,而仕。"但潘秀才已入林泉,故诗人非常钦慕。

②"明月"二句:故园中的明月清风,不算是鄙俗的东西吧?那轻裘肥马的享用,对不起,都让给你们了!两句不要平平地读过,每句中都有曲折,顿挫有味。表明潘秀才不爱荣名和物质享受,寄趣于壮丽的大自

然中，过着与世无争的生活。明月清风：苏轼《前赤壁赋》"惟江上之清风，与山间之明月，耳得之而为声，目遇之而成色，取之无禁，用之不竭"与本诗意同。轻裘肥马：指富贵人家的生活。《论语》中有"愿车马、衣轻裘"。

③"山中"二句：在山中，这里有的是美好的黄菊。洛阳哪一家没有洁净的醇酒啊！饮酒赏菊，这是陶渊明以来隐者的传统生活方式。醪（láo）：醇酒。

④"想得"二句：想到您秋来日日常醉，在高高的石楼上俯瞰着清浅的伊川。伊川：伊河，经龙门流入洛河。石楼：据《新唐书·白居易传》载，白居易在东都"疏沼种树，构石楼香山"。

晓起临汝

缺月欲峥嵘，鸣鸡有期信。征人催凤驾，客梦未渠尽①。野荒多断桥，河冻无裂璺。羸马踏冰翻，疑狐触林遁②。清风荡初日，乔木啭幽韵③。嵩高忽在眼，崟峨连数郡④。玄云默垂空，意有万里润。寒暗不成雨，卷怀就肤寸⑤。观象思古人，动静配天运。物来斯一时，无得乃至顺⑥。凉暄但循环，用舍谁喜愠？安得忘言者，与讲齐物论⑦？

[题解]

熙宁四年（1071）冬，山谷任叶县尉期满，赴京准备参加学官考试。

青年诗人怀着救国救民的理想，踏上程途，经临汝时作了此诗。诗中生动细致地刻画了自然景物的变化，表现了作者的感情和抱负。

[注释]

①"缺月"四句：迟出的缺月，这时已升到天的高空，雄鸡依时啼唤，出发的时刻到了。远行的人，催着备好早行的车马。客梦匆匆，好像还未全醒。这里写清晨备车马出发的情景。峥嵘：本形容山的险峻。诗中指高空。是时山谷任叶县尉，行役在外，中途宿于临汝旅店。早起赶路，正是下弦月，月亮升到天的高空，故有此语。"鸣鸡"句：《韩诗外传》卷二："君独不见夫鸡乎……守夜不失时者，信也。"夙（sù）：早。遽（jù）：与"遽"通，匆忙、急遽。

②"野荒"四句：荒野外，有不少断桥；黄河冻住了，没有一丝裂纹。瘦弱的马，踏着坚硬的冰，滑倒了；多疑的狐狸，也鬼鬼祟祟地钻入树林逃遁。写清晨上路时所见的荒凉景象。璺（wèn）：指玉器、陶瓷等光滑坚硬的物品上的裂痕。与"纹"通。羸（léi）：瘦弱。

③"清风"二句：清风，像在摇荡着初升的太阳；高树上，鸟儿在美妙地鸣啭。两句笔意一转，写日出时的景物，与上文形成强烈的对照，表现了诗人思想感情的变化。幽韵：指鸟儿有音乐性的优美的叫声。

④"嵩高"二句：嵩山，忽然出现在眼前，巍峨地连接着几个郡县。嵩高：即嵩山，是"五岳"中的中岳，在河南登封。岌峨：形容山的高峻。

⑤"玄云"四句：乌云，默默地躺在远空，它想要润泽万里的土地。但气寒天暗，不能成雨，那就暂时收藏起来，密密地靠拢着吧！这里在写景中隐喻作者的抱负，要像雨云那样，沾溉祖国的山河，如果理想一时无法实现，那就收敛起来等待着。玄：黑色。卷怀：语出《论语·卫灵公》。意思是说，人的才能如果用不上，"则可卷而怀之"。诗中活用此

语，语意双关，亦用以形容云的卷缩之状。就：靠近。肤寸：古代长度单位。一指的宽度为一寸，一肤等于四寸。比喻极小的空间。《公羊传·僖公三十一年》："触石而出，肤寸而合，不崇朝而遍雨乎天下者，唯泰山尔。"肤寸而合，形容云气密布的样子。前两句自抒其泽及天下之怀抱，后两句谓若不能泽及天下，则当退而独善其身。

⑥"观象"四句：这时我观察天地的物象，想起古人的一动一静都是合乎自然规律的。事物的取得是有定时的，得不到也是很合理的。象：指上面说的玄云垂空，随又卷怀起来，欲雨未雨。山谷因看了这种现象，想到古人的动静能与之相配，顺其自然，不生忧喜。山谷在这里，既承认事物的发展变化是有规律的，人的行为要顺应这规律，但又认为人在这些规律面前是无能为力的，只能恬静寡欲，得失不介于怀。山谷就用这种羼杂了老庄和禅宗的哲学思想，作为他在长期险恶的政治斗争中的精神支柱。观象：《易·系辞》："伏羲……仰则观象于天，俯则观法于地。"天运：物质运动的规律，指一种自然界的必然性。《庄子·天道》："其动也天，其静也地。"又，《庄子·天运》："天其运乎？地其处乎？……意者其运转而不能自止耶？""物来"二句：《庄子·养生主》有"适来，夫子时也；适去，夫子顺也。安时而处顺，哀乐不能入也"。郭象注："无时而不安，无顺而不处，冥然与造化为一，则无往而非我矣！将何得何失，孰死孰生哉！"

⑦"凉暄"四句：凉与热，只是在循环变化着；"用"还是"舍"，何必要高兴或恼怒呢？怎样能得到"忘言"的人，跟他一起谈论《齐物论》啊！在这里，山谷把凉与热、用与舍的性质都等同起来，堕入庄子的相对哲学中去了。用舍：《论语·述而》："用之则行，舍之则藏。"用，指被任用；舍，指不被任用。愠：含怒、怨恨。忘言：《庄子·外物》：

"言者所以在意，得意而忘言。"意谓言词是用来表达意思的，已得其意，就不需再用言词了。诗中指彼此默喻。齐物论：《庄子》中的一篇。宣扬相对的齐万物、同死生的学说。

闰月访同年李夷伯子真于河上，子真以诗谢，次韵

十年不见犹如此，未觉斯人叹滞留①。白璧明珠多按剑②，浊泾清渭要同流③。日晴花色自深浅，风软鸟声相应酬④。谈笑一樽非俗物，对公无地可言愁⑤。

[题解]

此诗作于元丰元年（1078）。时山谷任国子监教授，生活过得比较愉快。闰月：1078年，闰正月。同年：在科举时代同一年考中的人。山谷在治平丁未与李同唱第，故称。

[注释]

① "十年"二句：十年不见，您还是那个样子，看不到您因没升官而长吁短叹。十年：李子真跟山谷同在宋英宗治平四年（1067）考中进士，到这时已足十年了。犹如此：三字含着许多意思，尽管李子真多年沉屈滞留，但他并不为此而叹息，依然不改旧日的思想、品格和对朋友的感情。斯人：这人。滞留：停留不动。指得不到升迁。

② "白璧"句：您像白璧和明珠那样，容易引起别人的嫉妒，会对

您按剑而怒。白璧明珠：《史记·鲁仲连邹阳列传》："明月之珠，夜光之璧，以暗投人于道，路人无不按剑相眄者。"诗中用来比喻李子真虽有美材高行，而得不到人们的理解。

③"浊泾"句：混浊的泾河和澄清的渭河是应该合流的。诗人劝告朋友，还是随和些好。和光同尘，与世浮沉，也能保持自己独特的风格和骨气。泾河和渭河合流后，清浊界线，依然很分明。浊泾清渭：《诗经·谷风》"泾以渭浊"，本是说泾水是由于渭水而变浊的。泾水本清，渭水本浊，但后人误解诗意，又不做调查研究，把泾渭的清浊倒过来了。山谷也沿用这错误的说法。

④"日晴"二句：天晴了，太阳照在初春的花儿上，颜色有浅有深，软风轻拂，鸟儿的鸣声互相应和。这两句写河上的美景，花香鸟语，烘托朋友会面时的愉快心情。"自深浅"三字，观察、描写得很细致。因为是晴天，花色的明暗、深浅对比分外强烈。可见诗人用字的准确。

⑤"谈笑"二句：两人谈笑相欢，这樽酒也不算得是鄙俗的东西啊！对着您，真的没有言愁说恨之处了。极写朋友的欢聚。李白《将进酒》诗中要用美酒"与尔同销万古愁"，山谷此诗却说对着樽酒无地言愁，有异曲同工之妙。

和师厚接花

妙手从心得，接花如有神①。根株穰下土，颜色洛阳春②。雍也本犁子，仲由元鄙人③。升堂与入室，只在一挥斤④。

[题解]

　　此诗作于元丰元年（1078）。谢景初，字师厚，杭州富阳人，宋庆历六年（1046）进士，累官至湖北转运判官、益州路提点刑狱。他是山谷的岳父。此诗以嫁接花木喻培养人才，感谢长辈对自己的教导和帮助。这是一首争议甚多的诗。方回《瀛奎律髓》卷二十七评云："山谷最善用事，以孔门变化雍、由譬接花，而缴以《庄子》挥斥语，此'江西'奇处。"山谷最善用一些看起来不相干之典故，来表现独特的思想和意境。如此诗中冉雍、仲由二典，旧意生新，前人未道。不满江西诗风的评论家，如冯氏兄弟则直斥之为"恶极粗极""拙丑"，贺裳《载酒园诗话》讥为"大雅扫地"，黄爵滋《读山谷诗集》说它"开穿凿一派"。

[注释]

　　①"妙手"二句：精妙的技艺是要由心灵去领会的，这位妙手嫁接花木如有神助。妙手：精妙的技艺、手法，亦指技艺高超的人。《庄子·天道》载，轮扁谓斫轮，须"得之于手而应于心。口不能言，有数存焉于其间"。从心得：白居易《新昌新居书事四十韵因寄元郎中张博士》诗："逸致因心得。"接花：嫁接花木。如有神：杜甫《奉赠韦左丞丈二十二韵》诗："读书破万卷，下笔如有神。"

　　②"根株"二句：花的根株深植于穰下的泥土中，花的颜色也化作了洛阳的春色。穰下：指穰县（今河南邓州市）。谢景初居邓，山谷曾从之游，又曾自言得句法于师厚。此句别本作"家风穰下土"。洛阳春：韩愈《送无本师归范阳》诗："始见洛阳春，桃枝缀红糁。"

　　③"雍也"二句：冉雍本来是微贱之子，仲由原来也是鄙野之人。雍：指冉雍，字仲弓，孔子弟子，出身卑微，其父为"贱人"。《论语·雍也》载，孔子曰："犁牛之子骍且角，虽欲勿用，山川其舍诸！"意谓

耕牛所产的小牛，长着赤色的毛和端正的角。即使不想用它作牺牲，难道山川之神会舍弃它吗？意谓冉雍出身虽贱，德才可用。仲由：字子路，为人伉直鲁莽，好勇力。孔子以礼诱导之，终于成为孔门贤人。两句说孔子把出身低微和生性粗鄙的弟子培育成材。

④"升堂"二句：无论是升堂还是入室，只在大匠挥动斧头那一瞬间就决定了。升堂与入室：《论语·先进》："由（子路）也升堂矣，未入于室也。"升堂、入室，比喻学业修养程度深浅的两个阶段。挥斤：《庄子·徐无鬼》："郢人垩慢其鼻端，若蝇翼，使匠石斫之。匠石运斤成风，听而斫之，尽垩而鼻不伤，郢人立不失容。"运斤：挥动斧头。比喻出神入化的高超技巧。两句对景初的栽培表示敬佩和感谢。

过方城寻七叔祖旧题

壮气南山若可排，今为野马与尘埃①。清谈落笔一万字，白眼举觞三百杯②。周鼎不酬康瓠价，豫章元是栋梁材③。眷然挥涕方城路，冠盖当年向此来④。

[题解]

山谷重过方城（今河南方城县），见到一位逝去长辈的旧题，感怆无限，写成此诗。笔力极重，深刻沉着而又奇气横出，是山谷青年时代的佳作。

[注释]

①"壮气"二句：他当年的壮气豪情，真有力排南山之势，但现在

一切都成了飘浮在太空中的尘埃！两句感情极为沉痛。山谷的七叔祖名注，字梦升，曾为南阳主簿，才气纵横，一生郁郁不得志。作者重过方城，见到黄注的旧题，怀念起这位已逝的前辈。首句出自诸葛亮《梁父吟》："力能排南山。"野马：《庄子·逍遥游》："野马也，尘埃也，生物之以息相吹也。"释文引司马彪曰："野马，春月泽中游气也。"

②"清谈"二句：他清谈高论，下笔作文，洋洋万字，睥睨世人，举觞痛饮，一尽三百杯！这里生动地把黄注的才情豪气刻画出来。前人评："奇气涌起，亦有排南山之势。"白眼举觞：杜甫《饮中八仙歌》："举觞白眼望青天。"三百杯：《世说新语》注引《郑玄别传》："袁绍辟玄，及去，饯之城东，欲玄必醉。会者三百余人，皆离席奉觞，自旦及暮，度玄饮三百余杯，而温克之容，终日无怠。"诗中用以表现黄注的襟怀和器量。

③"周鼎"二句：在当世，贵重的周鼎还不如一把瓦壶的价值，要知道，大樟树原来是栋梁之材啊！两句深慨黄注的怀才不遇。上句出贾谊《吊屈原文》："斡弃周鼎，宝康瓠兮。"康瓠：中空的瓦壶。豫章：即樟木。《史记集解》引郭璞曰："豫章，大木也，生七年乃可知。"据《南史》载，袁粲曾称赞王俭说："栝柏豫章虽小，已有栋梁气矣。"

④"眷然"二句：我无限眷怀地流泪，在方城路上，当年衣冠之士乘着车子就是向着这儿来的。末两句追怀黄注，不尽低徊之意。眷：顾念，恋慕。冠盖：帽子和车盖。用以指士大夫。诗意谓黄注生前，声名远播，人们都到来拜访他。

此诗三、四拗句"落笔一万字"，连用五仄，"三百杯"，平仄平。如王偁《匡山丛话》云："鲁直换字对句法……于当下平声处以仄字易之，欲其气挺然不群。"

古诗二首上苏子瞻

其 一

江梅有佳实，托根桃李场①。桃李终不言，朝露借恩光②。孤芳忌皎洁，冰雪空自香③。古来和鼎实，此物升庙廊④。岁月坐成晚，烟雨青已黄⑤。得升桃李盘，以远初见尝⑥。终然不可口，掷置官道傍⑦。但使本根在，弃捐果何伤⑧。

[题解]

元丰元年（1078），山谷任北京国子监教授时，写了一封信给正在徐州的苏轼，并附上古诗二首，表示自己的倾慕之情。苏轼和了诗，报书说："《古风》二首，托物引类，真得古诗人之风。"两位诗人从此订交，终生不渝。苏轼，字子瞻，号东坡居士，眉山（今四川眉山市）人，是我国历史上杰出的散文家、诗人。他早年政治上偏于保守，因反对王安石推行的新法，屡遭贬斥，历任杭州、密州、徐州等处的地方官，较关心人民的疾苦，在任上也做了一些好事。苏轼是宋诗革新的主将，他的诗内容比较充实，想象力丰富，豪放自然，艺术形式变化多端，充满着浪漫色彩，后人比之为宋代的李白。

两首诗皆用比体。第一首以江梅喻东坡，而以桃李场喻当时之名场。意谓桃李得时，下自成蹊，江梅虽得朝露之恩泽，结成果实，然未有以之和羹者。纵使得升桃李盘，亦随即因为不可口而被弃。然梅之本性固在，虽不为世所用，又何伤乎？通过咏梅，赞美东坡独立不移的品格，并惋惜其遭遇。第二首以涧松喻苏轼，谓其虽大材而不得其用，却声名远播。又以菟丝自喻，希望能与青松长久相依。表明自己虽为"小草"，却有"远志"，与对方同具"医国"的抱负。

[注释]

① "江梅"二句：江梅有美好的果实，托根在桃李滋生的场地。《古诗十九首》云："冉冉孤生竹，结根泰山阿。"此效其体。任渊注引赵景真《与嵇茂齐书》："北土之性，难以托根。"点出言外之意。

② "桃李"二句：桃李始终不肯说它的好话，江梅只凭着朝露的恩光成长。谚曰："桃李不言，下自成蹊。"此借用其语。恩光：喻天子的恩泽。

③ "孤芳"二句：高洁的江梅孤芳自赏，易招妒忌，它徒然在冰雪中散发清香。此犹韩愈《孟生诗》"异质忌处群，孤芳难寄林"之意。

④ "古来"二句：古来调鼎和羹要靠梅子，它本应进入高高的朝堂。和鼎实：言江梅有和羹之用。《尚书·说命》下："若作和羹，尔惟盐梅。"盐、梅，古人用以调味。谓商王武丁立傅说为相，欲其治国如调鼎中之味。后因以盐梅和鼎喻宰相之职责。庙廊：朝廷。

⑤ "岁月"二句：可惜岁月空度，为时已晚，在烟雨中梅子已由青变黄。坐：空，徒然。

⑥ "得升"二句：梅子跟桃李同置盘中，因它来自远方而得到品尝。

⑦ "终然"二句：但它实在不那么可口，终于被抛掷在官道一旁。此喻苏轼与新党同在朝中，因政见不同而被疏远。

⑧ "但使"二句：但是只要它的本根还在，果实被弃又何妨！弃捐：抛弃。《古诗十九首》："弃捐勿复道。"

其 二

青松出涧壑,十里闻风声。上有百尺丝,下有千岁苓①。自性得久要,为人制颓龄。小草有远志,相依在平生②。医和不并世,深根且固蒂。人言可医国,何用太早计③!小大材则殊,气味固相似④。

[注释]

① "青松"四句:青松生长在幽涧深壑之中,但十里外都能听到风吹动它的声音。在它上面有百尺长的菟丝,底下有千年的老茯苓。四句纯用"比"体。任渊注:"松以属东坡,茯苓以属门下士之贤者,菟丝以自况。"诗意谓东坡大材而沉屈下僚,但依然声名远播,受到追随者的拥戴。丝:菟丝,攀援植物,可入药。苓:茯苓。生在树根上的菌类植物,可入药。宋人惠洪《石门文字禅》云:"'君为女萝草,妾作菟丝花。'此李白作。寄情于君臣朋友之际,必托二物以比况,汉苏(武)、李(陵)以来作者多如此。"

② "自性"四句:据茯苓的本性,能与松树做长久的朋友,为人类却老延年;菟丝虽是小草,也有远大的志向,能跟松树生死相依。山谷在诗中表白心迹,要与东坡订下终身之盟。久要(yāo):旧约,旧交。《论语》:"久要不忘平生之言。"颓龄:老年,衰暮之年。陶潜《九日闲居》诗:"酒能祛百虑,菊为制颓龄。"小草:《本草》:"远志,叶名小草。"诗中借以指菟丝。

③ "医和"四句:古时的名医医和,已不在世上,那就先深扎下根来,坚固本蒂吧!虽然人家说我们应医治国家的疾患,但又何必过早地考虑这个问题呢!任渊解释得很好:"诗意谓依附贤者,足以自乐。至其不

为当世所知，则亦自重。难进而未尝汲汲也。"山谷希望能好好修养自己，等待时机，为国家效力。医和：春秋时秦国的名医。诗中指能荐用贤士的人。并世：同时生存在世上。医国：《国语·晋语》："上医医国，其次救人。"

④ "小大"二句：小草和大树，材能是有不同的，但它们的品格和情调却很相似。这里表明自己和东坡在思想上是相通的。这就是两位诗人友谊的基础。山谷很强调朋友之间的"气味"。在《答余洪范》等诗中都提到要"气味相似"，亦即《易经·乾卦》的"同声相应、同气相求"之意。苏轼答书有云："意其超逸绝尘，独立万物之表，驭风骑气，以与造物者游，非独今世之君子所不能用，虽如轼之放浪自弃与世阔疏者，亦莫得而友也……轼方以此求友于足下而惧其不可得，岂意得此于足下乎？"在此亦可见两大诗人的气味是何等相似，了解是何等深刻了。

和师厚郊居示里中诸君

篱边黄菊关心事，窗外青山不世情①。江橘千头供岁计，秋蛙一部洗朝醒②。归鸿往燕竞时节，宿草新坟多友生③。身后功名空自重，眼前樽酒未宜轻④。

[题解]

元丰元年作。谢景初，字师厚，山谷丈人。山谷少时尝从谢景初游，自言得其句法。时师厚分司西京洛阳，此为闲职，故得以赏菊看山，自得其乐。三、四句用李衡与孔稚圭故事，补足首联之意。颈联承上启下，时不我待，故宜闲居行乐。全诗四联皆对偶句，"归鸿往燕""宿草新坟"为当句对。景中见事，事中见情。

[注释]

①"篱边"二句：我所关心的只是篱边黄菊的情事，窗外的青山也没有一般世俗之情。二语自陶渊明《饮酒》"采菊东篱下，悠然见南山"化出。不世情：谓不似世态之炎凉。罗邺《赏春》诗："年年点检人间事，唯有春风不世情。"

②"江橘"二句：在江边种了千株橘树，可供一年的用度；秋日的蛙声好比一部鼓吹，可洗朝来的宿醉。江橘千头：《襄阳记》载，三国吴丹阳太守李衡种橘千树，临终敕其子曰："吾州里有千头木奴，不责汝衣食，岁上一匹绢，亦可足用耳。"秋蛙一部：南齐孔稚圭，门庭之内，草莱不剪，中有蛙鸣，自谓"我以此当两部鼓吹"。鼓吹，古时仪仗乐队的器乐合奏。

③"归鸿"二句：随着时节变化，鸿雁与燕子南来北往；长起宿草的新坟中，已埋着不少当年的好友。宿草：《礼记·檀弓》："朋友之墓，有宿草而不哭焉。"卢藏用《宋主簿鸣皋梦赵六予未及报而陈子云亡，今追》诗："泣对西州使，悲访北邙茔。新坟蔓宿草，旧阙毁残铭。"方回《瀛奎律髓》卷二十六："归鸿往燕竞时节，天时也；宿草新坟多友生，人事也。亦一景对一情。上面四句，用菊、山、橘、蛙四物，亦不觉冗。"纪昀曰："归鸿往燕，言时光之易逝；宿草新坟，言人事之难久。"两句谓随着时光流逝，昔年的好友已纷纷故去。

④"身后"二句：人们徒然看重身后的功名，也不应把眼前杯酒之乐看轻了。《世说新语·任诞》载，晋张翰尝谓："使我有身后名，不如即时一杯酒。"李白《行路难》诗："且乐生前一杯酒，何须身后千载名。"

竹轩咏雪，呈外舅谢师厚，并调李彦深

破腊春未融，土膏寒不发①。数声鸣条风，一夜洒窗雪。开轩万物晓，落势良未歇②。铿铿青琅玕，阅此岁凛冽。摧埋头抢地，意气终自洁③。君子谓此君，全身斯明哲④。屋头维女贞，颜色少泽悦。稍能窥藩篱，亦有固穷节⑤。佳兴冉冉生，门外无车辙。写之朱丝弦，清坐待明月⑥。

[题解]

元丰元年冬，山谷因事从汴京（今河南开封市）回到南阳，写了这首咏雪诗呈给他的岳父谢师厚。本诗赞美在风雪中的竹子和女贞树，冬青岁寒，保持不屈不挠的品节。外舅：岳父。调：嘲弄、戏谑。李彦深：南阳人，谢师厚之友。

[注释]

①"破腊"二句：腊月底，春气还未融和，泥土冻结了，也不曾开耕。总写冬末的环境。土膏：土壤。《国语·周语》："阳气俱蒸，土膏其动。"本指土地的肥力，亦指肥沃的土地。

②"数声"四句：几阵寒风，吹得枝条发响。一夜间，飞雪洒满窗上。早晨，打开门，万物都醒来了，但雪还下得正紧。鸣条：吹响树枝。王充《论衡》："五日一风，风不鸣条。"良：很，真的。

③"铿铿"四句：坚挺的绿竹，经受着这冬天刺骨的寒冷，被风吹倒，

竹梢也碰撞在雪地里，但它始终保持着高洁的意志和气概。铿（kēng）铿：本是象声词，形容响亮的声音。在这里写绿竹像金铁般坚硬。琅玕（láng gān）：绿竹。抢（qiāng）：撞，触。

④"君子"二句：君子认为这些竹子，能保全自己，就是明智了。此君：指竹子。《晋书·王徽之传》："尝寄居空宅中，便令种竹。或问其故，徽之但啸咏指竹曰：'何可一日无此君耶？'"明哲：明白而有智慧。《诗经·烝民》："既明且哲，以保其身。"意谓深明事理的人能保全自己。

以上六句写竹树不畏风雪的气概，比喻谢师厚。

⑤"屋头"四句：屋头还有株女贞树，它的容貌和表情不够光采愉快，但还能窥探一下道理的门墙，也能坚持自己贫穷中的气节。四句用女贞比李彦深，略带戏谑之意。稍：稍微，稍稍。藩篱：同樊篱，篱笆。固穷：处于穷途仍固守志节。这里比喻思想境界。

⑥"佳兴"四句：我渐渐生起美好的兴致，门外没有来访者的车辙。把这些思想用琴声表达出来，清静地坐着等待明月升起。末四句表现作者的孤芳自赏，别有怀抱的感情。冉冉：慢慢地。写：陶写。指用音乐来陶冶性情，寄托思想。朱丝弦：指琴瑟。上有染成朱红色的弦，故称。《晋书·王羲之传》："年在桑榆，自然至此，须正赖丝竹陶写。"

谢师厚是山谷平生知己，故山谷对他非常敬重。《王直方诗话》载："师厚方为其女择对，见庭坚诗，乃云：'吾得婿如是足矣。'庭坚因往求之。然庭坚之诗竟从谢公得句法，故尝有诗曰：'自往见谢公，论诗得濠梁。'"

次韵寅庵四首（选二）

兄作新庵接旧居，一原风物萃庭隅①。陆机招隐方传洛，张翰思归正在吴②。五斗折腰惭仆妾，几年合眼梦乡闾③。白云行处应垂泪，黄犬归时早寄书④。

[题解]

组诗作于元丰元年。寅庵，是山谷的哥哥黄大临，字元明，与山谷兄弟间感情非常好。他性情和易，不是个当官的材料，很早就想归隐家乡。他原诗四首写得并不怎么好，而诗题却还可一读："双井敝庐之东，得胜地一区，长林巨麓，危峰四环，泉甘土肥，可以结茅庵居，是在寅山之颏，命曰寅庵。喜成四诗，远寄鲁直，可同魏都士人共和之。"山谷和作，极写棠棣深情。《昭昧詹言》谓："通首皆写寅庵自得之趣，而措语极高，不杂一毫尘俗气。读山谷诗，皆当以此求之。世间一切厨馔腥蝼意义语句，皆绝去，所以谓之高雅。脱去凡俗在此。"上一首写寅庵新居落成，引发自己念亲思归之情绪。下一首想象寅庵闲适自在的生活，表现倾慕之意。

[注释]

①"兄作"二句：长兄建成了新庵，与旧居相接，整个原野的风光景物都聚集在庭院边上。萃：荟萃，聚集。

②"陆机"二句：好比陆机《招隐诗》刚刚传遍洛阳时，张翰在吴

地也正想回到故乡。陆机有《招隐诗》二首，谓人在仕途而想追随幽人入谷隐居，中有"富贵苟难图，税驾从所欲"之语。上句指元明所寄之诗有招弟归隐意。张翰：西晋吴郡人。《晋书·张翰传》载：张翰在洛阳为齐王东曹掾，"见秋风起，乃思吴中菰菜莼羹、鲈鱼脍，曰：'人生贵得适志尔，何能羁宦数千里以要名爵乎？'遂命驾而归"。本诗以陆机喻元明，以张翰自况。陆机招隐，而张翰思吴，兄弟之间，也是心心相印。

③"五斗"二句：好比陶渊明为五斗米折腰而愧对仆妾，几年来睡觉时刚一合眼便梦到故乡。《宋书·陶潜传》载，陶渊明为彭泽令，"郡遣督邮至县，吏白：'应束带见之。'潜叹曰：'我不能为五斗米折腰向乡里小人！'即日解印绶去职"。仆妾：仆人、妇妾。次句本白居易《寄行简》诗："春来梦何处？合眼到东川。"乡闾：家乡。

④"白云"二句：望着白云飘去的地方，便不觉悲伤垂泪，等到黄犬归时，早些儿寄信回家吧。上句典见《旧唐书·狄仁杰传》，狄仁杰为并州都督府法曹，其亲在河阳别业。仁杰赴任时登太行山："南望见白云孤飞，谓左右曰：'吾亲所居，在此云下。'瞻望伫立久之，云移乃行。"后以白云亲舍指思念父母。黄犬：代指信使。陆机有犬名黄耳，曾为陆机往返洛阳、吴郡间，传递来回家书。全句是说希望大临能有书信寄来。

全篇句法平正，对仗工整，不使破律之句；使事虽多，但不生僻，不"鄙俗"；语意亦畅达而不晦涩。这一类的作品，无大得，亦无大失，评家往往不很措意。但诗中提到陆机和张翰，又提到陶渊明，隐约透露了他对政局的几分不满和对世态的一点兀傲之气。

大若塘边擷网鱼，小桃源口带经锄①。诗催孺子成鸡栅，茶约邻翁掘芋区②。苦楝狂风寒彻骨，黄梅细雨润如酥③。此时睡到日三丈，自起开关招酒徒④。

[注释]

①"大若塘"二句：我想象着您在大若塘边，正要叉鱼网鱼；在小桃源口，带着经书去锄地。擉（chuō）：同"戳"。《庄子·则阳》："冬则擉鳖于江。"司马彪注："擉，刺也。"带经锄：《汉书·兒宽传》载："兒宽治尚书，贫无资用，带经而锄，息则诵读。"大若塘、小桃源，皆在双井。

②"诗催"二句：您写了诗，催促孩子们早些建好鸡栅；您煮好了茶，约邻家老翁一起到地里掘芋头。杜甫有《催宗文树鸡栅》诗。宗文，杜甫的儿子。芋区：种芋的畦垄。任渊注：《氾胜之书》曰："种芋区方深皆三尺。"山谷《追和东坡题李亮功归来图》："隙地仍栽芋百区。"

③"苦楝"二句：三月的苦楝狂风，依然残寒彻骨；黄梅时节的细雨，却润滑如酥。苦楝（liàn）：树名，春末开花。楝风：三月谷雨节最后的花信风。下句用韩愈《早春呈水部张十八员外》诗："天街小雨润如酥。"酥：酥油，动物乳汁制品。

④"此时"二句：这时您睡到太阳升高三丈了，自己起来开门去招酒客们共饮。两句写寅庵生活的悠闲得意。

次韵感春五首（选一）

我与子桑友，既往雨弥旬①。交情未曾改，天地忽趋新②。东风无行迹，佳气满城闉③。麦苗生陂陇，叹息不食陈④。谁能裹饭来?定是寂寞人⑤。一曲古流水,试拂弦上尘⑥。古木少生意,轮困卧河滨。惭愧桃与李,相随见阳春⑦。

[题解]

元丰二年(1079),山谷在北京(今河北大名县)结识张圣柬。从他们的唱酬诗中可知道,张是个奇士,当过邢州沙河县令,"苍髯身八尺""力如虎""才甚高妙""腹中书万卷",但"室悬磬""尘生甑""饱饭不当得""颇遭俗眼白"。山谷非常珍惜他们之间的友谊,即使在最困难的时刻,还是互相关心、互相帮助。这一组五言古诗,格调较高,颇似陶潜的佳作。

[注释]

①"我与"二句:我跟子桑交友,在我去找他时,已下了足足十天雨。语出《庄子·大宗师》:"子舆与子桑友,而霖雨十日。子舆曰:'子桑殆病矣!'裹饭而往食之。"子桑:用以比张圣柬。弥旬:足足十天。诗意谓张圣柬生活上遇到困厄,家里快没饭吃了。

②"交情"二句:我们的交情一点儿也没有改变,天地间忽然出现了新的气象。据《汉书·郑当时传》载,翟公贵盛时,宾客盈门,及衰,门可罗雀,后又升迁,宾客复来。翟于门上大书曰:"一死一生,乃知交情;一贫一富,乃知交态。"诗意谓两人交情并不因死生贵贱而有所改变。

③"东风"二句:东风,悄悄地来到人间;美好的春天的气氛,充满了城内城外。这里写春色满人间,用以反衬张圣柬的不遇。闉(yīn):城门。

④"麦苗"二句:麦苗虽已生长在陂陇上,但您却叹息没有存粮可吃了。写出青黄不接时穷苦人家的窘境。陂陇(bēi lǒng):山坡地。陈

指陈谷、存粮。

⑤"谁能"二句：谁能像子舆那样裹饭到来呢？只有那胸怀恬淡的朋友啊！这里指两知交有共同的思想感情，故相濡以沫。寂寞人：清静、恬退的人。山谷自指。

⑥"一曲"二句：您拂去琴上的灰尘，试为我弹一曲古流水之音吧！古流水：古时伯牙弹琴，锺子期能了解琴意，说弹琴者"志在流水"。

⑦"古木"四句：我们像老木那样，缺乏勃勃的生机，沉重地倒卧在河边。惭愧地看着烂漫的桃李，相随着迎接这美好的春天。这里用刘禹锡《酬乐天扬州初逢席上见赠》"沉舟侧畔千帆过，病树前头万木春"诗意，以表现诗人不得意的孤独之感。轮囷：屈曲貌。《史记·鲁仲连邹阳列传》："蟠木根柢，轮囷离诡。"山谷常以古木不得其用喻才士失职，如《秋思寄子由》诗："老松阅世卧云壑，挽着沧江无万牛。"

次韵柳通叟寄王文通

故人昔有凌云赋，何意陆沉黄绶间①。头白眼花行作吏，儿婚女嫁望还山②。心犹未死杯中物，春不能朱镜里颜③。寄语诸公肯湔祓，割鸡今得近乡关④。

[题解]

元丰二年（1079）作。柳通叟、王文通，生平待考。山谷集中尚有《次韵答柳通叟求田问舍之诗》。山谷赠人之作，每有怜才之意，并为代抱不平，其实这都是诗人借此以浇胸中块垒罢了。此诗前人多称许其五、六两句，然似嫌过于颓唐，不及三、四句淡而有味。

[注释]

① "故人"二句：老朋友以前写过气势凌云的辞赋，怎料到如今还沉沦在低微的官位中。凌云赋：《史记·司马相如列传》："相如既奏《大人》之颂，天子大悦，飘飘有凌云之气，似游天地之间。"陆沉：无水而沉。喻隐居，含有埋没之意。黄绶：丞尉之类的低级官员，印绶色黄。《汉书·朱博传》注："丞尉职卑，皆黄绶。"两句力写王文通高才大志而官小位卑，反差强烈。表现了山谷对友人怀才不遇的同情与愤激。方东树《昭昧詹言》评："起叙事往复顿挫。"

② "头白"二句：他已是年老体衰，仍不得不做个小吏。到了家中儿女婚嫁已毕，才有希望归隐山中。头白眼花：杜甫《病后遇过王倚饮赠歌》："头白眼暗坐有胝，肉黄皮皱命如线。"行作吏：嵇康《与山巨源绝交书》："一行作吏，此事便废。"儿婚女嫁：《后汉书·逸民传》："向长，字子平。男女婚嫁毕，遂恣意游五岳名山。"一个人到了"头白眼花"之时，理应安享晚福，可是柳通叟还沉沦薄宦，实非得已。次句才是他的素愿。

③ "心犹"二句：爱酒的心思于今未减，即使春天也不能把镜中的面色变红。杯中物：指酒。陶渊明《责子》诗："天运苟如此，且进杯中物。"任渊注曰："言饮兴未衰也。"又云："乐天诗曰：'白发逐梳落，朱颜辞镜去。'又云：'独有病眼花，春风吹不落。'此用其意。"两联力写友人内心的痛苦与无奈。"死"与"朱"两字是诗中之眼。

④ "寄语"二句：我想告诉朝廷诸公，如果你们肯提携一下，那就让他在离家乡近的地方做官吧！诸公：指在朝者。湔祓（jiān fú）：涤除垢秽。这里有荐拔之意。割鸡：《论语·阳货》："子之武城，闻弦歌之

声,夫子莞尔而笑曰:'割鸡焉用牛刀?'"意谓县邑令宰是小官,不须大才。后以"割鸡"指令宰。两句希望当权者能重用人才。

乞 猫

秋来鼠辈欺猫死,窥瓮翻盘搅夜眠①。闻道狸奴将数子,买鱼穿柳聘衔蝉②。

[题解]

山谷曾亲自书写此诗,题为《从随主簿乞猫》。语言明白如话,很有风趣,充满着生活气息。《后山诗话》云:"《乞猫》诗虽滑稽而可喜,千岁而下,读者如新。"

[注释]

① "秋来"二句:写猫死之后,老鼠猖獗的情况。偷窃、破坏、骚扰,无恶不作,可厌之极。秋来,点出时节,老鼠准备过冬,贮藏粮食,所以特别活跃。描绘生动,可使读者会心一笑。

② "闻道"二句:听说您家的猫儿生了几只小猫,我便买了鱼,用柳枝儿穿起,去请小猫回来。狸奴:猫的别称。将:带。陆游《老学庵笔记》谓:"先君读山谷《乞猫》诗,叹其妙。"并引晁以道语,云:"将数子,犹言将生子也。"按:杜甫诗有"暂止飞乌将数子"之句,"将数子"似以解作"带数子"为宜。聘:聘请,延请。衔蝉:猫也,用当时俗语。陆游诗亦云:"欲聘衔蝉快,先怜上树轻。"可见其倾赏之意。后世把白猫嘴上有一小撮异色毛的称为"衔蝉",认为是好猫。吴可《藏海诗话》

云:"聘字下得好,衔蝉、穿柳四字尤好。"

山谷主张"以俗为雅"。这首诗用当时口语写成,把古来咏猫之作中的"鼮鼬""乱棋"等典故摒除干净,更显得亲切有味。同时蔡天启亦有《乞猫》诗云:"厨廪空虚鼠亦饥,终宵咬啮近秋帷。腐儒生计惟黄卷,乞取衔蝉与护持。"不及山谷诗远甚了。

稚川约晚过进叔,次前韵,赠稚川,并呈进叔

人骑一马钝如蛙,行向城东小隐家①。道上风埃迷皂白,堂前水竹湛清华②。我归河曲定寒食,公到江南应削瓜③。樽酒光阴俱可惜,端须连夜发园花④。

[题解]

作于元丰三年(1080)春初,山谷这年解除了北京的教职,赴京城吏部等候改官。这首七律词意清新明快,颇有唐人的风调。

[注释]

①"人骑"二句:人骑着一匹鲁钝得像青蛙的劣马,慢慢地向着城东隐士的家走去。小隐:隐居在山林,而行为高尚的人。诗中指进叔。王康琚《反招隐诗》:"小隐隐陵薮,大隐隐朝市。"陵薮(sǒu):山陵和湖泽。首句"蛙"字押韵奇险,然稍嫌勉强。

②"道上"二句:在大道上,风尘弥漫,黑白不分,但在进叔的堂前,池水澄清,绿竹华茂。两句作一对比:上句比喻社会的污浊,人们思想的混乱;下句比喻进叔的高洁。皂白:黑白。比喻是非。《抱朴子·自

叙》："不能明辨臧否，使皂白区分。"臧否（pǐ），好坏、善恶。湛清华：用谢混《游西池》诗意："景仄鸣禽集，水木湛清华。"湛，澄清。

③"我归"二句：我回到河曲，定已是寒食时节了，您到江南，也应是炎热的夏天了吧。两句写和朋友相聚日子无多，很快就要分赴两地了。寒食：节令名。冬至后百五日，禁火寒食。公：指王稚川，名铉，湖南人。元丰初，调官京师，与山谷过从颇密。山谷集中有好几首诗是与他互相唱酬的。削瓜：削瓜而食，指夏天。

④"樽酒"二句：朋友间樽酒相欢，光阴非常宝贵。真的要叫园里的花连夜开放，使我们能尽情游赏才好。末句用唐人小说中的故事。武则天要游览花园，写了首催花诗："明朝游后苑，火急报春知，花须连夜发，莫待晓风吹。"端须：直须。山谷用典的面很广，除了经史典籍之外，他还用了大量的佛经、小说和其他稗官野史中的故实。事溢于句外，而又使读者不觉其用典，这正是山谷艺术手法高明之处。

汴岸置酒赠黄十七

吾宗端居丛百忧，长歌劝之肯出游①？黄流不解涴明月，碧树为我生凉秋②。初平群羊置莫问，叔度千顷醉即休③。谁倚舵楼吹玉笛？斗杓寒挂屋山头④。

[题解]

本诗是山谷得意之作。作者曾问他的外甥洪朋说："你喜欢老舅哪些诗句呢？"洪朋举出了"蜂房各自开户牖，蚁穴或梦封侯王"和本诗颔联,认为"深类老杜"。山谷高兴地说:"得之矣。"可见本诗是作者得意之作。后人常举之以代表山谷诗。这是一首有名的拗律,音节奇特,句字的平仄不依正格。"吾宗端居""初平群羊",连用四平声字;"碧树为我",连用四仄声字。"生凉秋",三平;"置莫问",三仄。完全像古诗的音律,吟诵时有一种特殊的音乐美。这就是山谷继承并发展了杜甫的"古律""拗律"。我们要注意它的内在美。通过字音、语调奇妙的配合,恰当地表现了诗人独特的句法,以达到渲染气氛、描写环境和刻画作者主观世界的目的。汴:指汴河。宋人将出河入淮的通济渠东段全流统称为汴水、汴河或汴渠。黄十七:即黄介,字几复。十七,是黄几复的行第。古人以同一曾祖所出的兄弟姊妹计算行第。

[注释]

①"吾宗"二句:我的同宗,平居无事,但百忧交集。我作了长歌劝告他,不知愿意出来游玩吗?宗:同祖,同族。丛:集。

②"黄流"二句:混浊的汴河,决不能染污天上的明月;凉风吹着绿树,好像为我生出秋意了。这两句写景细致,寓意深刻。"明月"句,表示诗人胸襟的高洁,正如山谷在另一诗中所说:"世态已更千变尽,心源不受一尘侵。"明澈的心灵,不为污浊的环境所沾染。孟郊的《寓言诗》说:"谁言浊路泥,不污明月色?"这是愤激之语,山谷反其意而用之。"碧树"句,表现了诗人悠然自得的心情。"为我"两字意态兀傲。涴(wò):弄脏。两句风格颇近韩愈诗。

③"初平"二句:皇(黄)初平叱石成羊的成仙之道,可以置之不问,要像黄叔度那样胸怀广阔,万事一醉方休。据葛洪《神仙传》载,皇(黄)初平少时牧羊,被道人带到金华山成了仙。四十年后,他的哥哥找到他,问羊群的下落,初平指着山石,大声吆喝,石头都变成羊。后

汉人黄宪，字叔度，品格很高。郭泰称赞他"汪汪若千顷之陂"。山谷在诗中多次用这两个黄姓的典故。上句言不羡仙，下句言不立名。纪昀解之曰："此言学仙可不必学，且与世浮沉，取醉为佳耳。"斯为得之。这两句用两个黄姓的典故来表达山谷的人生志向，也是在劝告黄介，注意自己的修养，不必学仙以求长生，也不必斤斤计较琐屑的事情，那就不会"丛百忧"了。

④ "谁倚"二句：是谁人倚着舵楼吹笛？北斗星座的斗柄，在寒气中已斜挂到屋脊上了。舵（duò）：在船上控制航向的装置。斗杓（biāo）：北斗星座第五、六、七颗星的名称，又称斗柄。屋山：屋脊。侧面看，像山形。

题新妇石

南崖新妇石，霹雳压笋出①。勺水润其根，成竹知何日②？

[题解]

  1967年冬在江西武宁县老县的石家祠堂乱石堆中，发现了一方石头，长19厘米，宽11.4厘米，厚2.5厘米。上有一幅如竹笋状的美丽的图画，并有黄庭坚在元丰三年（1080）的题诗。经专家鉴定，此"竹笋"原来是件中华震旦角石（鹦鹉螺的一种）的化石。角石，即现代乌贼，鱿鱼类动物的远祖。这是我国目前发现最早的一块化石标本。山谷此诗不见于全集中，《化石》杂志1976年第二期陈挺恩、余明光《一块八百多年前收藏的化石标本》一文，曾载此石此诗，细审其字体诗意，可断定为山谷之作无疑。今据拓本录出，诗题是选注者所加。

[注释]

① "南崖"二句：南崖有块新妇石。一声霹雳，把石头劈开，被压着的石笋便露出来了。南崖：又名南山、南山崖，在修水县城修水之滨。新妇石：既指南崖的矾石，亦指这藏有"笋"的化石。王象之《舆地纪胜》卷一八："《寰宇记》：'新妇石在当涂县。昔人往楚，累岁不还。其妻登此山望夫，乃化为石。'"山谷《玉楼春》："谁分宾主强惺惺，问取矾头新妇石。"新妇：亦竹名。赞宁《笋谱》卷上："新妇竹笋，出武林山阴。其竹圆直，韧可为篾。笋则三月而生，可食。"诗中当合用二意，以指笋石。"霹雳"句：欧阳修《戏答元珍》诗："冻雷惊笋欲抽芽。"梅尧臣《新笋》诗："挑笋春雷后。"《五灯会元·觉报清禅师》："石压笋斜出，岸悬花倒生。"两句想象丰富，把角石的化石想象为被压着的笋。

② "勺水"二句：我小心地用勺子舀水，湿润它的本根。不知道它变成竹要等到哪一天？勺：勺子。诗中作动词用，拿勺子浇灌。陈陶《种兰》诗："智水润其根。"吴均《春怨》诗："厌见花成子，多看笋成竹。"两句颇有深意，表现了诗人对人才的关怀和爱护。我们从作者的一生行事中都可以看到这一点。山谷对杨明叔、高子勉等青年诗人的扶掖，也是不遗余力的。

次韵公择舅

昨梦黄粱半熟①，立谈白璧一双②。惊鹿要须野草，鸣鸥本愿秋江③。

[题解]

 元丰三年秋，作者自汴京归江南，赴太和县任。途经舒州之三祖山山谷寺，有石牛洞等林泉之胜，游而甚乐之，因自号山谷道人。诗人时年三十六岁，仿佛已饱经风霜，倦于世事了。这首六言绝句用意深刻，感怆无限。

[注释]

 ① "昨梦"句：过去的事，如卢生的一梦，醒来时黄粱才半熟。据唐人沈既济《枕中记》载，卢生在邯郸道上的客店中，借枕昼眠入梦，历尽人世的荣华富贵。梦醒，见主人所炊黄粱尚未熟。后因以喻虚幻的事和欲望的破灭。山谷十九岁时以乡贡进士入京师，二十二岁时再赴乡举膺首选，为主考李询所称赏，谓"此人不惟文理冠场，异日当以诗名擅四海"。十余年中，宦海沉浮。元配孙氏早死，继室谢氏又在元丰二年殁于官所。故山谷有黄粱一梦的感叹。

 ② "立谈"句：想起昔日的虞卿，立谈片刻，就蒙赐白璧一双。据《史记·平原君虞卿列传》载，虞卿，一作虞庆、吴庆，战国时人，因进说赵孝成王，一见即蒙赐黄金百镒（古代重量单位，一镒为二十两或二十四两）、白璧一双，拜为上卿，因称为虞卿。次句补充首句意，谓富贵像倘来之物，遇到了也是很偶然的。得时容易，失去也容易。

 ③ "惊鹿"二句：易受惊的小鹿儿，只希望能在山野中安静地吃口青草；飞鸣着的鸥鸟，也希望能在秋江上自在地游翔。两句言近旨远。每一个中年以上、稍经忧患的人，读到这里，恐怕也会引起深心的共鸣吧！嵇康有名的《与山巨源绝交书》中说："禽鹿志在丰草。"志在丰草！终于也不免殒在司马氏的手里，偶念及此，良足浩叹！

池口风雨留三日

孤城三日风吹雨,小市人家只菜蔬①。水远山长双属玉,身闲心苦一春锄②。翁从旁舍来收网,我适临渊不羡鱼③。俯仰之间已陈迹,暮窗归了读残书④。

[题解]

元丰三年秋,山谷自汴京归江南,赴太和县任。道经安徽贵池县池口镇,遇风雨,停留三天,写了这首清新有味的小诗。方东树《昭昧詹言》卷二十云:"起句顺点。次句夹写夹叙。三、四以物为兴,兼比。五、六以人为兴。收出场之妙。此诗别有风味,一洗腥腴。"

[注释]

①"孤城"二句:点出地点、时间、环境。很简练。"只菜蔬",写小市镇的贫困。

②"水远"二句:在辽阔的天地间,一双鹢鸼自由自在地飞过。水边有一只白鹭呆站着,看起来似乎很悠闲,但实际上却为找寻食物而焦虑。两句写所见景物,把鹢鸼和白鹭相比,表现作者向往着无拘无束的生活。属(zhǔ)玉:同"鹭",水鸟名,即鹭鹭。似鸭而大,长颈、赤目、紫绀色。身闲心苦:山谷显然用以自况。春锄:即白鹭。名字像其啄食的动态。

③"翁从"二句:渔翁从邻舍来收起鱼网,我却是面对着潭水,也

不贪美那些鱼儿。两句把渔翁和自己相比,表现作者与世无争的恬淡心情。临渊羡鱼:出《淮南子·说林训》:"临河而羡鱼,不如归家织网。"后人引用时,"临河"常作"临渊",常用以比喻先有愿望而不去实践。在本诗中只是借用它字面的意思。

④"俯仰"二句:俯仰之间,一切事情,都成了过去。黄昏时候,回到窗前,细读那些残书吧!两句表现了诗人的消极无为的思想。俯仰:低头和抬头,表示时间之短。王羲之《兰亭集序》:"向之所欣,俯仰之间,已为陈迹。"了:毕,完结。残书:指未读完的书。

以右军书数种赠丘十四

丘郎气如春景晴,风暄百果草木生①。眼如霜鹘齿玉冰,拥书环坐爱窗明②。松花泛砚摹真行,字身藏颖秀劲清,问谁学之果兰亭③。我昔颇复喜墨卿,银钩虿尾烂箱籯,赠君铺案黏曲屏④。小字莫作痴冻蝇,乐毅论胜遗教经⑤。大字无过瘗鹤铭,官奴作草欺伯英⑥。随人作计终后人,自成一家始逼真⑦。卿家小女名阿潜,眉目似翁有精神。试留此书他日学,往往不减卫夫人⑧。

[题解]

山谷是杰出的书家,对书法有很多极为精到的论述。他的书论和诗论是一致的,那就是要在继承传统的基础上自成一家,既不抛弃前人成果,又要有独创精神。这在今天还是值得我们借鉴的。我们常听到一些书家教人要用毕生精力临某家某帖，似乎古人是高不可攀的，今人永远不可能超过古人，甚至"无法望其脊项"。我们试读山谷此诗，就可知道那些"随人作计"的论点是何等可笑的了。右军：指王羲之。王曾为右军将军。

[注释]

①"丘郎"二句：丘郎的神情意态，好像晴朗的春景，风和日暖，百果结成，草木繁生。这里以春景作喻，称赞丘郎的才艺。

②"眼如"二句：眼睛像秋天的鹘鸟那样精明，牙齿像玉冰那样洁白，四周簇拥着书籍，爱坐在明净的窗前。霜鹘（hú）：秋天的鹰隼。

③"松花"三句：您磨开了松花墨，砚台盛满了墨，在摹写真书、行书。字字藏锋，清秀有力。问一问是学哪一家的？啊，果然是临写《兰亭序》。松花：松花墨，一种丸状松烟墨。真行：真，真书，亦即正楷。行，行书。字体在介乎真书与行书之间的亦称为"真行"或"行楷"。藏颖：指写字时的藏锋。毛笔的锋尖藏于笔画之内，不显露出来，使字的意态含蓄。兰亭：东晋时大书法家王羲之的名作《兰亭序》。山谷《跋兰亭》云："兰亭虽是真行书之宗，然不必一笔一画以为准"，"要各存之以心会其妙处尔"。

以上七句写丘郎的神情意态和学习书法的情况。

④"我昔"三句：我过去也很喜欢书法，在箱子里满是古人的墨迹，现在就送些给您铺在桌子上或黏在屏风上吧！墨卿：指书法。卿，是亲切的称呼。银钩虿尾：形容书法的笔画刚劲有力。银钩：白居易《鸡距笔赋》："是以搦之而变为金距，书之而化作银钩。"虿尾：蝎子的尾巴，向上翘起。前人评晋代书家索靖书为"银钩虿尾"。烂：辉煌灿烂，光彩夺目。箱籯（yíng）：木箱、竹笼。

以上三句写赠送王羲之的书帖给丘郎。

⑤"小字"二句：写的小字，千万别像那冻僵了的苍蝇。《乐毅论》要远胜于《遗教经》。小字，因空白地方小，容易闭塞，故宜疏朗，看去要轻快灵活。最忌字如冻蝇，缩成一小点，壅塞粘连。也不要字如算盘子，字字等大，排列呆板。山谷举出了正、反两方面的例子。乐毅论：是王羲之小楷的杰作，清劲秀美，是后人学习小楷的好范本。遗教经：相传是王羲之所书，山谷在《书遗教经后》亦指出它不及《乐毅论》，并力辨其"良非右军笔画也"。故宫旧藏有《佛遗教经》一卷。

⑥"大字"二句：谈到大字楷书，没有超过《瘗鹤铭》的了，王献之写的草书也压倒了张伯英。瘗（yì）鹤铭：作者不详。原题"华阳真逸"撰。山谷认为是王羲之书，近人亦有谓陶弘景所作。刻石原在江苏镇江焦山的江崖下。山谷平生得力于此书，也在书法题跋中多次说道："瘗鹤铭，大字之祖也。""余观瘗鹤铭势若飞动。""其胜处乃不可名貌。"可见推许之至了。官奴：王羲之的儿子王献之，小字官奴。山谷对献之草书评价很高，认为超过其父。伯英：汉代大书法家张芝，字伯英，善草书，世称"草圣"。史籍中记载他"临池学书，池水尽墨"。山谷对张芝评价也很高，说他的书法"精神照人，此翰墨妙绝无品者"。山谷不盲目崇拜古人，他认为王献之的草书要胜于张芝。在《题跋》中亦说："大令（即献之）草法殊迫伯英。"

⑦"随人"二句：跟着前人尾巴跑，始终赶不上前人，只有摆脱前人的束缚，自成一家，才能臻于高境。这是山谷极其高超的艺术见解。艺术家要有自己独特的艺术风格，不要因循守旧，抄袭前人。正如元遗山的《论诗绝句》指出的："纵横正有凌云笔，俯仰随人亦可怜。"山谷希望书法家们都不要做那样"可怜"的人。此二语实夫子自道，山谷书法能自成一家，正于此理深有领会。作者尚有诗云，"文章最忌随人后""我不

为牛后人"，与此同意。自成一家：《旧唐书·柳公权传》："公权初学王书，遍阅近代笔法，体势劲媚，自成一家。"山谷的书法，后人亦谓其"自成一家"。

以上六句是山谷对丘郎的指导，希望他能在继承传统的基础上努力创新。

⑧"卿家"四句：您家的小女孩名叫阿潜，眉目像父亲那样神采飞扬。您试留这些书帖让她以后学学，她的成就可能会不下于卫夫人的。收处很有情趣。山谷赠帖给丘郎，实际上是对他指出一条学书的途径，也可能是对丘郎专学《兰亭》表示不同意，故在此诗中婉曲地提出自己的意见，可见诗人用心的温厚。卫夫人：东晋时的女书法家，王羲之曾向她学习书法。

范大士《历代诗发》云："学书非徒貌肖古人，贵领取意致神情之所在，涪翁与坡公称宋朝名手，其得力固有由也。"

庭坚得邑太和，六舅按节出同安，邂逅于皖公溪口。风雨阻留十日，对榻夜语，因咏："谁知风雨夜，复此对床眠。"别后觉斯言可念，列置十字，字为八句，寄呈十首（选二）

负薪反羊裘，爱表只伤里①。补纫虽云工，岁晚安可恃②！洗心如秋天，六合无尘滓③。浮云风去来，在彼不在此④。

[题解]

　　山谷赴太和任,在路上遇到母舅李常,相聚十日,别后写了十首诗。这里选的第七、九两首,表现了诗人的思想修养和亲故之情。按节:指上任做官。节:即符节,古代使者、官员所持的凭证。同安:即舒州,今安徽安庆市。李常任提点淮南西路刑狱。列置十字:把"谁知风雨夜,复此对床眠"十字分别放到十首诗的韵脚中。宋人,尤其是苏、黄,好逞才炫学,常作这类的组诗。

[注释]

　　①"负薪"二句:背负柴薪,把羊裘反转来穿。为了爱惜它的表面的毛,反而损伤了里边的皮。语本汉朝刘向的《新序》:"魏文侯出游,见路人反裘而负刍,问之,对曰:'臣爱其毛。'文侯曰:'若不知其里尽而毛无所恃耶?'"《左传》也说:"皮之不存,毛将安傅?"指事物失去存在的基础,就不能存在。

　　②"补衽"二句:即使缝补得很工致,但到岁晚天寒,又怎么能够依靠得住呢?

　　前四句有所讽喻。大概是指北宋的统治集团在内政外交上往往为了暂时、表面、局部的利益,而伤害了国计民生的根本。虽说能勉强支撑局面,但一遇到严重问题,就无法解决了。

　　③"洗心"二句:洗涤心灵,使它像秋天般澄澈。上下四方,都没有一点尘埃。

　　④"浮云"二句:浮云随风,去来无定。它只是在那儿,而不在我们的心里。

　　这四句强调要心灵洁净,不被外界污浊环境所沾染。山谷受到佛教思想的影响，把世界上一切的事情都当作浮云，不放在自己心上。

解衣卧相语，涛波夜掀床①。十年身百忧，险阻心已降②。涉旬风更雨，宿昔烛生光③。衾帱无端冷，明月一舡霜④。

[注释]

① "解衣"二句：脱去外衣，在船上躺着谈心；波涛汹涌，一夜掀动着卧床。两句写在江上阻风，与李常对床夜语。

② "十年"二句：十年中，一身饱尝忧患，即使遇到山川险阻，心境也很平和。险阻：诗中暗指世途的险恶。降：和悦。《诗经·草虫》："亦既觏止，我心则降。"

③ "涉旬"二句：十天来风凄雨暗，想起从前相见，厅堂上灯火辉煌。两句对比，更觉这十天与亲人聚首的可念。涉：经历，经过。宿昔：亦作"夙昔"，指从前，旧日。

④ "衾帱"二句：忽然觉得被褥有些凉意，啊，原来满船明月色，寒白如霜！两句意境清冷幽深，用来衬托"心已降"的感情。衾帱（chóu）：本指被和帐子，后泛指被褥等卧具。舡（xiāng）：船。

山谷是个极重感情的人，对亲戚、朋友都能以至诚相待。李之仪《姑溪居士文集》有《跋山谷帖》云："鲁直于亲旧间，上承下逮，一以恩意为主。故先生长者往往为之敛衽者，不独以其文词翰墨。"李常是山谷的母舅，曾亲自教导山谷读书为文，故舅甥间感情更非一般可比。

题落星寺岚漪轩

落星开士深结屋，龙阁老翁来赋诗①。小雨藏山客坐久，长江接天帆到迟②。宴寝清香与世隔，画图妙绝无人知③。蜂房各自开户牖，处处煮茶藤一枝④。

[题解]

这是一首奇拗的七律，有人误把它编到古诗中。此诗句句挺健，字字烹炼，音节奇拗，是山谷的名篇，也是江西诗派中拗律的代表作，为历来论者所称道。山谷的外甥徐俯就很喜爱这首诗。方回《瀛奎律髓》评曰："意境奇恣，此种是山谷独辟。"方东树亦云："此摹杜公《终明府水楼》，音节气味逼肖，而别出一段风趣。"落星寺：在江西南康（今星子县）。传说有星坠落在鄱阳湖北的彭蠡湾中，化为巨石，因名落星石。石旁建落星寺。岚漪轩：原注："寺僧择隆作宴坐小轩，为落星之胜处。"

[注释]

①"落星"二句：落星寺中的和尚在寺的深处建了间小屋，龙图阁的老翁曾来这里赋诗。开士："菩萨"的意译。《一切经音义》："梵语菩萨者也。谓以法开道之士。"后泛指佛教的僧人。屋：指岚漪轩。龙阁老翁：指山谷的母舅李常，曾任龙图阁直学士。一说是山谷自称。待考。

②"小雨"二句：细雨蒙蒙，把山都遮住了，客人也安闲地久坐；遥望长江，接连着天际，远处的帆船也好像慢慢地驶来。两句写景很曲折

有味。"客坐久",写出岚漪轩环境的清幽,使人流连。"帆到迟",写出落星湾的开阔,眼界广远。

③"宴寝"二句:闲居和休息时,清香满室,仿佛与世隔绝;还有许多优美的图画,无人知道。宴寝:宴居和寝息。用韦应物《郡斋雨中与诸文士燕集诗》:"宴寝凝清香。"画图:原注:"僧隆画甚富,而寒山、拾得画最妙。"寒山、拾得,唐朝的诗僧,画家。中四句"笔势往复展拓,顿挫起落",是山谷独得处。

④"蜂房"二句:一间间的僧房,好像蜂巢,各自开着窗户,到处都用一根枯藤烧火煮茶。"蜂房"句是山谷经意之作,描写形象,比喻新奇。因为落星寺是依山建筑的,从外边望去,房舍排比鳞次,如蜂巢各室层叠攒簇。牖(yǒu):窗。"煮茶"句表现出僧居生活的枯寂,有不尽之妙。《瀛奎律髓》评此诗:"意境奇恣,此种是山谷独辟。"潘伯鹰先生说:"这里的特色是不用典故,而全凭白手生造的遒健句法见长。"很能说出本诗的特点。

赣上食莲有感

莲实大如指,分甘念母慈;共房头馻馻,更深兄弟思[①]。实中有么荷,拳如小儿手,令我念众雏,迎门索梨枣[②]。莲心政自苦,食苦何能甘[③]?甘餐恐腊毒,素食则怀惭[④]。莲生淤泥中,不与泥同调[⑤]。食莲谁不甘?知味良独少[⑥]!吾家双井塘,十里秋风香。安得同袍子,归制芙蓉裳[⑦]!

[题解]

　　元丰四年（1081）秋，山谷于太和任上，因公事至赣上，想念起家乡和亲人，作成此诗。诗中以食莲兴起，接着用一连串的比喻，寄寓了诗人的情绪和感慨。言近旨远，但诗人的寓意还是不算隐晦的。山谷少时曾用功学习过六朝诗，是以刘克庄《后村诗话》谓山谷诗"佳处往往与《古乐府》《玉台新咏》中诸人所作合"。山谷特别欣赏徐陵、庾信的作品，但却没有模仿六朝诗柔靡的风格和华丽的词藻，如此诗"比兴杂陈，乐府佳致"（黄爵滋《读山谷诗集》），正是六朝诗精粹之处。

　　这篇诗歌，乍看来很像六朝的乐府，莲实、莲心、芙蓉，都是在六朝诗中惯见的词语。但在骨子里，这始终是一篇用深思、下苦功的典型山谷诗。赣上：即虔州（今江西赣州），是宋代江西外台所在地。

[注释]

　　①"莲实"四句：莲子像拇指头那么大小，分尝它的甜味时，想起了母亲的慈爱；莲子同生在莲房中，露出一个一个的角尖儿，更加深了兄弟间的怀思。第一、二句先点题，从"分甘"引起对母亲的联想。第三、四句从联想转到比喻。分甘：王羲之《与谢万书》："修植桑果，今盛敷荣，率诸子，抱弱孙，游观其间，有一味之甘，割而分之，以娱目前。"诗意说母亲把甘美的莲子分给孩子们。觙（jí）觙：本是牛羊的角儿攒聚的样子。这里则形容众多的莲子尖儿露出在莲蓬上边。

　　②"实中"四句：莲子中心有小小的荷叶芽儿，拳曲着好像小儿的手，叫我想起孩子们，在门前迎着我回家，讨索梨子枣子。幺（yāo）：小。幺荷：指莲芯儿。雏：本指幼小的鸟类。这里指小孩子。

　　前八句，从莲子、莲心的味道与形状联想起家中的母亲、兄弟、儿辈。

③"莲心"二句：莲心本是苦的，食苦的怎能感到甜呢？两句突然一转，推深一层，这种手法是六朝乐府中少见的。上面说"甘"，这里又说"苦"，莲实的甘和莲心的苦是一致的，表面是甘，中心是苦，甘中有苦，意思更曲折有味。抓住"苦"字做文章，另辟思路，这是山谷常用的手法。

④"甘餐"二句：香甜的东西，吃久了恐怕遇毒；不干工作而白吃，又怀着羞愧。这两句含意更深。听着甘美的言辞，度着舒适的日子，时间长了，精神就会受到毒化。过着寄生的生活，那也是可耻的。用"甘餐"和"素食"比喻生活态度和思想作风。两句阐明了"食苦何能甘"的深意。腊（xī）：干肉。《国语·郑语》："厚味实腊毒。"素食：《诗经·伐檀》："彼君子兮，不素食兮。"（那些君子啊，不是白吃饭啊！）

⑤"莲生"二句：莲，生长在污泥中，但不跟污泥志趣相同。这是莲出污泥而不染之意。同调：共同的作风、情趣。

⑥"食莲"二句：吃莲子，谁不感到甜美呢？但真正了解莲子味道的人，的确是太少了。知味，就是既要知它的甘，也要知它的苦，更要知分甘与食苦的意义。

以上八句，写食莲的感受。

⑦"吾家"四句：我的家乡双井塘外，秋风吹送着十里荷香；怎得同心的人一起，回去采集芙蓉花来制衣裳呢？双井：山谷的家乡，在今江西修水县西。同袍：《诗经·无衣》："岂曰无衣，与子同袍。"同袍，指同心合意的朋友。芙蓉裳：《楚辞·涉江》："制芰荷以为衣兮，集芙蓉以为裳。"用美好衣饰来象征人的高尚品质。

汪藏《诗伦》评曰："山谷食莲诗，比体入妙，发端在家庭间，渐引入身世相接处，落落穆穆，甘苦自知，人意难谐，归计遂决。风人之旨，倜然远矣。"

秋思寄子由

黄落山川知晚秋,小虫催女献功裘①。老松阅世卧云壑,挽著沧江无万牛②。

[题解]

此诗作于元丰年间,吉州太和县任上。蔡正孙《诗林广记》:"此诗言世道将变,人才老死山林,无人推挽出而用世也。"点出了主题。苏辙于元丰二年(1079)贬官,监筠州(今江西高安)盐酒税,筠州在吉州之北。

[注释]

①"黄落"二句:山川上的草木枯黄凋落,已知到了晚秋时节;蟋蟀鸣叫,像在催促妇女们赶制寒衣。小虫:指蟋蟀。功裘:语本《周礼·天官·司裘》:"季秋献功裘以待颁赐。"郑玄注:"功裘,人功微麤,谓狐青麛裘属。郑司农云:'功裘,卿大夫所服。'"功,指人功。裘,指冬衣。二句写深秋萧瑟景象,寒冬将至,透露岁暮的寥落心境。

②"老松"二句:老松树阅世已久,深藏在云山幽壑之中,要把它采出放江,却没有一万头牛去拉动它。表面上是说老松隐山之志甚坚,其实是惋伤其不为世所用。老松:既以喻子由,亦以自况。沧江:指江河。沧,水色青苍。古时伐木出山,编成木排,拽至江中流放。诗意本杜甫《古柏行》:"大厦如倾要梁栋,万牛回首丘山重。"

赠郑郊（一作交）

高居大士是龙象，草堂丈人非熊罴①。不逢坏衲乞香饭，唯见白头垂钓丝②。鸳鸯终日爱水镜，菡萏晚风雕舞衣③。开径老禅来煮茗，还寻密竹径中归④。

[题解]

题注云："山谷有《招清公诗》跋云：'草堂郑交处士隐处，小塘芙蕖盛开。使鸡伏鸳鸯卵，与人驯狎不惊畏。老禅延恩长老法安师，怀道遁世，清公少时，盖依之数年。'今观跋意，即此诗，但题不同尔。郑交，字子通，见于《山谷书尺》及题跋。"郑郊：元丰年间武宁隐士，筑草堂以居。平日喜饮酒赋诗，与龙潭寺的法安禅师和延恩寺的惟清上人等交往，自号"草堂山人"。全诗力写郑郊，而以惟清、法安作衬，主宾交错成文。三、四句分写惟清与郑郊，以"不逢""唯见"两虚词阳开阴阖，转折有力。后四句写草堂风物，亦写见客、忆人，文气尤为跌宕。曾国藩云："山谷以元丰六年解官太和，过武宁，闻惟清上人当至延恩寺，因谒郑交问消息，题此诗于郑交草堂之壁。"（曾国藩《求阙斋读书录》卷十）

[注释]

①"高居"二句：那位住在大寺中的老和尚好比大力的龙象，这位住在草堂的老人应是佐命的贤臣。高居：对他人居处的尊称。高居大士：任渊注："谓灵源叟惟清。"龙象：任渊注："龙水行中力大，象陆行中力

大,故今以负荷大法者比之龙象。"草堂丈人:指郑郊。武宁县旧志载:"郑氏草堂,宋处士郑郊别业也。在县治东五百步,看鹤桥侧。"非熊罴:《史记·齐世家》载,周西伯(文王)将猎,卜之,曰:"所获非龙非彨,非虎非罴,所获霸王之辅。"卒遇吕尚于渭水之滨,载与俱归,立为师。意谓文王打猎所得的不是熊也不是罴,而是佐命的贤臣。叶大庆《考古质疑》卷三:"按《六韬》《史记》'非龙非彨''非虎非罴',无'熊'字,恐豫章别有所本。"按:非虎,《文选》李善注引《六韬》作"非熊",山谷本此。

② "不逢"二句:没遇上那位穿着袈裟的和尚来乞食香饭,只见这位白头老者在垂丝钓鱼。坏衲:和尚的袈裟。衲,以碎布片缝缀的法衣。法衣不应使用鲜明的"正色",而要以"木兰"等"不正色",即"坏色"染之,故称坏衲。此以指惟清。惟清号昭然、佛寿,又号"灵源叟"。香饭:此指斋饭。《维摩诘经》:"化菩萨以满钵香饭与维摩诘。"两句说惟清未到延恩寺,自己只见到郑郊。

③ "鸳鸯"二句:鸳鸯整天爱在如镜般的水面游戏,荷花如舞衣般在晚风中四散飘落。水镜:语意相关。亦为识鉴清明者之称,此以暗示郑郊的人品风格。菡萏(hàn dàn):荷花。舞衣:形容荷花在风中摇摆。

④ "开径"二句:老和尚到来时,出门开路迎接;煮茶招待之后,还沿着在密竹丛中的小路回去。开径:谢灵运《田南树园激流植援》:"唯开蒋生径,永怀求羊踪。"李善注引《三辅决录》:"蒋诩,字符卿,隐于杜陵。舍中三径,惟羊仲、求仲从之游。二仲皆挫廉逃名。"因以"开径"指只接待少数知交、高人雅士。老禅:指法安禅师。末句本谢灵运《登石门最高顶》诗:"连岩觉路塞,密竹使径迷。"两句写郑郊在草堂中会客的情景。既已得见法安,更惆怅惟清之未能良晤,语极含蓄有

味。

山谷论诗,极重视篇章结构的方法,讲究谋篇布局的技巧。此诗结体既严密又曲折,主宾虚实,层层变化,可为律诗章法之极则,可供揣摩效法。方东树《昭昧詹言》评云:"起二句,宾主陪起,而雄整琢炼。三句抗坠,折出主。四句入主,正位。五六二句正写。七八又绕宾。凡四层,妙。"

戏和答禽语

南村北村雨一犁,新妇饷姑翁哺儿①。田中啼鸟自四时,催人脱裤着新衣②。着新替旧亦不恶,去年租重无袴着③!

[题解]

宋初诗人梅尧臣写了四首《禽言》诗。欧阳修、苏舜钦亦同时有作。后苏轼又写了《五禽言》诗,其中布谷诗云:"南山昨夜雨,西溪不可渡。溪边布谷儿,劝我脱布裤。不辞脱裤溪水寒,水中照见催租瘢。"因布谷鸟的鸣声似"脱却布裤",故从禽声的谐音展开想象,表现较深刻的思想意义。山谷和的是这首布谷诗。

[注释]

① "南村"二句:南村北村,雨过后,人们赶着犁田,新妇带饭到田中给家姑吃,家翁在喂小孙儿。饷(xiǎng):用食物款待人。哺:喂不会取食的幼儿。

② "田中"二句:在田中啼唤的鸟儿是四季分明的。它催促人们脱

掉套裤,换上新衣。裤:本作"绔",指套裤。有别于有裤裆的"裈"。即下衣。

③"着新"二句:穿上新衣,替换旧衣,本来也不赖,但去年的租税重,人们穷到连袴也没得穿!末句点出主题,笔力极重。山谷此诗作于元丰年间。新法在推行过程中已造成一定的流弊,损害了自耕农的利益,各种"租"已成为农民颈上的一条新锁链,这也是新法终归失败的一个原因。在山谷诗中,很少这种直接指斥朝政的作品。

上萧家峡

玉笥峰前几百家,山明松雪水明沙①。趁虚人集春蔬好,桑菌竹萌烟蕨芽②。

[题解]

这是一首写风土人情的小诗。元丰四年(1081)初山谷在吉州作。诗的风味略近于柳宗元的《柳州峒氓》:"青箬裹盐归峒客,绿荷包饭趁虚人。"情调之美,亦未必逊之。

[注释]

①"玉笥"二句:写山村春初的美景。玉笥峰上的松树,残雪分明。溪水清浅,沙石可见。玉笥(sì)峰:在江西峡江县南四十里。道书《福地记》云:"此山地肥美,宜谷辟兵。"意谓物产丰富而又环境深僻。

②"趁虚"二句:写农村集市的盛况。趁虚:趁墟,赶集。桑菌:桑耳,木耳的一种。竹萌:竹笋。蕨:野菜名,嫩芽可食。

次元明韵寄子由

半世交亲随逝水，几人图画入凌烟①？春风春雨花经眼，江北江南水拍天②。欲解铜章行问道，定知石友许忘年③。脊令各有思归恨，日月相催雪满颠④。

[题解]

本诗作于元丰四年春。此诗笔法变化多端，被认为是"足供揣摩取法"的佳作。方东树评云："平叙起，次句接得不测，不觉其为对，笔势宏放。三、四即从次句生出，更横阔。五、六始入题叙情，收别有情事，亲切，言彼此皆有兄弟之思。"真是波澜起伏，无一平笔。黄庭坚的哥哥黄大临，曾赠诗苏辙，有"钟鼎功名淹管库，朝廷翰墨写风烟"之语，时苏辙在筠州监管盐酒税，大临诗中颇有点代为不平，认为他有高才而只能做小吏，太委屈了。山谷和诗却不从这方面写，诗中着力表现朋友之间的深情厚谊，语言形象鲜明，比原作更能感人。写寄人的诗，不光是写对方的事，而把自己的身世和感受融入，以唤起对方（包括读者）的共鸣，在古人名作中常见这种手法。山谷用这个韵写了四诗，这里选了两首。苏辙，字子由，苏轼的弟弟，是北宋有名的散文家。

[注释]

① "半世"二句：兄弟、朋友间的亲情交谊，随着逝水般的时光，已快过半世了。但有几个人能够建立功业，使自己的像能画在凌烟阁上

呢？首句平平而起，次句提出问题。句意虽平凡，笔势却很开阔。一开头即用对句，字面上对得工整，意思上一气直下，使人不感到是对偶。这是山谷爱用的方法。凌烟：唐太宗建筑凌烟阁，贞观十七年曾画功臣二十四人图像于其上。

② "春风"二句：又是一番春风，又是一番春雨，年年开落，春花过眼；我怅望着江北，他怅望着江南，春水生时，波浪拍天。从"几人"再联想起，两家兄弟，多年朋友，聚散无端，何时重见啊！这里只具体地描写春天到来，花开水涨的景色，没有夹带抒情的词语，却句句是情，字字是情，是真情，是深情，是能震撼读者心弦之情！情在景中，意在言外。杨万里云："春风春雨，江北江南，诗家常用。杜云：'且看欲尽花经眼。'退之云：'海水昏昏水拍天。'此以四字合三字，入口便成诗句，不至生梗。要诵诗之多，择字之精，始乎摘用，久而自出肺腑，纵横出没，用亦可，不用亦可。"语甚精到。

③ "欲解"二句：想解下铜印，辞去官职，准备去寻求"大道"，定知道石一样不变心的朋友，是会同意订立忘年之交的。铜章：铜铸的官印。汉法规定，县令"铜章墨绶"。行：将要。石友：即石交，金石交，指友情坚如金石。晋代潘岳《金谷诗》："投分寄石友，白首同所归。"忘年：忘年交，指年岁差别大，行辈不同而交情深厚的朋友。黄庭坚比苏辙小八年，又是苏轼的门下，所以客气地自认低一辈。苏辙答山谷书云："观鲁直之书，所以见爱者，与辙之爱鲁直无异也。"可作"石友许忘年"之证。

④ "脊令"二句：我们都在怀念着自己的兄弟，但又欲归不得，只好被时光催迫得白发满头了吧。黄庭坚与黄大临，苏辙与苏轼，兄弟间关系非常好，彼此多年离别。脊令：鸟名，即鹡鸰。《诗经·常棣》："脊令

在原,兄弟急难。"后世用以比喻兄弟间亲密互助的关系。雪:指白发。颠:头顶。

我们还要注意本诗中间两副对子。一写景,一议论;一密丽,一清疏。轻重虚实,对比分明。后来评山谷诗的人往往夸大了这种手法的作用,并把它看作宋诗的特色之一。

再次韵寄子由

想见苏耽携手仙,青山桑柘冒寒烟①。骐骥堕地思千里,虎豹憎人上九天②。风雨极知鸡自晓,雪霜宁与菌争年③?何时确论倾樽酒?医得儒生自圣颠④!

[题解]

山谷的次韵诗,几首间的情调、语言风格每有不同。如本书中选取的这两篇,上首较和婉、温雅,下首却雄奇、恣肆。生新多变,山谷所擅。

[注释]

①"想见"二句:想到苏耽这与我携手相好的仙人,家在青山之中,桑田柘地冒出阵阵寒烟。写苏辙在筠州过着清贫的生活。苏耽:传说是汉末的仙人。古诗文中常借同姓的古人来相比况。这里用遗世的仙人苏耽比苏辙,表现苏辙高洁的品行,并与末句相呼应。携手仙:鲍照《拟行路难》:"上刻秦女携手仙,承君清夜之欢娱。"柘:柘树,常植于村边,叶可喂蚕。

②"骐骥"二句:骐骥一生下地来,就想着要驱驰千里,但虎豹却守

着天门，害怕人登到九重天上。两句惋惜苏辙虽有大志而无法实现。上句用曹操《步出夏门行》："老骥伏枥，志在千里。"下句用《楚辞·招魂》："魂兮归来，君无上天些！虎豹九关，啄害下人些！"骐骥：千里马，比喻才智之士。虎豹：守卫天门的猛兽，这里比喻在朝廷中的坏人。

③"风雨"二句：尽管风雨凄凄，但我很相信雄鸡还是要守时报晓的；在雪霜之中的松柏，何必跟那短命的朝菌去争年月呢？两句强调指出：贤人志士是有自己的历史使命的，在环境恶劣的时候，还是要坚持奋斗，不必跟应时得令的家伙们计较短长。上句用《诗经·风雨》："风雨如晦，鸡鸣不已。"下句用《庄子·逍遥游》："朝菌不知晦朔，蟪蛄不知春秋，此小年也。"雪霜：暗指松柏梅竹之类，即山谷《筇竹杖赞》所指"能独立于雪霜之后"者，经雪霜而不凋，与不知晦朔的朝菌不可同日而语。比之于人，一则名垂不朽，一则没世无闻。本诗中间四句，句意奇伟，气雄力健，所谓"横空盘硬语"。

④"何时"二句：几时才能够跟您樽酒相倾，认真地研究一下，用什么方法医治我们这些读书人的自大狂呢？这两句句意又一转，把上面听说的都称作"自圣颠"，在谐谑中含着更深的愤激。确论：着实地讨论。自圣颠：把自己当成是圣人的颠狂病。《难经》："狂颠之病，何以别之？自高，贤也；自辩，智也；自贵，倨也；妄笑好歌，乐也。"

次韵寄上七兄

　　学得屠龙长缩手，炼成五色化苍烟①。谁言游刃有余地，自信无功可补天②。啼鸟笑歌追暇日，饱牛耕凿望丰年③。荷锄端欲相随去，邂逅青云恐疾颠④。

[题解]

　　此诗感叹元明学成而不得见用于世，实亦自伤失意。怀才不遇，千古同慨。前半用典，以第三句承第一句，而以第四句承第二句，气象宏大，笔势跳荡。后半意谓应追随元明，一起归耕垄亩，听鸟娱情，以消暇日。写田园生活之可乐，引出末句。忽发奇想，谓己之才华，非不能致身青云之上，然富贵必履危机，到时则悔之晚矣。意思更跌深一层，这正是老杜擅长的笔法。七兄：指元明。

[注释]

　　①"学得"二句：纵然学得屠龙之技，但一直无法施展，炼成五色之石，也化作一缕轻烟。屠龙：《庄子·列御寇》："朱泙漫学屠龙于支离益，单千金之家，三年技成而无所用其巧。"缩手：指袖手、停手。谓学成而无所用之。五色：指石。《列子·汤问》载，女娲氏炼五色石以补天之阙。化苍烟：谓无补天之用。两句写读书成才而不得见用。

　　②"谁言"二句：哪敢说自己的学识已能运用自如，总觉得自己没有能力可以补天。游刃有余地：《庄子·养生主》言庖丁解牛，"恢恢乎其于游刃必有余地矣"。此以言其技术之精到。两句似自谦自嘲，实自怜自傲。

　　③"啼鸟"二句：在鸟儿欢快的鸣声中留住闲暇的日子，喂饱牛儿努力耕作以望丰年。耕凿：先秦古诗《击壤歌》有"凿井而饮，耕田而食"之语。

　　④"荷锄"二句：如今我真的想扛起锄头相随而去。即使有机会登上高位，也恐怕会迅速倾跌下来。邂逅：不期而遇。青云：喻高官显爵。

疾颠：急速颠覆、失败。《国语·周语下》："高位实疾颠，厚味实腊毒。"山谷于元祐年间曾一度入朝，末句似为诗谶，实亦政坛常见之事。

再用旧韵寄孔毅甫

鉴中之发蒲柳望秋衰，眼中之人风雨俱星散①。往者托体同青山，健者漂零不相见②。庾公楼上有诗人，平生落笔泻河汉③。置驿勤来索我诗，自说中郎识元叹④。我方冻坐酒官曹，为公然薪炙冰砚⑤。不解穷愁著一书，岂有文章名九县⑥。奴星结柳送文穷，退倚北窗睡松风⑦。太阿耿耿截归鸿，夜思龙泉号匣中⑧。斗柄垂天霜雨空，独雁叫群云万重⑨。何时握手香炉峰，下看寒泉濯卧龙⑩。

[题解]

山谷有《次韵和答孔毅甫》诗，这是再次韵的和作。先写自己未老先衰，因而想到朋友们飘零四散、死别生离。再写孔平仲有高才而来索诗，欲得知音。后以太阿与龙泉设喻，感彼此之离居，伤友人之不遇。一结期盼能重会，同游庐山。全诗结构甚佳，劈空而起，如鹤唳猿啼。上半用仄韵，音节和缓而感情惋伤。后半转用平韵，句句皆叶，有如柏梁体，音节急促而感情激越。孔毅甫：孔平仲，字毅甫，江西新喻人，时为江州钱监。

[注释]

① "鉴中"二句：看见镜里自己的头发，好像蒲柳般到秋天而变衰，而眼中的朋友却在风雨中分离四散。史容注："言熙丰间诸人皆斥逐。""蒲柳"句：《世说新语·语言》载，晋顾悦之头发早白，因有"蒲柳常质，望秋先零"之叹。"眼中"句：杜甫《短歌行赠王郎司直》诗："青眼高歌望吾子，眼中之人吾老矣。"

② "往者"二句：死去的已把遗体托付给青山，健在的也到处飘零不能见面。托体同青山：语本于陶渊明《挽歌》："托体同山阿。"

③ "庾公"二句：庾公楼上有一位诗人，他平生落笔为诗，有如长江大河般滔滔倾泻。庾公楼：在江西九江，相传晋庾亮镇江州时所建。次句形容孔氏才思敏捷。《世说新语·赏誉》："王太尉云：'郭子玄语议如悬河泻水，注而不竭。'"王融《赠族叔卫军俭》诗："摇笔泉泻，动咏英纷。"

④ "置驿"二句：他经常通过驿邮来向我索诗，自说好比当年顾元叹希望能得到蔡中郎的赏识。置驿：犹置邮。古人设驿站以传递邮件。杜甫《缆船苦风戏题四韵》："因声置驿外，为觅酒家垆。"中郎识元叹：《艺文类聚》卷四十四引《江表传》曰："顾雍从蔡邕学琴，邕异之，曰：卿必成，故以名与卿。"顾雍字元叹，蔡邕字伯喈。邕，古字同"雍"，故两人同名。

⑤ "我方"二句：我这时正忍冻枯坐在酒官之位，为了你而点燃薪火烤炙结冰的砚台。酒官：执掌造酒及有关政令的官员。《周礼·天官·酒正》，郑玄注："酒正，酒官之长。"《宋史·礼志一》："宜诏酒官依法制齐、酒。"官曹：官吏办事处所。炙冰砚：典出《初学记》卷二十一引鱼豢《魏略》曰："颜斐为河东太守，课民输租，令车牛各致薪两束，为

寒冰炙笔砚。"司马光《苦寒行》:"炭炉炙砚汤涉笔,重复画字终难成。"

⑥"不解"二句:假如不懂得在穷愁潦倒时还要努力著书,那怎能使自己的文章闻名天下呢?穷愁著书,典出《史记·平原君虞卿列传》:"虞卿既以魏齐之故,不重万户侯卿相之印,与魏齐间行,卒去赵,困于梁。魏齐已死,不得意,乃著书……凡八篇。以刺讥国家得失,世传之曰《虞氏春秋》。"九县:犹言九州。两句写发愤自强之意,实与孔氏共勉。

⑦"奴星"二句:好比叫奴星结柳作车,自作送穷之文,闲倚北窗,在松风声中酣睡。"奴星"句:韩愈《送穷文》:"主人使奴星结柳作车。"奴星:名叫"星"的仆人。倚北窗:陶渊明《与子俨等疏》:"常言五六月中,北窗下卧,遇凉风暂至,自谓是羲皇上人。"两句既写小官闲居之乐,亦表现了困穷失意的心情。

⑧"太阿"二句:太阿宝剑光芒四射,可横截归飞的鸿雁,因而想起龙泉剑在鞘中夜夜孤鸣。太阿:古剑名。耿耿:光明状。韩愈《利剑》:"利剑光耿耿,佩之使我无邪心。"截归鸿:曹植《七启》有"步光之剑""随波截鸿"之语,古又有鸿雁传书之说,诗中因指得到对方的回音。龙泉:古剑名。匣:剑鞘。次句典出王嘉《拾遗记》,卷一载,有曳影之剑,"未用之时,常于匣里,如龙虎之吟"。剑鸣匣里,意欲出匣得用。又,鲍照《赠故人马子乔》诗之六:"双剑将别离,先在匣中鸣。"山谷此诗当兼有两意,既写两人离别相思之情,亦惋伤孔毅甫之不遇。两句以太阿自喻,以龙泉喻孔毅甫。

⑨"斗柄"二句:北斗七星高挂在下霜后的天空,孤雁在呼唤着同群,那已远隔着万重云海。斗柄:指北斗七星中第五至第七的三星。雨:降雨,作动词用。次句全本杜甫《孤雁》诗:"孤雁不饮啄,飞鸣声念

群。谁怜一片影,相失万重云。"

⑩"何时"二句:什么时候才能跟你在香炉峰握手相聚,俯瞰寒泉净洗着这卧龙。香炉峰:庐山之北峰。寒泉濯卧龙:《后汉书·许杨传》载,天帝之所有"濯龙渊"。《晋书·张华传》又载有宝剑跃入延平津,化为两龙的故事。卧龙:亦庐山瀑布之名,此兼指诸葛亮,卧龙瀑边建有武候祠。王仲舒《寄李十员外》诗:"百丈悬泉旧卧龙,欲将肝胆佐时雍。"诗中语意相关,亦以卧龙喻孔平仲。山谷诗中每合用几个典故,此可为佳例。

寄陈适用

日月如惊鸿,归燕不及社①。清明气妍暖,亹亹向朱夏②。轻衣颇宜人,裘褐就樲架③。已非红紫时,春事归桑柘④。空余车马迹,颠倒桃李下⑤。新晴百鸟语,各自有匹亚⑥。林中仆姑归,苦遭拙妇骂⑦。气候使之然,光阴促晨夜⑧。解甲号清风,即有幽虫化⑨。朱墨本非工,王事少闲暇⑩。幸蒙余波及,治郡得黄霸⑪。邑邻陈太丘,威德可资借⑫。决事不迟疑,敏手擘太华⑬。颇复集红衣,呼僚饮休假⑭。歌梁韵金石,舞地委兰麝⑮。寄我五字诗,句法窥鲍谢⑯。亦叹簿领劳,行欲问田舍⑰。相期黄公垆,不异秦人炙⑱。我初无廊庙,身愿执耕稼⑲。今将荷锄归,区芋畦甘蔗⑳。观君气如虹,千辈可陵跨㉑。自当出怀璧,往取连城价㉒。赐地买歌僮,珠翠罗广厦㉓。富贵不相忘,寄声相慰藉㉔。

[题解]

陈适用,名汝器,时知吉州庐陵县。庐陵与太和邻县,声气相闻,山谷与陈氏既有公务上的往来,亦有私交。此诗开头一段,以时节的转换隐喻政治气候变化,"颠倒"一词,颇含愤激。山谷由国子监教授转为县官,实非己愿,诗中为陈氏高才而抱不平,并预祝其一朝能富贵得志,其实也是自己的愿望。元丰五年(1082)作。

[注释]

① "日月"二句:岁月好像惊鸿那样转眼即逝,燕子归来,还不到春社时候。任渊注引杜甫《立秋后题》诗:"日月不相饶,节序昨夜隔。"杜牧《归燕》诗:"画堂歌舞喧喧地,社去社来人不看。"

② "清明"二句:清明时节气候和暖,渐渐就到炎热的夏天。杜甫《绝句漫兴九首》之八:"人生几何春已夏。"亹亹:行进貌,渐渐。

③ "轻衣"二句:轻薄的衣服这时很合人穿着,那就把毛衣收藏到衣柜中吧。裘褐:粗毛制成的衣服。椸(yí)架:衣架。

④ "已非"二句:现在已不是红紫花开的芳春时节了,春色只表现在茂盛的桑柘林中。二语暗用韩愈《感春》诗:"黄黄芜菁花,桃李事已退。"桑柘:桑木与柘木。《礼记·月令》:"(季春之月)命野虞毋伐桑柘。"可见桑柘在季春时始茂盛。桑柘亦指农桑之事。两句意谓花事已过,农忙开始,为下文作铺垫。

⑤ "空余"二句:徒然见到遗留下来的车马辙迹,在桃李树下纵横交错。颠倒:此借用元稹《人道短》诗"车马煌煌,若此颠倒事"字面。吴汝纶评:"句句生新,此喻朝政变更,非泛咏也。"二语喻意深隐,不可滑眼看过。

⑥ "新晴"二句:雨后新晴,百鸟鸣叫,各自找寻自己的伴侣。匹

亚：配偶。

⑦"林中"二句：树林中鹁鸪鸟归巢时，苦遭那笨拙雌鸟叫骂。仆姑：即勃姑、鹁鸪，鸟名。天将雨时其鸣甚急。苦遭：苦于遭到。杜甫《九日》诗："苦遭白发不相放。"

⑧"气候"二句：这是天时变化使它这样，光阴过得飞快，像在催促日夜的循环交替。

⑨"解甲"二句：刚蜕壳的蝉儿在清风中鸣噪，那是幽虫的变化。幽虫：指蝉，幼虫黑蚱，羽化而成蝉。韩愈《城南联句》："化虫枯挶茎。"

⑩"朱墨"二句：我本来就不擅长从事衙门文案的事务，如今总是在忙于公事，很少空闲的日子。朱墨：红黑二色。此指文书案牍。古时朝廷文书以红色标志，地方呈文以黑色标志。《北周书·苏绰传》："绰始制文案程式，朱出墨入。"

⑪"幸蒙"二句：幸好得到像黄霸那样的长官治郡，他的恩德能惠及我这里。波及：影响到。《国语·晋语》："其波及晋国者，君之余也。"黄霸：西汉大臣，善于治理郡县，为官清廉。《汉书·循吏传》谓黄霸"以外宽内明得吏民心，户口岁增，治为天下第一"。诗中指当时的吉州郡守毕献夫。山谷与毕氏关系良好，集中有《送酒与毕大夫》《喜太守毕朝散致政》诗，又作《毕献夫诗集序》。元丰五年（1082）冬，毕氏卒，山谷为作墓志铭，称美其治绩。两句意本杜甫《赵十七明府之县》："惠爱南翁悦，余波及老身。"

⑫"邑邻"二句：我邻邑的陈县令，他的威望和德政都可取法。陈太丘：陈寔，字仲弓，颍川（今河南长葛）人，东汉时期官员、学者。因曾任太丘县长，故又称陈太丘，《后汉书》有传。威德：指威势和德

政。陈寔在任上修德清静，百姓以安。诗中以喻陈适用。资借：凭借，借助。

⑬"决事"二句：决定事情时毫不迟疑，好比巨灵敏捷的手把太华山擘开。次句本张衡《西京赋》："缀以二华，巨灵赑屃，高掌远跖，以流河曲，厥迹犹存。"李善注曰："古语云：此本一山，当河水过之而曲行，河之神以手擘开其上，足蹋离其下，中分为二，以通河流。手足之迹，于今尚在。"孟郊《城南联句》："擘华露神物。"

⑭"颇复"二句：不时还招集一些红衫歌女，唤来同僚好友宴饮休暇。红衣：指歌妓。

⑮"歌梁"二句：清越的歌声惊动屋梁上的微尘，音韵与金石之声相谐，起舞时满地是兰麝之香。上句典出《列子·汤问》："昔韩娥东之齐，匮粮，过雍门，鬻歌假食。既去，而余音绕梁欐，三日不绝。"又，刘向《别录》："汉兴以来，善雅歌者鲁人虞公，发声清哀，盖动梁尘。"《宋史·乐志卷十五》载《十二时·南郊恭谢》词："金石韵锵洋。"

⑯"寄我"二句：寄给我五言古诗，在句法上可上窥鲍照、谢灵运。两句写陈氏在诗法上的渊源所自。

⑰"亦叹"二句：我也慨叹为处理官府案牍而终日辛劳，真想要回乡买田买屋归隐了。簿领：官府记事的簿册或文书。刘桢《杂诗》："沉迷簿领书，回回自昏乱。"问田舍：购买田地房舍。《三国志·魏书·陈登传》载，陈登对许汜胸无大志、"求田问舍"表示不满。

⑱"相期"二句：你相约同聚于黄公酒垆旁，这与我的想法别无二致。黄公垆：即"黄公酒垆"。《世说新语·伤逝》载，魏晋时王戎与阮籍、嵇康等尝会饮于此，因以指文朋诗友聚饮之所。秦人炙：典出《孟子·告子篇》："耆秦人之炙，无以异于耆吾炙。"意谓爱吃秦国人烧的

肉,同爱吃自己烧的肉是没有什么区别的。李颀《别梁锽》诗:"朝朝饮酒黄公垆,脱帽露顶争叫呼。"吴汝纶评:"以上言陈君寄诗约同退隐。"

⑲"我初"二句:我本来就不是什么廊庙之材,愿意亲自下田耕稼。廊庙:建筑廊庙的木材,比喻能担负国家重任。《三国志·蜀书·许靖传》载,许靖夙有名誉,既以笃厚为称,又以人物为意,虽行事举动,未悉允当,蒋济以为"大较廊庙器"也。《晋书·王羲之传》载其报殷浩书曰:"吾素自无廊庙志。"耕稼:种庄稼。《孟子·公孙丑上》:"(舜)自耕稼陶渔以至为帝,无非取于人者。"

⑳"今将"二句:如今已准备回乡归隐,肩扛锄头,分区种芋芳,列畦栽甘蔗。左思《蜀都赋》:"其圃则有蒟蒻茱萸,瓜畴芋区,甘蔗辛姜。"

㉑"观君"二句:看看您气势如虹,真可以凌驾那千百时流之辈。气如虹:形容气势高昂壮伟。《礼记·聘义》:君子于玉比德焉,"气如白虹,天也"。李贺《高轩过》:"入门下马气如虹。"千辈:指众人。白居易《高仆射》诗:"遑遑名利客,白首千百辈。"陵跨:凌驾、压倒。

㉒"自当"二句:您应当拿出怀中的璧玉,去博取连城的声价。怀璧:《左传·桓公十年》:"匹夫无罪,怀璧其罪。"诗中以喻陈氏杰出的才华。连城:谓极高的价值。《史记·廉颇蔺相如列传》:"赵惠文王时,得楚和氏璧。秦昭王闻之,使人遗赵王书,愿以十五城请易璧。"

㉓"赐地"二句:那时候,就可以得到朝廷赏赐田地,买置歌僮,珍珠翡翠都罗置于广厦里。珠翠:亦指美女。元稹《连昌宫词》:"楼上楼前尽珠翠。"

㉔"富贵"二句:当你富贵时不要忘记老朋友,不时寄封信来安慰安慰我吧。《史记·陈涉世家》中有"苟富贵,无相忘"之语。吴汝纶

评:"以上答言陈有用世才,但愿富贵毋相忘耳。"

寄袁守廖献卿

公移猥甚丛生笋,讼牒纷如蜜分窠①。少得曲肱成梦蝶,不堪衙吏报鸣鼍②。已荒里社田园了,可奈春风桃李何③。想见宜春贤太守,无书来问病维摩④。

[题解]

廖子孟,字献卿,安州人,皇祐元年制科第二人,初官建阳知县,后通判于州。元丰三年(1080),以屯田郎中知袁州。其子廖正一,字明略,与苏门诸子交好。此诗写官府的文书事务繁杂困人,难得歇息;为官在外,故里田园荒秽,桃李无主。中间两联是山谷擅长的流水对,一意分成两句,语气连贯,明快畅达。一结换笔,意尤蕴藉风趣,耐人寻味。

[注释]

①"公移"二句:官府的来往文书琐碎烦杂,有如竹笋丛生,狱论文案纷纷乱乱,有如蜜蜂分窠。公移:公家檄文。猥:众多、烦杂。讼牒:狱论文案。两句以"丛生笋""蜜分窠"设喻,形象生新。

②"少得"二句:正偷空枕着手臂小睡,最令人难以忍受的是,才入梦境,又被衙门内的鼍鼓声惊觉。曲肱:《论语》:"曲肱而枕之。"梦蝶:《庄子·齐物论》:"昔者庄周梦为蝴蝶,栩栩然蝴蝶也。自喻适志与!不知周也。俄然觉,则蘧蘧然周也。"鸣鼍(tuó):鼍,鼍鼓。鼍善鸣,以其皮蒙鼓,发声洪大。

③"已荒"二句：里社的田园早已荒芜了，即使到了春风吹拂、桃李盛开的时候，又有什么办法好想呢？上句本陶渊明《归去来辞》："田园将芜胡不归？"里社：古代里中祭祀土地神的处所。下句怀想故园春日之美，写不能归去无可奈何之情。

④"想见"二句：可以设想宜春这位贤能的太守，为什么没有书信来问候我这生病的维摩居士了。维摩：维摩诘。《维摩诘经》载，维摩诘为毗舍离之大居士，室内唯置一床，曾称病在家，佛陀特派文殊师利菩萨等去探病。山谷以维摩自比。两句想象之辞，以己度人，恐怕对方也被烦琐的公务所困，无暇与友人书问了。

上权郡孙承议

公家簿领如鸡栖，私家田园无置锥①。真成忍骂加餐饭，不如西江之水可乐饥②。他人勤拙犹相补，身无功状堪上府③。公诚遣骑束缚归，长随白鸥卧烟雨④。

[题解]

此诗为太和任上之作。山谷为县令期间，体恤民情，惠政颇多。特别是当时盐政扰民，山谷亦身同此感，故赋盐较少，未能满足上官的要求。其长诗《己未过太湖僧寺得宗汝为书寄山蘋白酒长韵》亦云"府符下盐策""民病我亦病，呻吟达五更"。本诗中的孙氏，出身承议郎，以宜春通判权知吉州，山谷虽有诗称他"公独爱民如父兄"，但孙氏之职，毕竟有监察性质，对山谷当有所督责。此诗居然声言自己办事不力，请求上级免职。山谷如此放言无忌，一是认为孙氏也是一位好官，且与己有私交，当能听得进去；一是真的认为再也干不下去了，自己想回老家过清静的日子。愤激不平，见于言表。

[注释]

① "公家"二句：官府里的办公室小得像个鸡笼，而私家的田园更是穷得无置锥之地。簿领：本指记事的簿册，诗中当指官衙中处理文书的地方。鸡栖：《后汉书·陈蕃传》："车如鸡栖马如狗。"置锥：插锥尖的一点地方，形容极小的一块地方。《荀子·儒效篇》："无置锥之地，而明于持社稷之大义。"上句意谓太和为小邑，下句写民间的穷困。

② "真成"二句：真要为保住饭碗而忍受上官责骂的话，那就不如去饱饮西江的水，暂时可以忘掉饥饿。加餐饭：《古诗十九首》："努力加餐饭。"水可乐饥：语本《诗经·陈风·衡门》："衡门之下，可以栖迟。泌之洋洋，可以乐饥。"乐饥：忘掉饥饿。

③ "他人"二句：别人还可以用自己的勤奋来弥补不足，而我自己却没有功绩可以上报官府。拙相补：谓勤可补拙。

④ "公诚"二句：您干脆就派出缇骑绑我回去，免职放归，我就可以长随白鸥，闲卧在烟雨之中。骑：指缇骑，此指捉拿犯人的吏役。束缚：指被拘囚。《史记·李斯列传》："李斯拘执束缚，居囹圄中。"

睡 起

柿叶铺庭红颗秋①，熏炉沉水度衣篝②。松风梦与故人遇，同驾飞鸿跨九州③。

[题解]

这首小诗,情景交融,想象丰富,表现了高远超脱的意境。

[注释]

① "柿叶"句:秋深了,柿叶铺满庭院,树上结着累累的果实。铺:柿叶大而圆。"铺"字用得恰切。红颗:指柿子,阴历九月成熟。果圆,色红,故称。

② "熏炉"句:卧室的熏炉中,烧着沉香,炉香袅袅,飘过熏笼。熏炉:古时用来熏香和取暖的炉子。沉水:即沉水香,沉香。沉香木产于东南亚,心材可作熏香料。衣篝:罩在熏炉上熏衣用的笼子,常用铜或竹子制成。

③ "松风"二句:松风阵阵,梦中与老朋友相遇,一起驾着飞鸿,跨越九州。九州:传说中的我国古代的行政区域。据《书·禹贡》作冀、兖、青、徐、扬、荆、豫、梁、雍,后泛指全中国。

全诗句意曲折,而又一气呵成。首句先写季节。秋天天朗气清,提供了高远的境界。次句点出入梦时的气氛。炉烟飘渺,引入驾鸿而飞的梦境。山谷诗中也常有类似的浪漫的表现手法。唐人岑参诗:"枕上片时春梦中,行尽江南数千里。"当是本诗所自。

出迎使客质明放船自瓦窑归

鼓吹喧江雨不开,丹枫落叶放船回①。风行水上如云过,地近岭南无雁来②。楼阁人家卷帘幕,菰蒲鸥鸟乐湾洄③。惜无陶谢挥斤手，诗句纵横付酒杯④。

[题解]

　　山谷诗中不乏清新平易之作。本诗写黎明时分放船归来一路所见的风光，物象鲜明，意境广远，充满了浓郁的诗意。末二句以抒情作结，情味更为隽永。质明：天刚放亮的时候。

[注释]

　　①"鼓吹"二句：江面上鼓吹乐声喧闹，阴雨迷蒙不开。岸边的枫树飘落红叶，清早放船归来。鼓吹：鼓吹乐。古代用鼓、钲、箫、笳等乐器合奏。这里指出迎使客时演奏鼓吹乐。放船：即乘船。放，谓其顺流而下。二语意本杜甫《放船》诗："送客苍溪县，山寒雨不开。直愁骑马滑，故作泛舟回。"

　　②"风行"二句：秋风吹拂在水面上，好比流云飘过。这儿地域接近岭南，已无鸿雁飞来。"风行"句，语本《易·涣》："象曰：风行水上，涣。""如云过"三字甚妙。粼粼细浪，仿佛天上的行云。次句写太和的地理环境。瓦窑离岭南仅三百余里，北雁南来，至衡阳回雁峰而止，不再南飞。诗中亦暗示自己离朝廷已远。

　　③"楼阁"二句：两岸的人家高卷楼阁上的重重帘幕，江中的鸥鸟爱这菰蒲里的流水潆洄。二语意境力逼杜牧《题宣州开元寺水阁》诗："深秋帘幕千家雨，落日楼台一笛风。"

　　④"惜无"二句：可惜的是找不到像陶渊明、谢灵运那样的运斤成风的好手，写下纵横奔放的诗句，把豪情付与酒杯。二语亦本杜甫《江上值水如海势聊短述》诗："焉得诗如陶谢手，令渠述作与同游。"陶谢：指大诗人陶潜、谢灵运。两人均擅写山水田园风景的诗歌。挥斤：比喻高

超的技艺。《庄子·徐无鬼》:"郢人垩漫其鼻端,若蝇翼,使匠石斫之。匠石运斤成风,听而斫之,尽垩而鼻不伤,郢人立不失容。"

答余洪范二首(选一)

悬磬斋厨数米炊,贫中气味更相思①。可无昨日黄花酒?又是春风柳絮时②。

[题解]

元丰五年(1082),山谷在太和任上,与顶头上司关系不好,曾写诗怄气:"真成忍骂加餐饭,不如西江之水可乐饥。"在这样的环境下,更感到知心朋友的可贵了。本诗感情深挚,风骨遒上,是山谷七绝中不可多得之作。余下,字洪范,时为赣州郡掾。

[注释]

① "悬磬"二句:在空无所有的厨房里,数米下锅。贫寒中气味相投的朋友别后,就更是互相思念了。悬磬:《国语·鲁语》:"室如悬磬。"注:"室屋皆发撤,榱橼在,如悬磬。"意谓房子里什么都没有,只剩下屋橼,像用来悬挂石磬。数米炊:形容生活困窘。气味:比喻意趣或情调。山谷《发赣上寄余洪范》诗云:"气味相似相和流。"与本诗意同。

② "可无"二句:现在,岂能没有去年相聚时您送来的黄花酒?因为又到了春风骀荡、柳絮纷飞的时节了。上句回忆元丰四年秋,山谷自太和往南安考试,经赣上与洪范交游的情况。下句写别后半年的相思。两句语淡而情深,气格很高。黄花酒:萧统《陶渊明传》载:陶渊明"尝九

月九日出宅边菊丛中坐,久之。满手把菊,忽值(王)弘送酒至,即便就酌,醉而归。"后世常以此表示贫寒时知己的交情。黄花:即菊花。柳絮:杨柳三月飘絮,因其空蒙纷飞,古诗词中常以喻人缭乱的意绪。

登 快 阁

痴儿了却公家事,快阁东西倚晚晴[①]。落木千山天远大,澄江一道月分明[②]。朱弦已为佳人绝,青眼聊因美酒横[③]。万里归船弄长笛,此心吾与白鸥盟[④]。

[题解]

山谷在太和县任上已经三年了,时常想念着故乡,每当公事办完之后,就到县东的快阁上游览。这首著名的七律就是写登临时的所见所感,后世批评家常举出以代表山谷诗歌的主要风格。一首小诗,好像长篇歌行,长江大河似的奔泻而下,而在中途又曲折盘旋,含不尽之意。如方东树所说的"此所谓寓单行之气于排偶之中者",吴汝纶亦称赞它"意态兀傲"。

诗中三、四两句,尤为名隽,风格很接近杜甫诗中高华之作,用字精练,成功地描画出一幅高远明净的秋景,尤为后世所传诵。本诗是山谷最优秀的作品之一。快阁:《清一统志·吉安府》:(快阁)"在太和县治东澄江(赣江)之上,以江山广远,景物清华得名。"

[注释]

① "痴儿"二句:我这个呆子办妥了公家的事,在快阁东西,倚栏

远眺，迎着雨后的晚晴天！起句乍一看来，很刺眼。这种句子本来是不能登上"大雅之堂"的，但主张"以俗为雅"的山谷，大胆把这些接近口语的俗文写到诗中了。山谷，像个非常精明的生意人。每个词语的分量和价值，是计算得很清楚的。"无一字无来处"，也包括这些俗字俗语。《晋书·傅咸传》载，夏侯济写给傅咸的信中说："生子痴，了官事，官事未易了也。了事正作痴复为快耳。"晋朝的清谈家讨厌干实际工作，认为能够把事情办妥的人是傻瓜。山谷在诗中反用此意，直认自己是"痴儿"，甚有谐趣。了事，是快意的，那就登"快阁"吧，前两句很巧妙地联在一起。东西：时而东时而西，来往观赏。倚晚晴：李商隐诗："万古贞魂倚暮霞。"用一"倚"字，把人和环境融成一个整体。人，好像不光是倚在阁中，倚在栏上，而是倚着整个天空，整个世界。《昭昧詹言》："且叙且写，一往浩然。"

②"落木"二句：远望无数秋山，高树上的叶子零落，天空更显得辽远阔大，澄澈的赣江在快阁下流过。黄昏，映着一弯初月，更觉分明。两句在写景中见胸襟、见抱负，千载之下的读者都能体会到诗人那坦荡荡的精神境界。试比较杜甫的名句："无边落木萧萧下，不尽长江滚滚来。"杜诗的意境也很阔大，但骨子里却含着浓郁的悲凉。如此好句，张戒竟诋之为"小儿语"，无怪张宗泰驳之曰："其意境天开，则实能辟古今未泄之奥妙……不知何处有此等小儿能具如许胸襟也。"（《鲁岩所学集》）

③"朱弦"二句：因为知音不在，我弄断了琴上的朱弦，不再弹奏，对着清樽美酒，姑且露出快乐的神情，借以消忧。上句出《吕氏春秋·本味篇》："锺子期死，伯牙破琴绝弦，终身不复鼓琴，以为世无足复为鼓琴者。"佳人：美人。在古典诗文中常用以指有才智的人。山谷还有诗说："佳人去后绝朱弦，不报双鱼已隔年。"都用佳人指知己朋友。至于本诗

中佳人所指的具体的人,现已无法考证了。青眼:晋朝阮籍能为青白眼。青眼,眼睛正视,眼珠子在中间,对人表示好感;白眼,翻眼睛,露出眼白,表示轻蔑。聊因:姑且为了。横:横斜着眼睛看。这里表示无可奈何的、勉强的神情。

④"万里"二句:希望能坐上归船,吹着悠扬的长笛,回到遥远的故乡,我这个心儿啊,早跟白鸥订好盟约了。诗人对烦冗的官务感到厌倦,渴望能摆脱束缚,过逍遥自在的生活。万里归船:杜甫诗:"窗含西岭千秋雪,门泊东吴万里船。"白鸥盟:指隐居的人跟鸥鸟做侣伴。《列子·黄帝篇》:"海上之人有好鸥鸟者,每旦之海上,从鸥鸟游,鸥鸟之至者百数而不止。"人要没有机心(诡诈的心思),鸥鸟才愿跟他做朋友。翁方纲评山谷诗云:"坡公之外又出此一种绝高之风骨、绝大之境界,造化元气发泄透矣。"此诗当之无愧。

雕陂

雕陂之水清且泚,屈为印文三百里。呼船载过七十余,褰裳乱流初不记①。竹舆呕哑山径凉,仆姑呼妇声相倚。筜中犹道泥滑滑,仆夫惨惨耕夫喜②。穷山为吏如漫郎,安能为人作嚆矢③?老僧迎谒喜我来,吾以王事笃行李④。知民虚实应县官,我宁信目不信耳⑤。僧言生长八十余,县令未曾身到此⑥。

[题解]

这是一首很值得注意的诗作。山谷在太和任上,为了准确地执行新法，元丰五年四月中，他在太和辖下的农村作了多天的调查，亲自翻山涉水，入万岁山，宿早禾渡，上大蒙笼，过金刀坑，找一些老农民谈话。了解到正推行的盐法有不便民之处，山谷按实际情况作了一些有利于农民的修改，并写了十多首诗以记此事。

[注释]

①"雕陂"四句：雕陂的流水清澈，三百里间河床弯弯曲曲，像印章上的篆文。沿途中呼唤船只渡河，共有七十多次，至于卷衣横涉的次数，就更多得数不清了。褰（qiān）：把衣服提起来。乱：横绝中流，径渡。四句写出访途中渡水的情况。

②"竹舆"四句：竹轿发出嘎嘎的响声，山路凉快。仆姑鸟的啼唤相续不绝，竹丛中的鸟儿在"泥——滑——滑——"地鸣叫。轿夫因路滑难行而愁眉苦脸，农人却为下了雨而高兴。竹舆：用竹子编成的轻便山轿。呕哑：形容器物相轧磨的响声。仆姑：鸟名，即鸠鸟。传说天阴时逐其雌鸟，晴则呼之。诗意谓雨过天晴。泥滑滑：竹鸡的鸣声。梅尧臣《竹鸡》诗："泥滑滑，苦竹冈。"

③"穷山"二句：在穷山僻野中做小吏，要像漫郎那样，怎么能随随便便地替别人做响箭呢！诗意谓当官吏不应虚张声势，光说不干，而要踏踏实实，做好工作。漫郎：唐代文学家元结，自号漫郎。关心人民疾苦，曾写过有名的《舂陵行》。嚆矢（hāo shǐ）：带响声的箭。发射时声响比箭先到，故常以比喻发生在先的事物。《庄子·在宥》："知曾、史之不为桀、跖之嚆矢也。"意思是说，知道曾参、史䲡是不会被桀和跖利用的。

④"老僧"二句：老和尚高兴地迎接我的到来。我为了王事，老是在旅途中奔波。笃行李：意谓辛劳于行旅。鲍照《代门有车马客行》："手迹可传心，愿尔笃行李。"山谷诗也有"念公笃行李"之语。是时山

谷任太和令，为赋盐事而常亲至山野访贫问苦。

⑤"知民"二句：了解人民情况的虚实，汇报给朝廷。我宁信自己的眼睛所见，而不信耳朵所闻。诗意谓要调查研究，实事求是，不偏听偏说。县官：指皇帝。《汉书·霍光传》："县官非我家将军，不得至是。"注："县官谓天子。"

⑥"僧言"二句：老和尚说：活了八十多岁，从未见过县令亲到这儿。收句甚有深意。北宋那种高高在上、不知下情的官僚作风已非一朝一夕的事了。山谷能深入山区，访察民情，在当时的确是难能可贵的。

次韵道辅双岭见寄三叠（选一）

莲塘倒箭靫，桂影凉霜兔①。平生知昔地，地下无尺素②。十夜九作梦，虏乘惊沙度。时不与我谋，征西枕戈去③。

[题解]

元丰五年，沈括等建议朝廷在西北边境横山一带修筑工事，防备西夏入侵。神宗派徐禧建永乐城（今陕西米脂县西北）。九月，西夏倾国攻永乐，围城。救兵不至，城陷，徐禧败死，丧士卒役夫二十余万，举朝震动。山谷对这次败仗感到很痛心，写了许多首诗赠给徐禧的朋友魏泰，表示抗击敌人的决心和对阵亡将士的哀悼之情。道辅：魏泰，字道辅，襄阳人，自号汉南居士，著有《东轩录》。三叠：在乐府诗中，把一些句子反复重叠歌唱。本诗三首，都有"时不与我谋"句。

[注释]

①"莲塘"二句：在秋天的莲塘中，枯荷梗枝枝挺立，像把箭袋里的箭全部倾出，倒插水里。月中的桂影婆娑，那玉兔儿也感到些凉意。靫(chá)：即盛箭器。霜兔：即玉兔。传说月中有白兔捣药，故亦作月的代称。李贺《海上谣》："桂水寒于江，玉兔秋冷咽。"

②"平生"二句：在生平的知己那儿，地下没有书信寄回来。知音：指徐禧。尺素：指书信。古代书写用绢帛，长约一尺，故称。古诗曰："呼儿烹鲤鱼，中有尺素书。"

前四句表示对徐禧深切的悼念。

③"十夜"四句：十夜中，九夜都做梦，敌人趁着大风沙越过沙漠来犯。可惜的是，时势跟我所想的不一样。我渴望着讨伐西夏，枕戈待旦。宋神宗在战败后，"深自悔咎，无意于西伐"(《宋史》)。诗人却时刻警惕着，决心为国杀敌。枕戈：出《晋书·刘琨传》："吾枕戈待旦，志枭逆虏。"指做好作战准备，随时出击敌人。

寄晁元忠十首（选一）

楚宫细腰死，长安眉半额①。比来翰墨场，烂熳多此色②。文章本心术，万古无辙迹③。吾尝期斯人，隐若一敌国④。

[题解]

这里选一首论文艺的诗。山谷提出写文章要讲老实话，反对那种人云亦云、模仿因袭的恶劣文风。

[注释]

①"楚宫"二句：楚灵王喜欢人腰细，宫中的人便节食，甚至饿死。长安城中妇女喜欢画阔眉，各处的人便把眉画满半个额头。这里用了两个生动的比喻，指出写文章的人为了投时所好，变本加厉，不顾原则，以至弄出大笑话。《后汉书·马援传》载，援子廖上疏说："传曰：'吴王好剑客，百姓多创瘢；楚王好细腰，宫中多饿死。'长安语曰：'城中好高髻，四方高一尺；城中好广眉，四方且半额；城中好大袖，四方全匹帛。'斯言如戏，有切事实。"

②"比来"二句：近来的文坛上，五花八门，大都是这个样儿！烂熳：本指色彩鲜丽。诗中指文章表面的华丽浮夸。

③"文章"二句：文章，本来是反映作者内心世界的，千年万代都没有一个固定不变的规格。无辙迹：出自《老子》："善行无辙迹。"善于走路，不留下辙迹。辙迹：在诗中指供别人模拟的成法。

④"吾尝"二句：我曾期望着这个人，能威严厚重得好像敌国一样。斯人：此人，指晁元忠。末句语出《后汉书·吴汉传》："诸将见战阵不利，或多惶惧，失其常度。汉意气自若。帝时遣人观大司马何为，还言方修战攻之具，乃叹曰：'吴公差强人意，隐若一敌国矣。'"注："隐，威重之貌。"山谷希望晁元忠能坚持正确的主张，不为时流所动。

从这首诗看来，山谷是不赞许华而不实、千篇一律的文风的。他本来也无意建立宗派，还反对别人做"牛后人"。江西诗派的门徒们，实在是违背了他们祖师的初衷的。山谷集中有《答晁元忠书》，称美晁诗"兴托深远，不犯世故之锋，永怀喜怨，郁然类骚"。可见山谷反对庸俗、力求高格的主张。

夜发分宁寄杜涧叟

阳关一曲水东流①，灯火旌阳一钓舟②。我自只如常日醉，满川风月替人愁③。

[题解]

情和景的关系，我们说得很多了。朱光潜先生也强调这"移情"的作用在诗中的重要性。有些古人对此的确不大理解。金代的王若虚在《滹南诗话》中就批评山谷此诗说："山谷《题阳关图》云：'渭城柳色关何事，自是行人作许悲。'夫人有意而物无情，固是矣，然《夜发分宁》云：'我自只如常日醉，满川风月替人愁。'此复何理也？"这真是艺术门外汉的妄语。物之有情与无情，存乎诗人一念之中。即如《诗经》的"杨柳依依""风雨如晦"，亦何尝没有诗人的主观感情色彩？

[注释]

① "阳关"句：临别时，《阳关》一曲奏罢，征帆便随着江水东流而去。阳关：参看《题阳关图》诗注。水东流：指修水，经分宁东流入鄱阳湖。

② "灯火"句：远望旌阳山下的灯火，我已在江中孤独的渔船上了。旌阳：山名。《寰宇记》："旌阳山在分宁县东一里。旌阳许君曾游，故以为名。"

③ "我自"二句：我只是像平常那样地喝醉了，而满江的风月却替

人们悲愁。上句语极淡,情极深。不说别时借酒消愁,而说自己"如常日醉",无所动情。末句却出人意料,把悲愁都推给了"满川风月"!诗人啊,您这样就能摆脱了别时浓郁的愁情了吗?这离愁不但填满了您的心间,还充斥着天地!江上的清风明月,都分有您无穷无尽的深愁。末二句境界深远,其艺术效果当不下于杜牧的诗句:"蜡烛有心还惜别,替人垂泪到天明!"

过　家

络纬声转急,田车寒不运①。儿时手种柳,上与云雨近②。舍旁旧佣保,少换老欲尽③。宰木郁苍苍,田园变畦畛④。招延屈父党,劳问走婚亲⑤。归来翻作客,顾影良自哂⑥。一生萍托水,万事霜侵鬓⑦。夜阑风陨霜,干叶落成阵⑧。灯花何故喜?大是报书信⑨。亲年当喜惧,儿齿欲毁龀⑩。系船三百里,去梦无一寸⑪。

[题解]

元丰六年(1083)十二月,山谷自江西太和移监山东德州德平镇。途经家乡分宁,作了此诗,表达对故乡和亲友的深厚感情。本诗在结构上,真如作者所主张的"命意曲折",诗中把节物、环境、故乡的变化、亲戚的关系跟自己的感怀结合起来写,叙事、写景、抒情浑然无间。语言上力求生新,用字矜炼,高步瀛《唐宋诗举要》谓其"佳处如食甘榄,味美于回"。

[注释]

①"络纬"二句：蟋蟀的鸣声，越来越急；田畔的水车，天寒难转。这里用"声转急""寒不运"以衬托作者还家时复杂矛盾的心情。《昭昧詹言》批评这两句说："起处亦大无序矣。"其实这真正是"笔力斩截""起势奇特"。

②"儿时"二句：我小时候亲手种植的柳树，现在已长得耸入云天了。山谷在分宁双井出生，十五岁时才离家从其母舅李公择游学淮南。

③"舍旁"二句：当年在屋旁的旧仆人，年轻的已更换，年老的也快死尽了。这里先写仆人，因为他们定居在家乡的土地上。佣保：同"庸保"，谓受雇充当酒保、杂工的人。

④"宰木"二句：山冈上的树木郁郁苍苍，田园中的畦径也改变了。宰：指有祖先坟墓的山冈。畦：在田上有上埂围着的长方形小区。畛(zhěn)：田间的小路。

以上八句写重返家乡所见到的环境和人事的变迁。

⑤"招延"二句：对我殷勤地招待延请，委屈了父辈的亲族，亲自到来向我问候，真累了亲戚们走动。这里写回乡后先拜访亲属中的长辈，再在家里接待戚属。父党：父亲一方的亲族。婚亲：指母亲、妻子或出嫁了的姊妹、女儿一方的戚属。亲，指亲家，两家儿女相婚配的亲戚关系。

⑥"归来"二句：回到家中，反而变成了客人；看着身影，真觉得自己好笑。上句用刘长卿《湖上遇郑田》诗意："旧业今已芜，还乡返为客。"

⑦"一生"二句：我这一生，像浮萍附水，到处漂流；万事纷纭，到头来只余得满鬓白发。这里感慨自己一生奔波，事业无成，人也老去了。萍托水：古人惯用以写生活漂泊。《楚辞·九怀·尊嘉》："窃哀兮浮

萍,泛泛兮无根。"

⑧"夜阑"二句:夜深了,寒风中繁霜零落;枯叶飞舞着,密密层层。描写寒夜的景物,以衬托返家后的苍凉感喟。

以上八句写回家后的感慨。作者是年三十九岁,离乡已二十多年了。

⑨"灯花"二句:灯花结了,究竟有什么喜事?多半是来报书信吧!灯花:油灯灯芯在燃烧时结成花状的东西,旧时以灯花为喜事的预兆。作者返乡,母亲和小孩没有随同,现在寄来了家信。

⑩"亲年"二句:母亲年高,自己既感到喜悦,又有些担忧。小儿子正是换牙的时候。这里写接到平安家信后的心情。喜惧:《论语·里仁》:"父母之年不可不知也,一则以喜,一则以惧。"龀(chèn):小孩子换牙,七八岁时候。"毁龀",应说是"毁齿",因"龀"已有"毁"之义。在此诗中为了押韵,把"龀"作"齿"用。

⑪"系船"二句:家人的船虽然停泊在三百里外,但离开我的梦境还不到一寸。这是很曲折巧妙的表现手法,意思十分精警,如果改说今夜梦到三百里外的亲人,那就味如嚼蜡了。

渡 河

客行岁晚非远游,河水无情日夜流①。去年排堤注东郡,诏使夺河还此州②。忆昔冬行河梁上,飞雪千里层冰壮③。人言河源冻彻天,冰底犹闻沸惊浪④。

[题解]

元丰六年冬,山谷自太和改官德州,渡过黄河,有感而作。

[注释]

① "客行"二句:记叙北行路经黄河所见。"无情"一词暗示黄河水患。黄河在北宋时,多次决口,人民生命财产遭到严重损失。

② "去年"二句:往年黄河决口,流入东郡,皇帝下诏要引导河流回到此州来。去年:指元丰四年。夏四月,黄河小吴埽大决,自澶州注入御河北流。神宗下诏:"东流已填淤不可复,将来更不修闭小吴决口,候见大河归纳,应合修立堤防。"使黄河回到河北故道。埽(sào),用秫秸等修成的堤坝。东郡:汉代东郡即宋代澶州。

③ "忆昔"二句:想起从前冬天行在河桥上,飞雪千里,河中结着厚厚的层冰。

④ "人言"二句:人们传说,在黄河的源头,冰冻彻天,但在冰底下还听到急流惊浪沸腾似的响声。河源:在青海省星宿海以西的约古宗列渠。彻天:通天。李白《将进酒》:"君不见黄河之水天上来。"

末四句形象生动地写出黄河雄伟的气势,更烘托出黄河为害之烈。

送 王 郎

酌君以蒲城桑落之酒,泛君以湘累秋菊之英①。赠君以黟川点漆之墨,送君以阳关堕泪之声②。酒浇胸次之磊块,菊制短世之颓龄③。墨以传千古文章之印,歌以写一家兄弟之情④。江山万里俱头白,骨肉十年终眼青⑤。连床夜语鸡戒晓,书囊无底谈未了⑥。

有功翰墨乃如此，何恨远别音书少⑦。炊沙作糜终不饱，镂冰文章费工巧⑧。要须心地收汗马，孔孟行世日杲杲⑨。有弟有弟力持家，妇能养姑供珍鲑。儿大诗书女丝麻，公但读书煮春茶⑩。

[题解]

此诗气势甚劲，奇横恣肆，大开大合，曲折变化，体现了山谷七古的特色，而用意却温雅沉厚，蔼然仁者之言，真得老杜心法。前八句连用两组排比，如江河直下，写出亲爱之情，接着赞美王郎的才学，并规诫他要重视个人修养，最后劝其归家读书。结构新颖而不失规矩，真能达到"奇警而出之自然，流吐不费力"（方东树《昭昧詹言》）的高境。孙奕《履斋示儿编》卷十谓此诗前段句法出自顾况《金珰玉佩歌》："赠君金珰太霄之玉佩，金锁禹步之流珠，五岳真君之秘箓，九天丈人之宝书。"谓得夺胎换骨之法。王郎：王纯亮，字世弼，山谷的三妹夫。

[注释]

①"酌君"二句：为你斟上蒲城的桑落美酒，酒中放进屈原餐用的秋菊。酌：斟酒。桑落：蒲城的名酒。《水经注》卷四《河水》："民有姓刘名堕者，宿擅工酿，采挹河流，酝成芳酎。悬食同枯枝之年，排于桑落之辰，故酒得其名矣。"庾信《就蒲州使君乞酒》诗："蒲州桑叶落，灞岸菊花秋。"泛：谓泛菊。把菊花放入酒中，使花瓣泛于酒上，一起喝下。古时重阳节有喝菊酒的习俗。岑参《九日使君席奉饯卫中丞赴长水》诗："为报使君多泛菊，更将弦管醉东篱。"湘累：指屈原。扬雄《反离骚》云："因江潭而记兮，欲吊楚之湘累。"古称不以其罪而死者曰累，屈原赴湘死，故曰湘累。秋菊之英：屈原《离骚》："朝饮木兰之坠露兮，夕餐秋菊之落英。"英，花瓣。

②"赠君"二句：赠给你黟县如漆般黑亮的佳墨，送别你时唱着催人泪下的《阳关曲》。黟（yī）川：今安徽黟县，产墨名地。点漆：形容墨好。佳墨落纸，光黑如漆。萧子良《答王僧虔书》："仲将之墨，一点如漆。"阳关：在玉门关之南，为汉唐时赴西域的要道。王维《送元二使安西》诗："渭城朝雨浥轻尘，客舍青青柳色新。劝君更尽一杯酒，西出阳关无故人。"又称《阳关曲》，为离歌之代表作。

③"酒浇"二句：酒，是用来浇你胸中的积郁不平之气；菊，是用来抑制短暂的生命不再衰老。胸次：胸中。磊块：众石高低不平，比喻郁积在胸中的不平之气。《世说新语·任诞》："阮籍胸中垒块，故须酒浇之。"颓龄：衰老之年。古人谓服食菊花可防止衰老。陶渊明《九日闲居》："酒能祛百虑，菊为制颓龄。"欧阳修《奉送原甫侍读出守永嘉》诗云："酌君以荆州鱼枕之蕉，赠君以宣城鼠须之管。酒如长虹饮沧海，笔若骏马驰平坂。"山谷诗仿其句法。

④"墨以"二句：墨，是用来传写万世文章的心印；歌，是用来抒发一家兄弟的亲情。印：心印。《六祖坛经·顿渐》："师曰：'吾传佛心印，安敢违于佛经。'"传印，谓以心相印证，传授佛法。诗中谓千古以来文人相通的文心。

⑤"江山"二句：你我曾远隔千里江山，如今都已白头；成为兄弟的十年来，彼此都青眼相看。《晋书·阮籍传》载，阮籍见礼俗之士，以白眼对之。嵇康赍酒挟琴相访，籍大悦，乃见青眼。杜甫《秦州见敕目薛三璩授司议郎、毕四曜除监察，与二子有故，远喜迁官，兼述索居凡三十韵》诗："别来头并白，相见眼终青。"此化用其句。两句说，长期与亲人远隔山河，不觉彼此都年华渐老了；但兄弟骨肉之情是不变的，相见时依然感到无限欣喜。

⑥"连床"二句：连床夜语，直到晨鸡报晓，学问如无底的书囊，谈起来无休无了。连床：谓兄弟同室而眠。白居易《奉送三兄》："杭州暮醉连床卧。"戒晓：即戒是。谓鸡声在黎明时警戒睡着的人，使之醒来。书囊：书袋子。谓满腹诗书。此二句写与王郎同宿的情景。

⑦"有功"二句：翰墨的功底如此之深，又何用感叹远别后音书会少。翰墨：指文辞。曹丕《典论·论文》："古之作者，寄身于翰墨，见意于篇籍。"

⑧"炊沙"二句：好比用沙石做饭，终归不能吃饱，浮华的文章如同雕冰般徒费工巧。炊沙作糜：语本《楞严经》："若不断淫，修禅定者，如蒸沙石，欲成其饭，经百千劫，只名热沙。何以故？此非饭，本沙石故。"顾况《行路难》诗："君不见担雪塞井徒用力，炊沙作饭岂堪吃？"喻徒劳无功。次句本桓宽《盐铁论·殊路》："故内无其质，而外学其文，虽有贤师良友，若画脂镂冰，费日损功。"镂冰：意谓不能恒久。

⑨"要须"二句：必须收敛心神、沉潜道义，才能理解如日月经天的孔孟之道。心地：佛家语。心能生万法，如地之能生万物。故称。山谷《与王子予书》曰："想以道义敌纷华之兵，战胜久矣。古人云：'并敌一向，千里杀将。'要须心地收汗马之功，读书乃有味。""孔孟"句，本《论语·子张》："仲尼，日月也。"王安石《扬雄》诗："孔孟如日月，委蛇在苍旻。光明所照耀，万物成冬春。"杲杲：日出光明貌。此两句说，要经过内心的艰苦奋斗，才能明白孔孟之道如同皎日般永照人间。

⑩"有弟"四句：你有弟弟能一力持家，妻子能用珍馐美味侍奉家姑。儿子诵读诗书，女儿纺绩丝麻，你只须专心读书，煎饮春茶。杜甫《乾元中寓居同谷县作歌七首》其三："有弟有弟在远方，三人各瘦何人强？"此仿其句法。妇：指王郎之妻，山谷之妹。珍鲑（guī）：指美味。

黄庭坚诗选 | 99

鲑，鱼名。四句写王郎一家的情况，劝慰王郎安心在家读书，努力深造，不必汲汲于功名富贵。

次韵刘景文登邺王台见思五首（选一）

旧时刘子政，憔悴邺王城。把笔已头白，见书犹眼明①。平原秋树色，沙麓暮钟声②。归雁南飞尽，无因寄此情③。

[题解]

这组诗的风格很近唐人。组诗五首，作于元丰七年（1084）。时山谷在德州德平镇任上，刘景文居相州邺县，登邺王台作诗以寄，山谷因而和之。组诗表现了对友人深切思念之情，中如"平原秋树色，沙麓暮钟声""积潦干斗极，山河皆夜明"等，都是情景交融的好句。本诗则纯用比体，赞美刘景文的文学才华，并为他怀才不遇而深表惋惜。程千帆先生《古诗今选》说："前四句一层，五、六二句又是一层，但均为正比，结二句为反比。"刘季孙，字景文，河南祥符（今河南开封）人，好学能诗文，曾为王安石赏识提拔。东坡和山谷都很爱重他，经常诗酒唱酬，并称赞他是"慷慨奇士"。

[注释]

①"旧时"四句：像古时刘向那样的才智之士，如今在邺王城中，独自憔悴。虽已头发斑白，仍然把笔作文；一见到书籍，双眼都明亮了。这里写刘景文有才不遇，依然好学不倦。山谷《书刘景文》诗后云："景文胸中有万卷书，笔下无一点俗气。"刘向，字子政，汉朝的文学家。著

有《新序》《说苑》等。邺（yè）王城：邺，古都邑名。建安十八年，曹操为魏王，定都于此。邺城是古代中原地区最繁盛富庶的大都市之一。曹操曾在邺城内建铜雀台、金虎台、冰井台等。

②"平原"二句：我在平原城外，远望秋天的树色，一片苍苍；您在沙麓之上，听着日暮的钟声，传遍广野。两句境界开阔，写出双方互相思念之情。林树伸展向天边，自然想到在天外的友人。钟声能越过空间向远方传送。诗人独立在旷野之中，很可能幻听到钟声，引起联想。平原：在山东德州。山谷是时监德州德平镇。沙麓：在魏州元城县东。宋时为北京（今河北大名）与相州相接处。刘景文时在相州。

③"归雁"二句：秋天南飞的归雁已经过尽，再也没法把这片深情寄去了。收束得较平顺，用唐人习见的手法。

寄黄几复

我居北海君南海，寄雁传书谢不能①。桃李春风一杯酒，江湖夜雨十年灯②！持家但有四立壁，治病不蕲三折肱③。想得读书头已白，隔溪猿哭瘴溪藤④。

[题解]

黄几复，名介，是山谷的同乡好友。两人少年时交游密切，后几复在岭南地区做官多年，与山谷保持书信和诗文的来往。本诗是元丰八年（1085）春，山谷在德平任上寄给几复的，是后世传诵的名篇。我们从中可悟出山谷有自己特色的诗法。全诗八句，一气涌出，流畅自然，没有斧凿的痕迹，其实是经过作者"月锻季炼"才能得到的。这绕指柔的精钢，炼成要付出很大的创造性劳动。特别是三、四两句，穷情写物，用的都是极普通的词语：桃李、春风、江湖、夜雨、一杯、十年、酒、灯，在前人诗中早已习见，可是作者把它们巧妙地配搭起来，却构成全新的意境。强烈的对比，引起读者深刻的感受。这是宋诗中很值得注意的手法，不用僻字，不用拗句，不用不经见的典故，而又避免了陈熟、卑腐，能生能新，戛戛独造，把自己的主观情志跟客观事物结合起来，达到刘勰在《文心雕龙》中所描绘的艺术境界："寂然疑虑，思接千载；悄然动容，视通万里。吟咏之间，吐纳珠玉之声；眉睫之前，卷舒风云之色。"这就能感荡千古以来读者的心灵，使我们反复玩索，获得美的享受。

[注释]

①"我居"二句：我居住在北海，您居住在南海，想托雁传书信，可惜已不能了。上句出《左传》："君处北海，寡人处南海，惟是风马牛不相及也。"本诗用了"北海"和"南海"的字面，但却不觉得是用典。山谷在跋中说："几复在广州四会，予在德州德平镇，皆海滨也。"下句用一"谢"字，句意显得委婉，表现了无可奈何的感情。以否定句使陈熟的典故变为生新。

②"桃李"二句：当年，在和煦的春风中，欣赏着盛开的桃李花，和朋友们一起举杯畅饮。十年来流落在江湖之上，如今，独对残灯，寂寞地听着夜雨。十年：黄介与山谷于熙宁九年（1076）同科出身。此谓在京城欢聚后，一别十年。这里用桃李、春风这样极普通的词语，巧妙构成了全新的意境。像这样的句子，在山谷诗中亦不易多得。诗人张耒也称赞它"真奇语"。

③"持家"二句：主持着艰难的家计，室中只有四堵空荡荡直立的

墙壁。医治民生的疾苦，也不须三次折臂才做良医。四立壁：《史记·司马相如列传》："家居徒四壁立。"这里把四壁立改为四立壁。"立"字由动词变为形容词，意更新警。蕲（qí）：希望。三折肱：《左传》："三折肱，知为良医。"三次折臂，才算是好医生。指办大事要几经挫折，积累经验之后，才能成功。在本诗中，用这个比喻，说黄几复有办事才能，可是得不到重用，困于县令，生计穷迫，故有上句"持家但有四立壁"，形象地写出黄几复生活的困苦，并赞美他的治理政事的才能。用故典，而赋予新的含义，虽然"无一字无来处"，但这"字"在诗句中的具体意思又与"来处"不同，这就有别于宋初西昆体的那种用抄书本故实的"獭祭"了。

④"想得"二句：遥想他一定在发奋读书，使得头发早白。隔着瘴气弥漫的山溪，猿猴在攀藤悲唤。两句是作者想象之词，是合乎客观真实的。因为他了解他的朋友，知道朋友的志趣，"读书头已白"五字，也就更觉亲切了。瘴：瘴气，南方山林中湿热的空气，从前认为是疟疾等传染病的病源。末句在写景中抒发感慨，情景交融，蕴含着寻绎无穷的诗味。我们可以想象出这幅感人的图景：在困厄的环境里，这位头白的学者，依然努力学习，琅琅书声，与猿猴的啼声互相应和。苍凉的境界中，仍有乐观向上的情调。

次韵吴宣义三径怀友

佳眠未知晓，屋角闻晴哢①。万事颇忘怀，犹牵故人梦②。采兰秋蓬深，汲井短绠冻③。起看冥飞鸿，乃见天宇空④。甚念故人寒，谁省机与综⑤。在者天一方，日月老宾送⑥。往者不可言，古柏守翁仲⑦。

[题解]

诗人珍惜朋友间金石般的情谊，什么都可以忘怀，唯独故人是不能离弃的，甚至连贫贱、死亡都无法把友情阻隔。诗中赞美吴宣义对朋友的深情，笔力甚重，在章法上亦有开有合，结构自佳。吴宣义：名籍未详。宣义：宣义郎，北宋时寄禄官名。三径：指隐居所住的田园。《三辅决录》载，西汉末，王莽专权，兖州刺史蒋诩归乡里，"荆棘塞门，舍中有三径，不出，唯求仲、羊仲从之游"。黄爵滋《读山谷诗集》评云："此诗即效渊明体，而得其神理。"

[注释]

① "佳眠"二句：睡得香甜不知天色已亮，听到屋角传来鸟儿的啼声。佳眠：美睡。晴哢（lòng）：晴天时的鸟叫声。两句从孟浩然《春晓》诗"春眠不觉晓，处处闻啼鸟"化出。

② "万事"二句：世间万事都不关心，但故人依然经常入梦。忘怀：不介意，不放在心上。陶渊明《五柳先生传》："忘怀得失，以此自终。"

③ "采兰"二句：香兰被秋蓬所遮蔽，无法采撷；寒冽的井水由于绠短，不能汲引。采兰：《楚辞》中常语。兰，喻贤人。短绠：短绳。绠，汲水桶上的绳子。《庄子·至乐》："褚小者不可以怀大，绠短者不可以汲深。"

④ "起看"二句：起来看到在天上飞的鸿雁，才真正感到天宇的空阔。冥飞鸿：扬雄《法言》："鸿飞冥冥，弋人何篡焉。"两句以飞鸿喻在野的才士。程千帆《古诗今选》评曰："五、六叹其仕途牢落，紧承上文，是合。七、八以飞鸿为喻，是开。"四句均得比兴之义。

⑤"甚念"二句：最挂念的是故人的生活。天冷了，谁去管他的穿着呢？机：织布机。综（zèng）：织布机上使经线上下分开的装置。诗中以机综代衣服。

⑥"在者"二句：现在还活着的友人远在天边；人在迎送日出月落中逐渐变老了。天一方：传苏武诗："良友远离别，各在天一方。"宾送：迎送。日月宾送，语出《书·尧典》："分命羲仲，宅嵎夷，曰旸谷。寅宾出日，平秩东作。""分命和仲，宅西，曰昧谷。寅饯纳日，平秩西成。"

⑦"往者"二句：至于死者，还有什么话可说呢；看着在墓道古柏旁守护着的翁仲，便把一切都看破了。往者：死者。翁仲：墓前的石人。

送张材翁赴秦签

金沙酴醿春纵横，提壶栗留催酒行①。公家诸父酌我醉，横笛送晚延月明②。此时诸儿皆秀发，酒间乞书藤纸滑③。北门相见后十年，醉语十不省七八④。吏事衮衮谈赵张，乃是樽前绿发郎⑤。风悲松丘忽三岁，更觉绿竹能风霜⑥。去作将军幕下士，犹闻防秋屯虎兕⑦。只今陛下思保民，所要边头不生事⑧。短长不登四万日，愚智相去三十里。百分举酒更若为？千户封侯傥来尔⑨。

[题解]

此诗作于宋哲宗元祐元年（1086）。送张材翁到秦州（今甘肃省天水市）任军中的幕职。诗中回忆了昔年与材翁长辈的交游和材翁的成长。并对朝廷的屈辱求和表示不满，为材翁难以建立战功而感到惋惜。本诗结构曲折奇特，句法生动变化，可体现山谷奇古独特的艺术风格。

[注释]

①"金沙"二句：金沙花和酴醾花纵横盛开，一片春色。提壶鸟和栗留鸟声声叫唤，催人行酒。山谷又有《次韵张仲谋过酺池寺斋》："十年醉锦幄，酴醾照金沙"，与本诗情事相同。张仲谋，名询，太尉张孜子。张仲谋为山谷少年好友，交往终生。"春纵横"，不说花枝纵横而说春色纵横，句法生动。提壶：鸟名，鸣声似"提壶芦"。栗留：鸟名，即黄鹂。又名仓庚、黄莺。

②"公家"二句：您家的父辈们与我饮酒至醉，听着横笛，送去了黄昏，又接来明月。诸父：指父亲和伯父、叔父等。

前四句倒叙。好花明月，美酒良朋，值得追忆的十年前的情事。这是所谓的"逆入"。

③"此时"二句：那时孩子们都灵秀开扬，在酒席间拿出白滑的藤纸请我写字。诸儿：指张材翁及其同辈兄弟。

④"北门"二句：十年后，在北门相见，当时的醉语，已忘掉十之七八了。紧接上文，结构紧凑，意思虽转，而脉络分明。

⑤"吏事"二句：在滔滔不绝地谈论赵广汉、张敞怎样当官的人，正是当年在酒筵上黑发的少年啊！点出张材翁的抱负。衮衮：相继不断。形容说话。《新唐书·封伦传》："或与论天下事，衮衮不倦。"赵张：指汉朝有名的官吏赵广汉和张敞。据《汉书》载，赵广汉"为京兆尹廉明，威制豪强，小民得职"。张敞"守京兆尹，枹鼓稀鸣，市无偷盗"。

前后用"酒""酌""醉""酒""醉""樽"将诗意贯串，这就是前人所谓的"草蛇灰线"的艺术表现手法。

⑥"风悲"二句：悲风吹着栽了松树的山丘，匆匆又过了三年，更觉得绿竹能耐风霜了。松丘：古人常在坟墓前栽松柏。上句谓张材翁丧亲，在家守丧三年。"绿竹"，比喻张材翁经忧患后更坚强了。能（nài）：通"耐"。

⑦"去作"二句：现在去做将军幕下之士，还听说为"防秋"调集了虎兕般的士兵。幕下士：张材翁去任秦州雄武军的"签书判官厅公事"（相当于副使）。防秋：秋高草枯，正是敌人来犯的时机。调河南、江淮的军队到西北边境去加强防卫，故称"防秋"。虎兕（sì）：老虎和犀牛。指雄壮威武的士兵。

⑧"只今"二句：现在皇帝想"保护人民"，所要的只是边境不发生战事。写出宋哲宗的母亲向太后和守旧派官僚对外屈辱求和的态度。名为保民，实为卖国。山谷在这里"婉而讽"地点了一下。

⑨"短长"四句：人寿短长，不过四万日，愚蠢聪明，也相距不远。满斛的酒杯，举起来究竟为什么？封作千户侯，不过是偶然的罢了。山谷深受老庄哲学的影响，在这里表现了消极颓废的思想。不登：不超过。三十里：《世说新语》载：曹操经过黄娥碑下，见到题有"黄绢幼妇外孙齑臼"八字。问杨修懂不懂什么意思，杨修说，懂。曹操叫他先别说，行了三十里路，曹操就说，我已懂了。与杨修分别写出来，原来八字中的意思是"绝妙好辞"。百分：与"十分"同义。若为：何为，做什么。千户侯：食邑千户的侯爵。皇帝把土地分封给亲族或有大功的臣子，并让他们享用封邑中的租赋。侯：古代爵位名。有公、侯、伯、子、男等五爵。傥来：偶然而来。诗中用《庄子·缮性》意："轩冕在身，非性命也；物之傥来，寄也。寄之，其来不可圉，其去不可止。"表现了因政局多变而产

生的祸福无常的思想。

送范德孺知庆州

乃翁知国如知兵①，塞垣草木识威名②。敌人开户玩处女，掩耳不及惊雷霆③。平生端有活国计，百不一试薶九京④。阿兄两持庆州节，十年骐骥地上行⑤。潭潭大度如卧虎，边人耕桑长儿女⑥。折冲千里虽有余，论道经邦政要渠⑦。妙年出补父兄处，公自才力应时须⑧。春风旆旗拥万夫，幕下诸将思草枯⑨。智名勇功不入眼，可用折棰笞羌胡⑩。

[题解]

宋神宗元丰八年（1085），八月，范纯粹任庆州知州。明年春（宋哲宗元祐元年），作者写了这首诗送他。诗中歌颂了范纯粹的父兄守边御敌、治国爱民的爱国精神和政治品质，以勉励范纯粹继承父兄的大志，为国立功。本诗在艺术手法上也很凝练稳重，是作者的代表作之一。范德孺：名纯粹，是范仲淹的第四子，范纯仁的弟弟。知：宋代多用中央机关的官员做县官、州官，称"知某县事""知某州事"，简称"知县""知州"。范纯粹本官直龙图阁京东转运使，后知庆州事。庆州：今甘肃庆阳市，在宋代是边防要地，与西北边境的强敌西夏相邻。

[注释]

①"乃翁"句：您的父亲精通国事，正如他精通军事那样。乃翁：

指范纯粹的父亲范仲淹,曾任陕西经略副使(边防军事的副长官),兼知延州(今陕西延安市)。他作出了一系列重大的军事决策,攻取横山,恢复灵武,迫使西夏的首领赵元昊称臣请和。知国:范仲淹在宋仁宗时曾任参知政事(副宰相),他作为一个政治家来说,不及作为一个军事家那样出名,诗中用一"如"字,强调范仲淹的治国才能,以引出第五、六句。

② "塞垣"句:连边境上的草木,都知道他的威名。塞垣:边塞上用以守卫的城墙。这里泛指边境。草木识威名:《旧唐书·张万福传》:"德宗以万福为濠州刺史,召见谓曰:'朕以为江、淮草木亦知卿威名。'"诗中含意是:对敌人那就更不用说了。当时民间流传着这样的歌谣:"军中有一范,西贼(西夏)闻之惊破胆。"

③ "敌人"二句:敌人不作戒备,打开门户,像对年幼无知的女孩那样轻视他。但他一行动起来,像雷霆骤发,使人来不及掩耳,突然地给敌人以致命的打击。上句用《孙子·九地》:"始如处女,敌人开户;后如脱兔,敌不及拒。"玩:玩忽,轻视。这是句中的"诗眼",用以表现敌人的麻痹大意。下句用《淮南子·兵略篇》:"疾雷不及塞耳,疾霆不暇掩目。"《唐书·李靖传》:"兵机事以速为神,震霆不及掩耳。"两句把两个典故糅合在一起,熟典生用,死典活用,这是作者惯用的"诗法",可使文字显得峭拔,诗意也更加深刻。这两句写范仲淹变化灵动的战略战术。

④ "平生"二句:他平生实在是有救国救民的办法,但得不到施行,只好抱志而死。活国:活,作使动词用,使国家能更好地存在下去。范仲淹在政治上主张革新,曾针对当时弊政,提出不少改良的措施,但由于保守派的阻挠,始终得不到实行。薶:同"埋"。九京:即九原,古代晋国卿大夫的墓地。后世泛指墓地、地下。范仲淹的"活国计"随同他的身

体一起埋在地下了。作者对此表示深切的惋惜，以勉励范纯粹继承父亲未竟之志。

⑤"阿兄"二句：您的哥哥曾两次奉命知庆州事，十年来，像骐骥在地上行走，有着远大的志向。阿兄：指范纯仁。曾在宋神宗熙宁七年（1074）和元丰八年（1085）两次知庆州。持节：指上任做官。骐骥：良马名。《商君书·画策》："骐骥騄駬，每一日走千里。"杜甫《骢马行》："肯使骐骥地上行。"后来常用骐骥来比喻有远志的人。作者还有诗说："渥洼骐骥儿，堕地志千里。"（《次韵答邢惇夫》）

⑥"潭潭"二句：他深沉大度，好像卧着的老虎，得使边境的人民耕田种桑，养育儿女。两句赞美范纯仁镇守边疆，不动声色，为敌人所畏，使人民安居乐业。潭潭：同"沉沉"，形容深沉的样子。卧虎：比喻稳重、有威势。《北史·王罴传》："老罴当道卧，貉子那得过。"与此同意。

⑦"折冲"二句：拒敌于千里之外，他的才力虽然还有余裕，但探讨大道，治理国家也正需要他。上句用《晏子春秋》："不出于尊俎之间，而知千里之外，其晏子之谓也，可谓折冲矣。"尊俎（zūn zǔ），古时盛酒食的器具。折冲：折退敌方的战车，意谓制敌取胜。冲，战车。"折冲千里"，指席上进行外交谈判，就能拒敌于千里之外。这里赞美范不须使用武力，就能制伏强敌。论道经邦：《书经·周官》："兹惟三公，论道经邦。"政：同"正"。渠：他。范纯仁在元祐元年（1086）被召回中央任副枢密之职。

⑧"妙年"二句：在年轻的时候，就继承了父兄的事业，您的才能是合乎时势需要的。出补：外出继任空缺了的官职。父兄处：指庆州。公：古代对男子的尊称。指范纯粹。这两句才写到范纯粹本人。

⑨ "春风"二句：春风吹拂着旌旗，簇拥着上万名战士；营幕下的将领们，盼望着草枯的时节。斾：同"旌"。草枯：凉秋九月，塞外草枯，正是用兵的好时机。

⑩ "智名"二句：个人的才智、名声、勇敢、功劳，都不放在眼里，那就可以折下马鞭子去鞭打西夏的羌胡了。智名勇功：《孙子·形篇》："善战者之胜也，无智名，无勇功。"没有个人私心杂念的人，才能善战胜敌。这是当大将的重要条件。棰（chuí）：鞭子。笞：用鞭子、杖或竹板子打。羌胡：羌，我国西北境内的一个少数民族；胡，古代泛称北方和西方的外族。这里羌胡指西夏。《昭昧詹言》谓："收四句正入，阔远简尽。"

本诗结构严谨，层次分明。全诗十八句，父、兄、弟三人，各写六句，都以一个中心意思贯串起来。如翁方纲《七言诗歌行钞》谓："三段井然，而换韵之法，前偏后伍，伍承弥缝，节奏章法。天然合笋，非经营可到。"

次韵王荆公题西太一宫壁二首

其 一

风急啼乌未了，雨来战蚁方酣①。真是真非安在？人间北看成南②。

[题解]

此诗作于元祐元年（1086）秋。王安石在神宗熙宁年间主持新政，封荆国公。罢相后隐居南京钟山，作《题西太一宫壁二首》："杨柳鸣蜩绿暗，荷花落日红酣。三十六陂春水，白头想见江南。""三十年前此地，父兄持我东西。今日重来白首，欲寻陈迹都迷。"被认为是集中压卷之作，苏轼、黄庭坚均有和诗。西太一宫：在汴京，仁宗天圣年间建。太一，神名。《史记·封禅书》："天神贵者太一。"王安石自罢相至此时已达十年，数月前去世。山谷在诗中，表示对王安石的同情和理解。

[注释]

①"风急"二句：风正急乌鸦还叫个不了，雨来时蚂蚁还正斗个不休。"雨来"句，任渊注引《易林》："蚁封穴户，大雨将至。"又引钱昭度《野墅夏晚》诗："白蚁战酣山雨来。"此当以急风暴雨喻当时的政治环境，以乌啼蚁战喻新旧党争。

②"真是"二句：真正的"是"和真正的"非"究竟在哪里？在人世间，假如再往北一些回头看看，原先在北的也就成了在南边的了。诗意谓政见上的是和非，由于立场不同，一时难以分辨。

其 二

晚风池莲香度，晓日宫槐影西①。白下长干梦到，青门紫曲尘迷②。

[注释]

①"晚风"二句：池塘的莲花香在晚风中飘过，在朝阳下槐树的影子侧向西边。晓日在东，故树影在西。首句写晚间莲池清幽的景色。次句写清早上朝的情景。宫槐：古代宫廷多栽植槐树，故称。

②"白下"二句：如今我还时常梦到白下和长干，但依然不得不奔

走在京城的尘土里。白下：白下城故址在今南京市金川门外，唐初移金陵县治于此，改名白下县。后人因称南京市为白下。长干：古建康（今南京）里巷，有大长干、小长干之名。青门紫曲：代指京城。青门，长安城门，又称青城门。紫曲，义同"紫陌"，帝都的道路。此以长安指代汴京。尘迷：既谓尘土迷漫，亦谓自己迷失在滚滚红尘之中。

有怀半山老人再次韵二首（选一）

短世风惊雨过，成功梦迷酒酣①。草玄不妨准易，论诗终近周南②。

[题解]

本诗作于元祐元年（1086）秋。宋神宗死后，高太后听政，任司马光为相，全部废弃王安石新法，恢复旧制。山谷在诗中缅怀逝去的王安石，对他在政治和文学上的成就表示敬佩。不以潮流进退作为论人的标准，从这里可以看到山谷的政治品质。半山老人：王安石晚年居住在南京钟山的半山上，自号半山。

[注释]

① "短世"二句：在短暂的人生中，一切的事情，像疾风骤雨般，很快地过去了。往日的成功，如同一场迷离的醉梦。任渊注："追念熙宁间一时建立之事，今已堕渺茫，如醉乡梦。"两句怀念王安石。对变法全被废弃表示深深的惋惜。

② "草玄"二句：像汉朝扬雄草创的《太玄经》那样，王安石的文

章不妨跟《易经》相比。谈到他的诗歌，在思想风格上始终是接近《诗经》的《周南》的。两句高度赞美王安石的文章和诗歌的成就。草玄：《汉书·扬雄传》："时雄方草创太玄，有以自守，泊如也。"准易：以《易经》为准则。《汉书·扬雄传赞》："其意欲求文章成名于后世，以为经莫大于《易》，故作《太玄》。"周南：《诗经》十五国风之首。《毛诗注疏》云：周南之诗，"皆是正其初始之大道，王业风化之基本也"。古人常把《诗经》作为中国诗歌的最高准则。

和答钱穆父咏猩猩毛笔

爱酒醉魂在，能言机事疏①。平生几两屐？身后五车书②。物色看王会，勋劳在石渠③。拔毛能济世，端为谢杨朱④。

[题解]

黄庭坚是运用典故的老手，把已有的故实剪裁到诗里，表现崭新的内容。一支毛笔，光从物象上去描摹，也许是没有什么可写的。可是，诗人却发挥想象，从侧面去赋咏，把物象与自己所处的时代以及身世、感情熔铸在一起，既不粘，又不脱，句句都留有可供读者思索的余地。裁熔典故，义兼比兴，在议论中展示事物的形象，这正是宋人咏物诗独到之处。黄氏此作，体现了江西诗派诗歌的一些重要的特点，"其秘旨在以比为赋，自能避俗生新"（张佩纶《涧于日记》），"点化甚妙，笔有化工，可为咏物用事之法"（纪昀《瀛奎律髓刊误》），把旧有的故实剪裁到诗中，以表现崭新的内容，即所谓"取古人之陈言入于翰墨"者。此诗虽是字字有来历,但又使人不觉,即使读者不知道典实的来源,仍可理解诗歌的意义。于此可见黄庭坚用事精微浑成之处。数百年来,论者对此诗毁誉不一。宋人陈槱云:"猩猩毛笔,惟山谷诗冠绝,名士无不讽咏。"(《负暄野录》)甚至谓其"精妙隐密,不可加矣"(《历代诗话》引《类苑》),"超脱而精切,一字不可移易"(清王士禛《分甘余话》)。批评者则说:"此乃俗子谜也,何足为诗哉!"(金王若虚《滹南诗话》)"粘皮带骨""逗漏之极""冗碎疏渴,衬贴不称,剪裁脱漏,值其乖谬,便是不解""用事如此,真文章一大厄"(明冯舒、冯班评《瀛奎律髓》)。从这首五律的评议中可以看到八百年来诗坛上"唐宋之争"的缩影。钱穆父:名勰,杭州人,诗人,与苏、黄俱友好。猩猩毛笔:《鸡林志》云:"高丽笔,芦管黄毫,健而易乏。旧云'猩猩毛笔'。"

[注释]

①"爱酒"二句:猩猩喜欢饮酒,喝醉了就走不动。它会人言,事情也就不够机密了。两句先用了猩猩"爱酒"和"能言"两个典故,写出猩猩被人擒获的原因。据东晋常璩《华阳国志》载,猩猩爱喝酒,又爱穿屐。猎人把酒和屐放在路上诱捕它们。《曲礼》:"猩猩能言,不离禽兽。"《易·系辞上》:"几事不密则害成。"次句亦见道之言。在北宋党争中,因言致祸者亦非鲜见。

②"平生"二句:它平生能穿得多少双屐呢?死后却留下了五车的著作。上句典出《晋书·阮孚传》,阮孚很爱屐,自己亲自制作,曾叹息说:"未知一生能着几两屐?"五车书:《庄子·天下》:"惠施多方,其书五车。"诗中把一些与猩猩毛笔全无关系的典故糅合在一起,点化成巧妙的新意。如前人所谓"以比为赋,自能避俗生新""此浑成而大方者"。王士禛亦谓此二语"超脱而精切,一字不可移易"。上句字面上写猩猩因

贪小欲而丧生，下句指用猩猩毛制笔写书。猩猩付出生命的代价而助成了丰富的著述。黄庭坚一生所作诗文甚多，真能体现其人生之价值。

③"物色"二句：去访求它，只有在《王会》之中。它的功劳已记载在石渠阁内。王会：《汲冢周书》有《王会篇》。郑玄云："王城既成，大会诸侯及四夷也。"石渠：石渠阁，汉代皇室的图书馆。班固《西都赋》："天禄、石渠，典籍之府。"上句用"王会"一词，点出猩猩毛笔来自外国，是钱穆父出使高丽所得；下句说明毛笔的功用。黄庭坚亦当相信自己的著作必能传世行后。

④"拔毛"二句：拔出猩猩的毛，制成笔就能有利于世上。真的要把这道理好好告诉杨朱了。语出《孟子·尽心上》："杨子取为我，拔一毛而利天下，不为也。"诗中把这个典故活用了，语意很幽默。杨朱：战国时候杨朱学派的创始人，提倡利己。

奉和丈潜赠无咎，篇末多以见及，以"既见君子，云胡不喜"为韵（选二）

北寺锁斋房，尘钥时一启①。晁张登然来，连璧照书几②。庭柏郁葱葱，红榴罅多子③。时蒙吐佳句，幽处万籁起④。

[题解]

山谷曾亲自书写这组诗给外甥徐俯，说："八诗颇得意者，故漫录往，或与潘、洪诸友读之。"这些诗内容丰富，有批评当时华而不实的文风的，有抒发与朋友交游的感慨的。这里选了第四、第七两首。"既见君子,云胡不喜",是《诗经·风雨》中的两句诗。

[注释]

① "北寺"两句:北寺中,我的斋房经常锁着。但扑满灰尘的锁钥,有时还会打开。北寺:指山谷在汴京所居的酺池寺。这里暗用杜甫诗:"蓬门今始为君开。"

② "晁张"两句:晁、张两人到来,使我非常喜悦。他们像一双白璧,光照我的书案。晁张:晁补之和张耒。跫(qióng)然:脚步声。《庄子·徐无鬼》:"夫逃空虚者……闻人足音跫然而喜矣。"几:矮小的桌子,用来放置东西,凭倚身体。张耒《初到都下供职寄黄九》诗亦云:"千里不相见,劳劳复何辞。不远一城中,耿耿令我思。"

③ "庭柏"二句:庭前的柏树,郁郁葱葱;红榴熟裂了,露出排排的石榴子。两句写出酺池寺环境的幽美,并用红榴子来暗喻晁、张的佳句。

④ "时蒙"二句:时时有幸听他们说出的好句,在幽静的地方,像有无数美妙的乐声发出来。籁:古代的一种箫,三孔。这里引申为在自然界的孔穴中发出的声音。杜甫诗:"万籁真笙竽。"

荆公六艺学,妙处端不朽①。诸生用其短,颇复凿户牖②。譬如学捧心,初不悟已丑③。玉石恐俱焚,公为区别否④?

[注释]

① "荆公"二句:王安石关于六艺的学问,高妙之处实在是不朽的。六艺:即"六经",指《易》《书》《诗》《春秋》《礼》《乐》。《乐经》

已亡,今存五经。王安石在熙宁年间以经义策论试进士,并修撰《三经新义》等书,为推行新法做理论上的准备。

②"诸生"二句:那些生徒们只取了它的短处,更加以穿凿附会。凿户牖:唐玄宗《孝经序》:"希升堂者,必自开户牖。"指随意牵合经书,以求相通。

③"譬如"二句:好像西施的邻人,捧心效颦一样,一点儿也不觉得自己丑陋。捧心:语见《庄子·天运》。二句意谓不配仿效而勉强去仿效,更见其丑。

④"玉石"二句:我恐怕会玉石俱焚,您能把它们区别开来吗?上句典出《书经·胤征》:"火炎昆冈,玉石俱焚。"比喻好与坏的同归于尽。元祐初年,旧党得势,王安石的经义被禁。山谷对此颇感不平,希望晁、张能正确对待。作为一个旧党中人,能对王安石作出较公允的评价,这在当时是极难得的。张耒,字文潜,淮阴(今江苏淮安市)人,诗人,诗歌的风格朴素自然,笔力很健,有不少反映社会现实的好作品。晁补之,字无咎,巨野(今山东巨野)人,诗人。张、晁都是苏轼的门生,旧党中人,故山谷叮咛再三。

和邢惇夫秋怀十首(选一)

吾友陈师道,抱瑟不吹竽①。文章似扬马,咳唾落明珠②。固穷有胆气,风壑啸於菟③。秋来入诗律,陶谢不枝梧④。

[题解]

陈师道,字履常,一字无己,号后山居士,彭城人。起为徐州教授,历仕太学博士、颍州教授、秘书省正字,著有《后山先生集》。陈氏为苏门六君子之一,一生安贫乐道,不慕权贵,闭门苦吟,有"闭门觅句陈无己"之称。他视富贵如浮云,而于文章诗词却竭尽心力,故其文章得似扬马,诗律得似陶谢。山谷称美之,可谓后山知己。此诗亦有慰勉之意。

[注释]

①"吾友"二句:我的好朋友陈师道,他独自抱瑟而立,不与众人一起吹竽。"抱瑟"句,韩愈《答陈商书》:"齐王好竽,有求仕于齐者,操瑟而往,立王之门,三年不得入,叱曰:'吾瑟鼓之能使鬼神上下,吾鼓瑟合轩辕氏之律吕。'客骂之曰:'王好竽而子鼓瑟,虽工,如王不好何!'是所谓工于瑟而不工于求齐也。"意谓遗世独立而不偕于流俗。

②"文章"二句:他的文章好比扬雄和司马相如,随口而出的言辞都像明珠般洒落。扬马:汉代辞赋家扬雄、司马相如的合称。"咳唾"句:《庄子·秋水》:"子不见夫唾者乎?喷则大者如珠,小者如雾。"《后汉书·赵壹传》:"势家多所宜,咳唾自成珠。"比喻言辞精当、诗文优美。

③"固穷"二句:他甘于贫困而又有胆气,好比在山壑中呼啸的老虎。固穷:语出《论语·卫灵公》:"君子固穷,小人穷斯滥矣。"意为君子虽然穷,但是仍能坚守志节,若是小人,就无所不为了。陈师道不趋权势,执政章惇想荐举他,他拒不谒见,说:"士不传贽为臣,则不见于公。"可想见其胆气。於菟(wū tú):老虎的别名。

④"秋来"二句:他秋来寄给我的新作能有独特的风格,陶渊明、谢灵运也不能跟他匹敌。诗律:诗的格律,这里指陈氏独创的诗法。"陶

谢"句：袭用杜甫《夜听许十一诵诗爱而有作》诗："陶谢不枝梧，风骚共推激。"陶谢：陶渊明、谢灵运。枝梧：抵当。两句极力称美陈师道的文才。

谢公定和二范秋怀五首邀予同作（选一）

采莲涉江湖，采菊度林薮①。插鬓不成妍，谁怜飞蓬首②？平生耦耕地，风雨深稂莠③。谢公遂如此，永袖绝弦手④。

[题解]

山谷少年受知于谢景初（字师厚），从之学诗，得句法，并娶了谢的女儿。师厚逝世，山谷深感知己难得，写了这组诗赠给师厚的儿子谢悰（字公定）。诗意曲折凄惋，风格颇近《国风》《离骚》。

[注释]

① "采莲"二句：远涉江湖，采得莲花；度过林泽，采得菊花。用莲与菊比喻高尚美好的思想品格。采莲、采菊，既表示个人的努力修养，也可以比喻创作诗歌。任渊注："言用心之苦也。"薮（sǒu）：指少水的泽地。

② "插鬓"二句：把花儿插在鬓发上，也不觉得美丽。这时谁来欣赏我乱蓬蓬的头发呢？任渊注："言无知己也。"上句用杜甫《佳人》"摘花不插髻"诗意。下句用《诗经·伯兮》"自伯之东，首如飞蓬。岂无膏沐？谁适为容？"（自从伯啊，到东方，我的头发乱蓬蓬。难道没有搽油和洗沐？打扮好了又为了谁？）怜：爱惜。"莲""菊"皆高洁之物，山谷

自喻品行之端。但以二物插在鬓间,却不成妍,头发乱蓬蓬的,有谁见怜呢?

③ "平生" 二句:我跟妻子平时一起耕种的土地上,风风雨雨,野草长得又深又密。耦(ǒu)耕:两人并肩而耕。诗中指夫妻同耕。稂(láng)莠:外形似禾的田间杂草。时山谷的妻子谢氏已去世七年了。

④ "谢公" 二句:谢公不幸逝世,我弄断琴弦,袖手永不再弹。遂如此:便这么样了。讳言谢师厚之死。山谷平生,于谢师厚有知己之感,故末句云云。绝弦:见前《登快阁》诗注。

送谢公定作竟陵主簿

谢公文章如虎豹,至今斑斑在儿孙①。竟陵主簿极多闻,万事不理专讨论②。涧松无心古须鬣,天球不琢中粹温③。落笔尘沙百马奔,剧谈风霆九河翻④。胸中恢疏无怨恩,当官持廉庭不烦⑤。吏民欺公亦可忍,慎勿惊鱼使水浑⑥。汉滨耆旧今谁存?驷马高盖徒纷纷⑦!安知四海习凿齿,拄笏看度南山云⑧?

[题解]

这首诗,既有热情的赞美,又有亲切的劝导,深情厚意,可想见作者的为人。在章法上也很讲究,层次分明,语言精警,是一首格律谨严之作。主簿:县令的佐官,掌管文书,处理日常公文往来的事务。

[注释]

① "谢公" 二句:谢公的文章,如同虎豹,到现在那些斑斓的文采

还留在儿孙身上。谢公：指谢绛，是谢悰的祖父。据欧阳修《归田录》载：杨亿很喜欢谢绛的文章，曾把他一些精彩的文句写在扇子上，说："此文中虎也。"儿孙：指谢景初、谢悰父子。这两句先称赞对方的祖父。作送人的诗，往往先从对方的家世谈起，这是封建时代宗法观念的反映。

②"竟陵"二句：竟陵的主簿，见闻非常广博。什么事情都不去管，专心致志，研究学问。二句写谢悰的刻苦钻研精神。讨论：《论语》："世叔讨论之。"任渊说："此借用以言专意问学。"

③"涧松"二句：像涧中的松树，没有机心，须眉古朴，像天上的美玉，不用琢磨，纯粹温清。写谢悰的精神品格。须鬣（liè）：本形容松针的样子。有所谓五鬣松、七鬣松。天球：《书经·顾命》："天球河图在东序。"郑玄注："天球，雍州所贡之玉色如天者。"球，美玉。

④"落笔"二句：落笔作文，像百马奔腾，尘沙迷漫，畅谈高论，像九河翻滚，风雷震怒。赞美谢悰的文思敏捷、言辞雄辩。九河：指黄河的一些支流，具体所指古来说法不一。

⑤"胸中"二句：他胸怀坦荡，不计较个人的恩怨。做官时奉公廉洁，官府的事务也不烦苛。恢疏：《老子》："天网恢恢，疏而不失。"意思是说：老天爷撒下的法网是很宽阔的，尽管网眼稀疏，但不会放过有罪的人。本诗摘出"恢疏"两字，形容谢悰思想开阔，性格疏略。不烦：《汉书·翟方进传》："居官不烦苛。"指不用繁杂的律令去苛责百姓。

⑥"吏民"二句：小吏和百姓骗一骗您，也得忍受下来。千万不要惊动大鱼，把水搅浑。

上四句是对谢悰的劝勉，希望他当官能从大处着眼，不要抓住一些小问题就随便整人。否则好恶难分，清浊不辨，反而让真正的坏人逃脱了。

⑦"汉滨"二句：当年汉水边的父老至今还有谁在呢？那些驷马高

车徒然地闹闹嚷嚷一阵子罢了。两句感叹岁月易逝,人事不常,功名富贵到头来都是空的。表现了作者悲观消极的思想。汉滨:竟陵县在汉水边,故称。耆(qí)旧:父老、有名望的老人。驷:古代同驾一辆车的四匹马。盖:车上像伞的篷子。习凿齿的《襄阳耆旧传》载:"汉未尝有四郡守、七都尉、二卿,朱轩高盖会山下,因名冠盖山。"

⑧"安知"二句:谁知道闻名四海的习凿齿,正在拿着朝笏,悠闲地看那飞过南山的云朵呢!习凿齿:晋朝人,字彦威,博学多闻。当时有个和尚道安,到荆州,与凿齿初相见。道安说:"弥天释道安。"凿齿回答说:"四海习凿齿。"这里用习凿齿比谢惊才行的高洁。拄:用手执着。笏:古代大臣上朝时拿着的手板。《晋书·王徽之传》:"为桓冲骑兵参军,冲尝谓曰:'卿在府日久,比当相料理。'徽之初不答,直高视,以手板拄颊云:'西山朝来致有爽气耳。'"王徽之不理政事,别人敦促他时,他还答些不相干的话,以表示自己的冲淡高雅。这是魏晋名士的习气。这里用王徽之来比谢惊襟怀的淡雅。这首诗在形式上很下功夫,专力讲求所谓的"法度布置",示人以规矩方圆。后来学山谷诗的人,常模拟这类"合格"之作,陈陈相因,样板也就成了束缚诗人创作的锁链了。这是我们读山谷诗时必须注意的。

送顾子敦赴河东三首(选一)

揽辔都城风露秋,行台无妾护衣篝①。虎头墨妙能频寄,马乳蒲萄不待求②。上党地寒应强饮,两河民病要分忧③。犹闻昔在军兴日,一马人间费十牛④。

[题解]

元祐元年（1086）七月，顾临被委任河东路转运使。山谷在这组送别诗中，希望顾临能"劝课农桑""爱民忧国"，为人民做些好事。顾子敦：名临，原为给事中。河东：山西在黄河以东，古称河东。

[注释]

①"揽辔"二句：您冒着秋天的风露，登车执辔离开都城。在外地的行台，没有侍女为您熏衣料理。揽辔：执着马缰绳。《后汉书·范滂传》："滂为清诏使，登车揽辔，慨然有澄清天下之志。"诗中用此意。行台：指在大行政区代表中央的机构。

②"虎头"二句：您像顾恺之那样精妙的书画，希望能频频寄返。马乳葡萄酒等特产，恐怕也不太难寻得吧。虎头：东晋大画家顾恺之，小字虎头。因与顾临同姓，故以相喻。马乳蒲萄：名贵的葡萄品种。《本草》蒲萄注：《蜀本经》云："子有似马乳者。"太原属河东，出葡萄酒。"不待求"者，言得之甚易。

③"上党"二句：上党的地势高寒，应勉强自己多喝一杯。两河地区人民的疾苦，您还要多多分忧。上党：郡在今山西长治附近。两河：指河东、河北两路。

④"犹闻"二句：我还听说当年发生战事时，一匹战马，就花费了民间十头牛所生产的价值了。军兴：指元丰四年（1081）时使宦官李宪等攻西夏，因指挥失当而败。诗意希望子敦能爱惜民力。

本诗的结构也很严谨。前两句写顾临的志向远大，生活朴素。中四句从朋友和公私关系写对顾临的期望。收处宕开笔势，意尤深刻。连素不喜山谷诗的冯舒也说："如何忽作人语，都捐恶习。"所谓"人语"，就是朋友间亲切有味的情话。宋人庄季裕《鸡肋编》载:"黄鲁直送张谟河东漕使诗云……'虎头墨妙能频寄,马乳蒲萄不待求。'议者又谓维摩画像一本足矣,何用多为?"此易顾临为张谟。不知何据。"维摩画像"云云,疑顾临善画维摩诘居士像,山谷曾向其索取。待考。

> 子瞻诗句妙一世,乃云效庭坚体,盖退之戏效孟郊、樊宗师之比,以文滑稽耳。恐后生不解,故次韵道之。子瞻《送杨孟容》诗云:"我家峨眉阴,与子同一邦。"即此韵

我诗如曹郐,浅陋不成邦。公如大国楚,吞五湖三江①。赤壁风月笛,玉堂云雾窗②。句法提一律,坚城受我降③。枯松倒涧壑,波涛所春撞。万牛挽不前,公乃独力扛④。诸人方嗤点:渠非晁张双⑤!但怀相识察,床下拜老庞⑥。小儿未可知,客或许敦庬。诚堪婿阿巽,买红缠酒缸⑦。

[题解]

此诗诗题甚有意趣,它表现了两位大诗人的深厚交谊。苏、黄的艺术见解和创作风格是有很大不同的,但这并不妨碍两人互相学习。宋史绳祖《学斋占毕》评此诗云:"其尊坡公可谓至,而自况可谓小矣。而实不然,其深意乃自负而讽坡诗之不入律也。曹郐虽小,尚有四篇之诗入《国

风》；楚虽大国，而《三百篇》绝无取焉。"苏、黄一生交契，坚如金石，彼此倾倒，何有相轻之嫌？史氏之言无据。唐代诗人韩愈，字退之，有《答孟郊》和《酬樊宗师》等诗，分别模拟孟郊和樊宗师的艺术风格。苏轼的《送杨孟容》诗作于元祐二年（1087），山谷的和诗亦当在此年。任渊编此诗于元祐元年（1086），疑误。

[注释]

①"我诗"四句：我的诗像曹和邾，浅陋得不成邦国。您的诗像强大的楚国，包尽了五湖三江。山谷谦逊地用曹、邾小国自比，并赞美苏诗广阔的内容和磅礴的气势。曹邾：西周时分封的小诸侯国。《左传》载，吴公子季札听到邾、曹两国的音乐后，瞧不起小国，不屑作出评论。五湖三江：王勃《滕王阁序》："襟三江而带五湖。"

②"赤壁"二句：在赤壁的清风明月之下，听着悠扬的笛声。在玉堂的琐窗之中，笼罩着轻云薄雾。两句指出，苏诗就是在这些充满诗意的环境中产生的。赤壁：在黄州（今湖北黄冈市），苏轼曾被贬于此五年。有《李委吹笛诗序》云："东坡生日，置酒赤壁矶下。"风月笛当指此事。玉堂：学士院正厅。诗中把它写成终日云雾缭绕的神仙之府。元祐元年，苏轼被提升为翰林学士，担任草拟皇帝诏令等重要职务。赤壁和玉堂，分别代表苏轼失意和得意的两个时期。

③"句法"二句：苏诗的句法有独特的风格。筑起坚固的城，接受我投降。提一律：任渊注："言自提一家之军律也。"诗意指自成一家的诗律。元人刘埙《隐居通议》赞此诗"押韵险处，妙不可言""只此一'降'字，他人如何押到此？奇健之气，拂拂意表"。

④"枯松"四句：巨大的枯松，倒在幽涧深壑中，被急流终日冲刷激撞。上万头牛也拖不动它，但您一人的力就能扛起。这里用生动精警的

比喻，写苏轼的笔力。语出自杜甫的《古柏行》："大厦如倾要梁栋，万牛回首丘山重。"韩愈《病中赠张十八诗》："龙文百斛鼎，笔力可独扛。"山谷合用了杜、韩的诗意，艺术形象更胜于原作。这就是所谓"点铁成金"的手段。清人延君寿《老生常谈》谓"非东坡不足以当此语"。

⑤"诸人"二句：人们正在笑着指指画画：他比得上晁、张两人吗？晁张：晁补之、张耒。两人与黄庭坚、秦观被称为"苏门四学士"，都是受苏轼影响较深的诗人。这里山谷谦虚地说自己不足以附于苏门与晁、张并列。

⑥"但怀"二句：我只是怀着彼此相知之意，像诸葛亮独拜在庞德公的床下那样。老庞：庞德公，东汉末年人。《襄阳记》："庞德公，襄阳人。孔明每至其家，独拜于床下。"

⑦"小儿"四句：我的小孩将来怎样，虽未可知，但客人们也有称赞他忠厚朴实的。他真的能跟阿巽结亲，那我先买些红彩缠着酒瓶吧。结尾四句笔意又一转，似乎与上文无关，实际是为了突出对东坡的敬佩，以至希望结成亲家。小儿：山谷的儿子黄相，当时约三四岁。敦厖：亦作"敦蒙"，犹敦厚，朴质淳厚。王符《潜夫论·本训》："淳粹之气生敦厖之民。"婿：做女婿，诗中作动词用。阿巽：苏轼子苏迈的女儿，后因关河间阔、生活变迁，终未能与黄相成婚。

咏雪奉呈广平公

连空春雪明如洗，忽忆江清水见沙①。夜听疏疏还密密，晓看整整复斜斜②。风回共作婆娑舞，天巧能开顷刻花③。正使尽情寒至骨,不妨桃李用年华④。

[题解]

咏物,是山谷的擅长。把诗人的精神融合到所歌咏的事物中,而不是单纯地描形写状。这首咏雪诗,受东坡"剧口称重",说第三、四句"正是佳处"(见吴曾《能改斋漫录》)。大概是这个道理吧!广平公:原注:宋盈祖。按:唐大臣宋璟,先世广平人,故以广平称宋姓。

[注释]

① "连空"二句:春雪连天,整个世界都洁净如洗。忽水起,正像在清浅的江上,看到水底的白沙。古人把雪与沙互为比喻。唐朝刘禹锡《浪淘沙》:"卷起沙堆似雪堆。"起两句意境阔大新美。

② "夜听"二句:夜间听到雪声,时而疏疏,时而密密;早晨,看见雪下,有时整齐地落,有时斜斜地飘。两句用四组叠字,把下雪的声和形生动地刻画出来。

③ "风回"二句:阵风回转,雪片儿卷起来,婆娑而舞。天公巧手,能够顷刻间开满了美丽的花。上句用曹植《洛神赋》句意:"飘飘兮若流风之回雪。"

④ "正使"二句:正要叫它尽情地落,春寒彻骨,也不妨碍日后桃李盛开,享受那美好的年华。末两句含意深长。我们可以想象出在严寒过后,桃李烂漫的春景。

方回《瀛奎律髓》说:"山谷之奇,有昆体之变而不袭其组织,其巧者如作谜然。此一联亦雪谜也。"我们认为,"夜听"一联的好处并不在于像谜语,而是在它写景的真实、准确、生动,语言的形象化。

次韵宋楙宗僦居甘泉坊雪后书怀

汉家太史宋公孙，漫逐班行谒帝阍①。燕颔封侯空有相，蛾眉倾国自难昏②。家徒四壁书侵坐，马耸三山叶拥门③。安得风帆随雪水，江南石上对洼尊④？

[题解]

此诗一气呵成，有声有色，真是山谷诗中畅快之作。宋楙（mào）宗：名肇，元祐年间曾从东坡游。僦（jiù）居：租赁房屋。

[注释]

①"汉家"二句：这位汉朝的太史、宋氏的公孙，如今懒洋洋地跟随着百官的行列，拜谒宫门。太史：官名，汉时设太史令。掌管记载史事、编写史书，兼管国家典籍、天文历法等。公孙：《仪礼·丧服》："诸侯之子称公子，公子之子称公孙。"后用作对官僚子弟的尊称。两句写宋肇有史才，出身高贵，却沉屈下位。

②"燕颔"二句：他那像燕子般宽阔的下颔，徒然有封侯的相格，但正好比倾城倾国的美女，实在是难以为婚的。燕颔：《后汉书·班超传》："超问其状，相者指曰：'生燕颔虎颈，飞而食肉，此万里侯相也。'"颔，下巴。蛾眉：《诗经·硕人》："螓首蛾眉。"女子长而美的眉毛。亦借为美人的代称。昏：同"婚"。两句惋惜宋肇仪表堂堂、才华超卓而难以遇合。

③ "家徒"二句：家中只有四堵空墙，残书乱放到座席上，还有匹高耸着肩胛骨的瘦马，落叶堆满了门前。四壁：见《寄黄几复》诗注。山谷极喜用此典，集中数见。三山：指马的胛骨。元稹《望云骓歌》："胯耸三山尾株直。"任渊注云：山谷此句用"官清马骨高"之意。两句点题"僦居"，写宋肇的生活清苦。

④ "安得"二句：几时能乘着风帆，随融雪的流水东下，在江南的石上对着那"㶼尊"呢？㶼尊：即"窊樽"。元结《窊樽铭》序云："道州城东有左湖，湖东二十步有小石山，山颠有窊石可以为樽，乃为亭樽上，刻铭为志。"结两句切题"雪后书怀"，作南归之想，与朋友一起樽酒共欢。

双井茶送子瞻

人间风日不到处，天上玉堂森宝书①。想见东坡旧居士，挥毫百斛泻明珠②。我家江南摘云腴，落硙霏霏雪不如③。为君唤起黄州梦，独载扁舟向五湖④。

[题解]

家乡的亲人捎来了些春茶，山谷马上就想到分赠点给好友东坡，顺便附上这首情深义重的小诗。山谷的个性与苏轼有很大差异。山谷不是个政治家，没有多大政治野心，平易恬退，个人得失不耿耿于怀。但苏轼却不是这样，他要学习东汉末年因反对宦官专权而死的名士范滂，"危言危行、独立不回"，要做"忘躯犯颜之士"。正如刘安世在《元城语录》中说：

"（东坡）在元丰则不容于元丰，人欲杀之；在元祐则虽与老先生（指司马光）议论，亦有不合处。"苏轼在元丰三年（1080）因"乌台诗案"而几乎丧命。山谷在这首诗中很含蓄地对东坡规劝：要吸取教训，得意之时别忘了不愉快的往事。

[注释]

①"人间"二句：在那人间风日不到的地方——天上的玉堂中，宝书如林。写翰林学士苏轼所在的环境，不受风吹日照，清静深幽，宛如天上。玉堂：学士院的正厅。森：森然罗列，形容宝书之多。宝书：珍贵的书籍，或专指史书。起句突兀，故作惊人之语，先声夺人，以引起读者的注意。这是山谷诗的特色。

②"想见"二句：想象到东坡居士，正在持笔挥洒，文词像千斗明珠，倾泻而下。东坡：苏轼在元丰二年（1079）被贬到黄州，在东坡筑室，自号东坡居士。居士：指在家修道的人。这里用一"旧"字，颇有风趣。意谓这"旧居士"现在成了"新神仙"了吧。挥毫：杜甫《奉和贾至舍人早朝大明宫》诗："诗成珠玉在挥毫。"山谷很注意用典的严谨性。杜诗是表现宫廷生活的，用在本诗中就很贴切。斛：量器名，古时以十斗为一斛。这两句极写东坡的文学才华，表现出那种"神仙中人"的得意神态。

③"我家"二句：在我的家乡江南，摘下了最好的茶叶，放到茶砲里研磨得细细的，连雪花也比不上。云腴：茶树在山腰的云雾中生长得特别丰盛，所以用云腴称茶叶。砲（wèi）：小石磨。这里指研磨茶叶的工具。宋人饮茶，先将茶叶磨碎，再放到水中煮沸，不像现代的泡茶。这两句从正面接触送茶的题意，只作诗中的衬笔。

④"为君"二句：这些茶在喝了之后，也许会唤起您在黄州的旧梦：

一个人驾只小船，浮游在太湖之上了。末句出《越语》："范蠡遂乘轻舟以浮于五湖。"范蠡是春秋时越王勾践的谋臣，辅助勾践灭掉强敌吴国后，就放弃官爵，做个普通的百姓。这两句意义很深刻。当时正是苏轼得志之秋，才华洋溢，意气风发。山谷在诗中，亲切地劝告老朋友：您不要忘掉被贬黄州的旧事啊，在风云变幻的官场中，不如效法范蠡，功成身退吧。五湖：太湖的别名，在江苏省南部。苏轼被贬黄州时作《临江仙》词，末两句云："小舟从此逝，江海寄余生。"亦颇有此意。

戏呈孔毅父

管城子无食肉相，孔方兄有绝交书[①]。文章功用不经世，何异丝窠缀露珠[②]？校书著作频诏除，犹能上车问何如[③]！忽忆僧床同野饭，梦随秋雁到东湖[④]。

[题解]

这首古诗很能表现山谷的精神世界。我们的诗人不汲汲于个人的名利，对世人认为至关紧要的事情，他都置之如敝屣。别人会笑他是傻瓜，他也在自我嘲弄。

[注释]

① "管城子"二句：您看，这位"管城子"先生是没有封侯食肉之相的，而"孔方兄"又给我下了绝交书。管城子：指毛笔。韩愈的寓言散文《毛颖传》云："秦皇帝使蒙恬赐之汤沐，而封诸管城，号管城子。"食肉相：《后汉书·班超传》载：看相的人说班超"燕颔虎颈，飞而食

肉，此万里侯相也"。班超曾投笔从戎。孔方兄：钱的别称。铜钱中有方孔，故称。两句诗含有取笑和鄙视之意。鲁褒《钱神论》："亲爱如兄，字曰孔方。"两句谓自己靠笔杆子写文章为活，既不能升官，又不能发财。许颉《许彦周诗话》谓此二句："精妙明密，不可加矣。当以此语反三隅也。"王楙《野客丛书》谓此种句法"读之似觉龃龉，其实协律"。

②"文章"二句：如果文章没有经治国家的功用，那就跟蜘蛛网中缀上露珠有什么不同呢？经世：治理社会。丝窠：指蜘蛛网。韩愈的联句诗有"丝窠扫还成"之语。两句承上文，说自己既贱且贫，文章无经世之用，有自嘲意。

③"校书"二句：那些校书郎、著作郎之类的官儿，是随随便便就封了的，能登上车子和问候别人就够了。校书：校书郎，属秘书省，掌校勘书籍。著作：著作郎，属秘书省，掌编纂国史。山谷时为著作佐郎。诏除：朝廷的命令拜官授职。《通典》载："秘书郎自齐梁之末，多以贵游子弟为之，无其才实。当时谚曰：'上车不落则著作，体中何如即秘书。'"诗意谓自己尸位素餐，亦是自戏之语。

④"忽忆"二句：忽然想起当年跟您一起在僧床便饭，夜梦也随着秋雁飞到东湖了。东湖：在今江西省南昌市，是山谷的老家。两句回忆起东湖的旧游，有思归之意。山谷此诗用书、珠等韵，叠和多首，很见功力。潘伯鹰先生云："以很少的句子，很窄的韵脚，写出高广的境界，深远的思路。又要自然，又要变化，又要有风神。"这正是山谷诗的特点。孔毅父：名平仲，是山谷的友人。

次韵秦觏过陈无己书院观鄙句之作

陈侯大雅姿,四壁不治第①。碌碌盆盎中,见此古罍洗②。薄饭不能羹,墙阴老春荠③。惟有文字性,万古抱根柢④。我学少师承,坎井可窥底⑤。何因蒙赏味,相享当牲醴⑥。试问求志君,文章自有体。玄钥锁灵台,渠当为君启⑦。

[题解]

诗写陈无己不治生计,遗世独立,安贫乐道,有古贤之风,而文字之业,根柢特厚,盖其天性使然。后段自愧学无师承,才识甚浅,无以称少章见赏之意,惟当求教于陈氏,或可启发心灵,领会文章之体格。秦觏:字少章,秦观弟,高邮人。

[注释]

①"陈侯"二句:陈君有着雍容大雅的容姿,从不修治宅第而家徒四壁。大雅:宏达雅正。四壁:四周的墙壁,形容穷得一无所有。《汉书·司马相如传》:"文君夜亡奔相如,相如与驰归成都,家徒四壁立。"

②"碌碌"二句:仿佛在一大堆常见的杯盘中,突然见到一个古代的罍洗。碌碌:平庸。罍(léi)洗:古代祭祀前所用的盥器。以罍盛水,下承以洗,用以洁手。此以古罍洗喻陈师道,称美其特立独行,有异于众人。

③"薄饭"二句:他只粗茶淡饭,无力置办羹汤,所食的是采自墙

脚下的春末的老荠菜。羹：羹汤，稠浓的肉汤。荠：一种野菜。白居易《早春》："荠叶生墙根。"

④"惟有"二句：唯有他的诗文，能出于本性，承传着历代的深厚根柢。根柢：根基，基础。杜甫《八哀诗·赠秘书监江夏李公邕》："词林有根柢，声华当健笔。"

以上八句写陈师道。

⑤"我学"二句：我求学缺乏师承，我的学问好比浅井一望见底。师承：指师生间直接传承。《后汉书·儒林传》序："若师资所承，宜标名为证者，乃著之云。"坎井：指浅井、废井。

⑥"何因"二句：不知什么缘由竟得到您的欣赏，这好比享用了三牲酒醴。牲醴：本指祭祀用的牺牲和甜酒，亦指宴飨用的酒肉。诗中用此词以示隆重。二句点"观鄙句"题意。

以上四句谓自己学识浅陋，有愧于秦觏的见赏。

⑦"试问"四句：试向求志君说说：文章本自有它的体格，如今那被玄钥紧锁着的心灵，也应由您而开启了。求志君：指陈无己，无己有求志斋。玄钥：指玄门的锁钥。灵台：指心。

陈留市隐（并序）

陈留江端礼季共曰："陈留市上有刀镊工，年四十余，无室家子姓；惟一女年七岁矣。日以刀镊所得钱与女子醉饱，则簪花吹长笛，肩女而归。无一朝之忧，而有终身之乐。疑以为有道者也。"陈无己为赋诗，庭坚亦拟作。

市井怀珠玉，往来人未逢①。乘肩娇小女，邂逅此生同②。养性霜刀在，阅人清镜空③。时时能举酒，弹铗送飞鸿④。

[题解]

这首诗中歌颂的一位刀镊工（理发师），正像《儒林外史》卷末中所写的"市井奇人"，不羡慕社会的荣名，不结交权贵，靠自己的劳动，过着无拘无束的生活。深受老庄思想影响的山谷，透过有色眼镜来看，这些个体的劳动者便成了看破红尘的"有道者"了。陈留：今河南省开封市。市隐：王康琚诗："小隐隐陵薮，大隐隐朝市。"古人认为最有道德的隐士，是处于众人之中的。身居闹市，而又一尘不染。同时的诗人陈师道先有一首五言古诗歌咏此事，山谷非常欣赏其中"闭门十日雨，吟作饥鸢声"两句。陈是个经常饥肚子的穷诗人，对刀镊工实在的生活情况可能了解得深刻些，所以能写出比山谷更有现实感的诗句来。

[注释]

①"市井"二句：在市井中，有人怀着珠玉般高洁的情操，来来往往的人们都不曾了解他。怀玉：《老子》："是以圣人被褐怀玉。"指怀有美才而深藏不露。

②"乘肩"二句：坐在他肩上的那个娇小的女孩，像与他偶然相遇，共度过这样的生涯。这里把儿女都说成是"邂逅"得来，表现了作者的虚无的思想。

③"养性"二句：善于修养性情，像雪白的剃刀一直没有损坏；观察着世人，像明亮的镜子，把一切都照得清楚透彻。上句暗用《庄子·养生主》中所载庖丁解牛之意。厨师掌握了宰牛的规律，"所解数千牛矣，

而刀刃若新发于硎"。别人从中也就悟得了养生之道。这里从理发师的工具发挥，羼进诗人的老庄思想。《王直方诗话》盛称此二语，谓"无以复加"。

④"时时"二句：不时还举起酒杯，弹着镊子目送天上的飞鸿。写出刀镊工悠然自得的神态。末句用嵇康《赠秀才入军》诗意："目送归鸿，手挥五弦。"那是把整个世界和人生都看透了的人，才有这种神游冥莫的境界。

题阳关图二首（选一）

断肠声里无形影，画出无声亦断肠①。想得阳关更西路，北风低草见牛羊②。

[题解]

李伯时作阳关图，写王维《送元二使安西》诗意。王诗云："渭城朝雨浥轻尘，客舍青青柳色新。劝君更尽一杯酒，西出阳关无故人。"这是一首很有名的送别诗，"此辞一出，一时传诵不足，至为三叠歌之"。可以想见这名曲的影响之大。东坡有《题阳关图》诗云："龙眠独识殷勤处，画出阳关意外声。""意外声"三字，正是山谷此诗的注脚。朱彝尊谓此诗"可追踪唐贤者"。

[注释]

①"断肠"二句：送别时的阳关三叠令人肠断之声，本是无形无影的，现在，在图中画出了无声的哀曲，尽管是无声，也令后人肠断了。这

里用笔委婉曲折,用意缠绵往复,把"断肠""声""无"几个字调换次序,在两句中重复出现,融情于声,以声达情。既概括了王维的诗,也表现了李伯时的画。真是感人至深的好句。李商隐《赠歌妓》诗:"断肠声里唱阳关。"乃此诗所本。

②"想得"二句:想象在阳关更往西的路上,一片无边的原野,北风吹过,那长得又高又密的牧草弯低了,就看到一群群的牛羊。诗人并没有把笔触停留在画面上,他展开丰富的想象,把诗歌的意境更推深一层。更西路:阳关已在长安之西二千五百里,更西,是什么地方?北宋王朝的势力已不能到达那儿了。末句出《敕勒歌》:"天苍苍,野茫茫,风吹草低见牛羊。"苍茫无际,境界空阔。山谷深赏此歌,集中有书韦深道诸帖云:"斛律明月,胡儿也,不以文章显。老胡以重兵困敕勒川,召明月作歌以排闷,仓卒之间,语奇壮如此,盖率意道事实耳。"按:斛律明月为斛律金之子。作歌者乃斛律金,山谷误以为其子明月。

次韵子瞻和子由观韩幹马,因论伯时画天马

于阗花驄龙八尺,看云不受络头丝[①]。西河驄作蒲萄锦,双瞳夹镜耳卓锥[②]。长楸落日试天步,知有四极无由驰[③]。电行山立气深稳,可耐珠鞯白玉羁[④]?李侯一顾叹绝足,领略古法生新奇[⑤]。一日真龙入图画,在坰群雄望风雌[⑥]。曹霸弟子沙苑丞,喜作肥马人笑之[⑦]。李侯论幹独不尔,妙画骨相遗毛皮[⑧]。翰林评书乃如此,贱肥贵瘦渠未知[⑨]。况我平生赏神骏,僧中云是道林师[⑩]。

[题解]

罗大经的《鹤林玉露》记载了两则很有启发性的故事：唐太宗叫韩幹去观看御府中所藏的画马图卷。韩幹说："不必观也，陛下厩马万匹，皆臣之师。"与其去临摹千篇一律的宫廷御画，倒不如到生活中接触生新活泼的实物。正如有人赠给一位画家的诗说："未必古人皆可师，君师造化兮我自无闲辞！"这"师造化"，正是画家作品生命力的源泉。还有一则说：曹辅为太仆卿，其廨舍中有许多御马，李伯时每次过访他时，必终日纵观，竟顾不得跟主人谈话。大凡在自己的专业上有所成就的人，往往会有这样的迷狂状态。王国维《人间词话》谓：古今以来成就大事业大学问的人，都不免要经历这样一番境界："衣带渐宽终不悔，为伊消得人憔悴。"执着地追求，务期达到自己的目的。如韩幹和李伯时，都可算是我们的老师吧！

山谷为李伯时写了不少题画诗，大都是精心之作。尤其是咏马，在杜甫《丹青引》等名作之后，能别出机杼，也算是难得的。本诗前人评曰"潇洒""浑脱"，格韵俱高。韩幹：唐代大画家，唐玄宗天宝初，曾为内廷供奉，故宫旧藏有他的《神骏图》一卷。李伯时：名公麟，安徽舒城人，曾任检法御史，后辞官归乡。他是宋代的大画家、诗人。故宫旧藏有他的《三马图》《五马图》等名作。

[注释]

①"于阗"二句：于阗的花骢龙马，身高八尺，悠然自得地仰首看云，不愿受缰绳的羁束。于阗（tián）：今新疆和田一带。骢：青白色的马。龙：《周礼·夏官》："马八尺以上为龙。"

②"西河"二句：西河的骢马身上的花斑，像一幅蒲萄纹锦。双眼像夹着两块明镜，耳壳像竖立的锥子。西河：任渊注："当谓熙河之地。"

即今甘肃、青海一带。下句用颜延之《赭白马赋》:"双瞳夹镜,两权协月。"

上四句分写天马的神态和形状。

③"长楸"二句:落日时分,在长楸道上,试试天马的行步;即使知道四方有极远的天边,也无法自由自在地驰骋。楸(qiū):一种高大的落叶乔木,常用作行道树。曹植诗:"走马长楸间。"《文选注》云:"古人种楸于道,故曰'长楸'。"天步:《诗经·白华》:"天步艰难。"本指国运。诗中借用它字面的意思。

④"电行"二句:天马奔驰如电,端立如山,气势深厚稳健,怎能忍受得了珍珠缀成的鞍鞯、白玉镶嵌的络头拘束呢?鞯(jiān):衬在马鞍下的垫子。羁:马络头。以马喻人,颇见风骨。

上四句寄意深远,写出天马受着重重束缚,无法施展才能。

⑤"李侯"二句:李伯时一见就惊叹地认出是良马。他认真学习,既领会了韩幹的画法,又掺进自己的奇思新意。此处论伯时画天马。"领略"句写出山谷的艺术主张,既要继承传统的技法,又要创造新的意境。绝足:快马。曹丕《与孙权书》:"中国虽多马,其知名绝足亦少。"

⑥"一日"二句:一旦把这些真龙马写入图画,对比之下,在郊野的雄马群都望风而变作柔弱的雌马了。坰(jiōng):遥远的郊野。望风:人事的影响及于远方,好像因风传送。故称自远处瞻望之为"望风"。雌:成为雌的。在句中作动词用。

上四句写李伯时画天马。

⑦"曹霸"二句:曹霸的学生韩幹,当过沙苑的丞,喜欢画肥马,有人嘲笑他。曹霸:唐代大画家,尤善画马。下句出杜甫《丹青引》:"(韩)幹惟画肉不画骨,忍使骅骝气凋丧。"

⑧"李侯"二句：李伯时议论韩幹时，就不同意这些批评意见。他认为韩幹能神妙地画出马的骨骼形貌，而舍弃了表面的东西。侯：士大夫之间的尊称，犹"君"。不尔：不这样。

⑨"翰林"二句：苏翰林评论书法也像这样，他不会随便轻视肥重的，而只去重视瘦硬的。翰林：指苏轼，时为翰林学士。古代文艺家常说书画同源，评论用的术语也常互通。苏轼《孙莘老求墨妙亭》诗："杜陵评书贵瘦硬，此论未公吾不凭。短长肥瘦各有态，玉环飞燕谁敢憎？"玉环，唐玄宗的妃子，体丰腴；飞燕，汉成帝的皇后，体瘦削。两人都是有名的美女。

⑩"况我"二句：何况我生平最欣赏神采奕奕的骏马，正像在和尚中的支道林那样。道林：晋代的和尚支遁，字道林，喜欢养马，别人讥笑他，他说："爱其神骏耳。"末八句强调要画出马的精神。我们可参看李伯时《五马图》的山谷跋语："余尝评伯时人物似南朝诸谢（指谢安、谢玄等）中有边幅者，然朝中士大夫多叹息伯时久当在台阁，仅为善画所累。余告之曰：'伯时丘壑中人（指隐者），暂热之声名，傥来之轩冕，此公殊不汲汲也。此马驵骏，颇似吾友张文潜笔力，瞿昙（指佛祖）所谓识鞭影者也。'"李伯时在元符三年（1100）辞官归乡，隐居龙眠山，自号龙眠居士。他是个很有自己独特品格的艺术家，所以很受时人钦仰。

次韵子瞻题郭熙画秋山

黄州逐客未赐环，江南江北饱看山①。玉堂卧对郭熙画，发兴已在青林间②。郭熙官画但荒远，短纸曲折开秋晚③。江村烟外雨脚明，归雁行边余叠嶂④。坐思黄柑洞庭霜，恨身不如雁随阳⑤！熙今头白有眼力，尚能弄笔映窗光⑥。画取江南好风日，慰此将老镜中发⑦。但熙肯画宽作程，十日五日一水石⑧。

[题解]

　　宋代，出了许多有名的山水、人物画家，中国画的理论和技法也有了长足的进展，这给予宋诗以巨大的影响。一方面，在文艺理论上，国画的风格、意境，被诗人吸收到诗歌创作中，出现了大批"诗中有画"的山水诗。另一方面，在艺术手法上，国画的结构、布局，给诗人提供了一些新的技法。诗和画，逐渐结合而成为统一的艺术。翻开宋人的诗集，我们便会发现大量的题画诗。郭熙，是北宋著名的山水画家。郭若虚《图画见闻志》载："郭熙，河阳温人。熙宁初，为御画院艺学，工画山水寒林。"故宫旧藏有他的《山水》《长江万里图》《树色平远图》，后全部散失。任渊编此诗于元祐二年（1087），山谷时为秘书省著作佐郎。

[注释]

　　①"黄州"二句：当年，放逐到黄州的人，还未被准许回来，在江南江北，饱看了山水。黄州逐客：苏轼在元丰二年（1079）被贬到黄州任团练副使（执掌地方军事的副长官）。赐环：被贬的官员被召回朝廷。"环"与"还"谐音。《荀子·大略》："绝人以玦，反绝以环。"苏轼在宋哲宗元祐元年（1086）被召还中央任翰林学士。这两句倒叙，以黄州看山作为衬托，引起下文。

　　②"玉堂"二句：在玉堂中躺着看郭熙的画，引起游兴，心早飞到青林之间了。玉堂：学士院的正厅。玉堂的屏风上有郭熙写的春江晓景。苏轼原诗："玉堂昼掩春日闲，中有郭熙画春山。"前四句写苏轼在玉堂

看画,回忆起黄州的山水,因而动了游兴。四句诗中三层曲折。

③ "郭熙"二句:郭熙写的官画,画意多是荒寒平远的,这幅横卷中,曲曲折折地展开秋晚的景色。两句转入本题,直接写郭熙的秋山画卷。但:只。短纸:即短幅、横卷子。开秋晚:开,是句中的"诗眼",既有打开画幅,亦有展开画境之意。试比较苏轼原诗:"离离短幅开平远。""开平远",句意自然,"开秋晚",就显得奇拗了。

④ "江村"二句:在漠漠的荒烟中,在飘洒到地面的雨丝儿里,江边的村落,显得更加分明,归雁的行列外,还有层叠的远山。两句细致地描述画境。"明"字点出秋晚,尽管有烟有雨,但依然景色分明。可见诗人炼字的功夫。巘(yǎn):小山峦。

⑤ "坐思"二句:因此想到在洞庭湖边,霜降之后,黄柑熟了,恨自己不能像逐暖的鸿雁,飞到那儿!两句笔意一转,写看画时的联想,自然入妙。山谷诗,往往不耐作太多的纯景物描写,一写景,马上顿住。因画中写秋晚之景,意境荒冷开阔,故引起遐思。画中有雁,雁随阳气南飞,经洞庭到衡阳附近,所以又想到洞庭湖和湖区的特产黄柑,引出下文怀乡之意。坐:因此。黄柑:晋朝书法家王羲之《奉橘帖》:"奉橘三百颗,霜未降,未可多得。"

⑥ "熙今"二句:郭熙现在虽然头发已白,但眼力未衰,还能在明窗下拿笔作画。两句意再一转,转到作画者身上,引起以后四句。

⑦ "画取"二句:希望他能画出江南美好的风景,来慰藉我那些将要变白老去的镜中的头发。这里不说安慰老人而说安慰白发,故意把熟习的意思用生拗的字句表现出来,这也是宋诗的常见手法。两句点出作诗的另一目的,就是向郭熙索画,以慰对江南风物的怀念。作者这时在汴京,已多年没有回乡了。

⑧ "但熙" 二句：只要郭熙肯答应作画，那就可以放宽时日，十日画一水、五日画一石都无妨。末句用杜甫《戏题画山水图歌》："十日画一水，五日画一石，能事不受相促迫，王宰始肯留真迹。"把郭熙比作唐朝的大画家王宰，还表现了作者幽默的情趣，诗意更推深一层，戛然而止，而又余味无穷。方东树谓此二句"余情远韵，力透纸背。曲折驰骤，有江海之观，神龙万里之势"，可谓颂扬备至了。

题郑防画夹五首（选一）

惠崇烟雨归雁，坐我潇湘洞庭①。欲唤扁舟归去，故人言是丹青②！

[题解]

郑防藏的画册中有五张画作，山谷题诗五首。这里选的一首是咏僧惠崇之画的。诗歌用夸张的笔法，赞美惠崇画的逼真。人们常说江山似画，而这诗却说画即江山。金人王若虚对这种手法颇为不满，说："诗人之语，诡谲寄意，固无不可，然至于太过，亦其病也。山谷《题惠崇画图》云：'欲放扁舟归去，主人云是丹青。'使主人不告，当遂不知？"王氏论诗，多此等迂滞之语。我们来看看这首诗是怎样的"诡谲"。

[注释]

①"惠崇"二句：在僧惠崇的画中，烟雨迷蒙，归雁斜飞，仿佛使我置身于潇湘江畔、洞庭湖边了。坐：致。潇湘：潇水和湘水，在湖南省境内，北流入洞庭湖。两句泛写画的逼真，似没有多大的特色。

②"欲唤"二句：我正想呼唤水上的舟人——喂，请您撑着船儿载我回家乡去吧！老朋友在一旁却插话了：唉，这是图画啊！这不是写得非常生动吗？江西派诗人总结出来的"活法"，在杨万里的创作中大量应用，成了有名的"诚斋体"。如山谷此诗，可算导夫先路了。前三句平平写来，蕴蓄着潜在的势能，末句突然跌落，势能化成了动能，我们的王若虚先生就受不了这一冲击而大叫糟糕了。

次韵王定国扬州见寄

清洛思君昼夜流，北归何日片帆收①？未生白发犹堪酒，垂上青云却佐州②！飞雪堆盘鲙鱼腹，明珠论斗煮鸡头③。平生行乐亦不恶，岂有竹西歌吹愁④？

[题解]

山谷集中赠友之作颇多。这些诗歌，表现了封建时代读书人的理想和抱负，抒发他们失意时的感慨。诗人珍惜那金石般坚贞的友谊，把诗歌当成日常往来的书信。诗中有深挚的同情，亲切的劝勉，热情的鼓励，与朋友共同分享生活中的欢乐与悲哀。尽管处处是罗网，每句诗都可以构成文字狱，但诗人们的情谊依然在维系着，即使因此而被贬官，被流放，也是心甘情愿的。王定国名巩，是宰相王旦之孙，一位有隽才的贵介公子，曾从苏轼游。苏轼《百步洪》诗引记定国在彭城，棹小舟游泗水，北上圣女山，南下百步洪，吹笛饮酒，乘月而归。苏轼时夜著羽衣，伫立黄楼上，相视而笑，以为李太白死后，世间三百余年无此乐。以此可想象王定国的风流才气。定国因受东坡政治上的连累,被贬到宾州。元祐年间,东坡举荐他任宗正丞(掌管皇族事务机关的属官),后任扬州通判。吴汝纶称此诗曰:"苏奇处在才气,黄奇处在工力。如'未生白发'等联,皆痛撰出奇,前无古人,自辟一家蹊径。"

[注释]

①"清洛"二句:清清的洛水啊,像我对您的思念,昼夜不息地奔流。您什么时候才能北归京邑,收起水际的征帆?"清洛"句,任渊注曰:"元丰中,导洛水入汴河谓之清汴,扬州水所过之地也。"时山谷在汴京。两句颇有"我住长江头,君住长江尾。日日思君不见君,共饮长江水"(李之仪《卜算子》词)之意。

②"未生"二句:您头上白发未生,还能禁得起消愁的美酒。可惜啊,快要青云直上,却被压下来佐理州郡。两句对偶精工,意思深警。上四下三,一句中两意转折,顿挫有味。既是劝慰,也是代抱不平。青云:比喻高官显爵。佐州:指王定国任扬州通判,即副守。

③"飞雪"二句:用鱼肚作脍,细细切碎,像雪片儿飞下,堆满盘中;煮熟了的鸡头芡实,像千万颗明珠,数以斗计。前人常好用飞雪形容鱼脍的细白。如杜甫诗有"脍飞金盘白雪高""无声细下飞碎雪"之句。山谷此诗故意用倒装句,以求得"瘦硬遒峭"的效果。鸡头:《证类本草》:"鸡头实一名芡实。"《蜀本图经》云:"此生水中,叶大如荷,皱而有刺,花子若拳大,形似鸡头。"

④"平生"二句:平生中能行乐也是不差的呀,哪里会有竹西的歌引动愁怀呢?平生行乐:杨恽《报孙会宗书》:"人生行乐耳。"竹西:扬州地名。杜牧《题扬州禅智寺》:"谁知竹西路,歌吹是扬州?"宋代官僚的生活很豪奢,地方官也有歌舞的奉侍。诗言"亦不恶",只是强自宽

解而已。故作达语，气愈是难平。"岂有"二字，耐人玩味。

戏答陈元舆

平生所闻陈汀州，蝗不入境年屡丰①。东门拜书始识面，鬓发幸未成老翁②。官饔同盘厌腥腻，茶瓯破睡秋堂空③。自言不复蛾眉梦，枯淡颇与小人同④。但忧迎笑花枝红，夜窗冷雨打斜风，秋衣沉水换熏笼⑤。银屏宛转复宛转，意根难拔如薤本⑥。

[题解]

这是山谷诗中的"绮语"。也许那位可敬可爱的法秀道人看了要诅咒诗人下"犁舌地狱"的。这是否真是"口舌劝淫"的诗，还待读者来评判。任渊注及《年谱》皆编此下二首于元祐二年（1087）。任曰："元祐二年陈轩为主客郎中（为礼部所属高级部员，掌藩国朝聘之事），轩字元舆。"

[注释]

①"平生"二句：我生平所听说的那位陈汀州，连蝗虫也不进入他管辖的地区，因而年年丰收。陈汀州：据《明一统志》注载："陈轩在元丰中知汀州（今福建省长汀县），治尚清静恺弟。"蝗不入境：《后汉书·鲁恭传》："拜中牟令，恭专以德化为理，不任刑罚，郡国螟伤稼，犬牙缘界不入中牟。"两句谓陈轩当官仁爱，治绩卓著。

②"东门"二句：当年您在东门中拜受诏命时我们初相识，到如今，所欣幸的是大家鬓发未白，还不曾变作老头儿。东门：任渊注："退之

《送石洪序》曰：'拜受书札于门内。'此借用，当是拜诣于东上阁门。"下句用曹丕《与吴质书》："志意何时复类昔日？已成老翁，但未白头耳。"两句追述交情。

③"官饔"二句：在官府中接待贵宾，同盘进食，您早厌足了鱼肉，要多喝盏浓茶，但又打消了睡意，只对着秋夜的空堂。饔（yōng）：熟食。陈轩是主客郎中，掌宾客餐饔之事。厌：同"餍"，饱足。腥腻：指鱼和肥肉。瓯（ōu）：盆盂一类的瓦器。两句微有嘲谑之意。"秋堂空"，引出下两句。

④"自言"二句：您自己说，已经不再有蛾眉绮梦，枯槁冷淡得与一般的"小人"差不多了。蛾眉：《诗经·硕人》："螓首蛾眉。"后以代美好的女子。两句至此顿住。

⑤"但忧"三句：只怕您回家时，迎门而笑的花枝鲜红美艳。夜窗外，冷雨兼打斜风。这时脱下了秋衣，在烧着沉水香的熏笼上烘暖。三句反接"蛾眉梦"，写陈轩闺中之乐。"花枝红"，暗示其室人。"夜窗"句以萧瑟之景反衬绮丽之情，甚妙。"秋衣"句，艳语而蕴藉。总以"但忧"二字领之，亦庄亦谐，深曲有味。这是素称生硬枯涩的山谷诗中罕见的丽句。

⑥"银屏"二句：您睡在屏风里，终夜无眠，辗转反侧。您的情根啊，像大薤头那样，难以拔出来！宛转：犹"辗转"。张籍《宛转行》："宛转复宛转，忆忆更未央。"意根：佛家以眼、耳、鼻、舌、身、意为"六根"，意根，指人的情感。薤（xiè）：植物名。叶细长，开紫色小花，鳞茎和嫩叶可吃。"薤本"，指薤的地下鳞茎。两句写银屏之内，情怀历乱，不能自持。与"自言"两句恰成鲜明对照。

再答元舆

君不能入身帝城结子公，又不能击强有如诸葛丰①。法当憔悴百寮底，五十天涯一秃翁②。问君何自今为郎？便殿作赋声摩空③。偶然樽酒相劳苦，牛铎调与黄钟同④。安得朱轓各凭熊⑤？江南楼阁白蘋风，劝归啼鸟晓窗笼⑥。男儿邂逅功补衮，鸟倦归巢叶归本⑦。

[题解]

此诗作于元祐二年（1087）八月。山谷叠韵作了五首诗，越出越奇。这是最末一首，依然游刃有余。可见山谷写诗技法的纯熟。

[注释]

①"君不"二句：您既不能像陈咸那样巴结陈汤，使自己入朝居于高位，又不能像诸葛丰那样，压抑豪强。君：指陈轩，字元舆，曾任主客郎中（掌管藩国朝聘之事的部员）。上句出《汉书·陈咸传》：咸为南阳太守，"时车骑将军王音辅政。信用陈汤。咸数赂遗汤，予书曰：'即蒙子公力得入帝城，死不恨。'"子公，是陈汤的字。下句出《汉书·诸葛丰传》："丰字少季，琅邪人也，元帝擢为司隶校尉，刺举无所避。"司隶校尉，纠察京师及邻郡百官的官员。方东树云："起逆入，奇气杰句，跌宕有势。"

②"法当"二句：那就理当憔悴地居于百官之下，年到五十，还是天涯的一个秃老头儿。寮：亦作"僚"。《尚书》："百僚师师。"

前四句写陈轩不会巴结逢迎，利用权势，所以沉屈下寮，天涯憔悴。在艺术上也很有特色，用两个有否定意思的句子起头，这就是所谓的"逆入"，以否定来表肯定。再以两句略带嘲弄的风趣的话承接，表现朋友之间亲切的感情。

③"问君"二句：问您为什么到现在还是做"郎"这样的小官呢？在殿前作赋，吟诵时声音响彻长空。两句写陈轩官职虽卑，文才却高。上句典出《史记·张释之冯唐列传》。冯唐，文武全才，但多次错过了提升的机会。至其年纪已老，还只是做个职位低微的"郎"。汉文帝见到他，就问："父老何自为郎？"郎：帝王侍从官的通称。下句用李贺《高轩过》诗："殿前作赋声摩空。"

④"偶然"二句：偶然携着樽酒，互相问候。牛脖铃的调子，正好跟那黄钟相合。劳（lào）苦：慰问。牛铎：悬挂在牛脖子上的铃铛。黄钟：古代一种声音洪亮的乐器。这里用"牛铎"自谦，用"黄钟"比喻陈轩。说明两人身份不同，但思想意趣却一致。

⑤"安得"句：怎样才能坐上有朱轓的车子，各倚着画有熊的车轼呢？轓：车子两边的挡板。汉朝规定俸禄二千石的官，在车轓上涂朱色；公、侯的车轼上画熊。这里反问一句，意思作一顿挫。实际是说：我们都是做不了大官的。

⑥"江南"二句：江南的楼阁，吹着从白蘋梢上来的清风。在清晨，窗户外的啼鸟，声声好像劝人归去。窗笼：指窗户。用竹做间隔，故称作"笼"。

这三句连用韵，一气呵成，语气急促，在此换意。

⑦"男儿"二句：男子汉的功名只不过是偶然的机会。您看，鸟儿飞倦了回到巢中，叶子落了，也回到根旁。最后对陈轩劝告：像您这样的

人,还是早些从官场中退隐吧。末二句转韵,使句意更为突出。邂逅:不期而遇。补衮(gǔn):皇帝穿衮龙衣,故称补救皇帝的缺失为"补衮"。这是官吏的职责。鸟倦:陶潜《归去来辞》:"鸟倦飞而知还。"最后一句颇合钟嵘《诗品》所说的"文已尽而意有余……使味之者无极,闻之者动心,是诗之至也"。写物附意,是一种很好的结尾方法。

和游景叔月报三捷

汉家飞将用庙谋,复我匹夫匹妇仇①。真成折棰禽胡月,不是黄榆牧马秋②!幄中已断匈奴臂,军前可饮月氏头③!愿见呼韩朝渭上,诸将不用万户侯④。

[题解]

元祐二年(1087),北宋西部地区一个少数民族首领鬼章青宜结阴谋叛变,与西夏相勾结,率兵到洮(táo)州(今甘肃临洮县),企图引羌人做内应。后知岷州事种谊刺探到这情况,汇报朝廷。朝廷派将作监丞的游师雄与种谊合兵进攻鬼章,大败叛军,擒获鬼章青宜结。本诗歌颂游师雄的战功,表现了诗人的爱国精神,深为东坡所赏。游师雄,字景叔,京兆武功人,气概豪迈,能诗文,洮州战后,写有七绝四首、七律一首以记其事,山谷皆有和作。

[注释]

①"汉家"二句:像汉朝飞将军李广那样的英雄,运用了朝廷远大的谋略,为平民百姓复了仇。这里赞美游师雄为了国家人民的利益,打击

叛变分子的正义行动。汉家飞将：指李广。《汉书·李广传》："匈奴号为飞将军。"诗中以喻游师雄。庙谋：庙堂中的谋略。匹夫匹妇：指老百姓。《孟子》："为匹夫匹妇复仇。"

②"真成"二句：这个月真的成了折下马鞭子去擒捉胡人的好日子，再也不是在榆塞外的胡人南下牧马的秋天了。折棰：见《送范德孺知庆州》诗注。禽胡月：擒获胡人的月份。杜甫《北征》："势成禽胡月。"榆：树名。据《史记》载，秦朝为了抵御匈奴的侵略，在边境种植榆树，称榆塞。牧马：西北的少数民族以牧牛马为业。贾谊《过秦论》："胡人不敢南下而牧马。"诗意指异族南侵。

③"幄中"二句：将军运筹帷幄之中，已经截断匈奴西边的通道，在军营前就能够把敌人的头颅作酒杯了。上句写击败鬼章青宜结，如砍断西夏的手臂。下句写将要最后战胜西夏，欢乐庆功。幄：帐幕。《汉书·张良传》："运筹帷幄之中。"指主将在军营帐幕里作出决策。断匈奴臂：《汉书·西域传赞》："通西域以断匈奴右臂。"诗中以匈奴喻西夏。月氏（zhī）：我国汉代西域地区国名。《汉书·张骞传》："匈奴破月氏王，以其头为饮器。"

④"愿见"二句：我希望能见到匈奴的呼韩单于来朝中国，亲到渭水之上。那时，将军们就不用依靠战功去求封侯万户了。呼韩：汉朝时候匈奴王名。在汉宣帝甘露三年（前51）时到长安入朝，登渭水桥上。诗意望西夏能臣服宋朝，完成统一祖国的大业。末句是对游师雄的赞美，说明游不是个好大喜功的人。只要祖国统一，各族和好，个人的功名富贵是不用去计较的。

题伯时顿尘马

竹头抢地风不举,文书堆案睡自语①。忽看高马顿风尘,亦思归家洗袍袴②。

[题解]

元祐三年(1088)初,山谷在礼部试院,任参详官,负责考试评卷之事。终日在文书堆中打转,又不能擅离考场,故常与东坡、伯时等作画题诗遣闷。

[注释]

①"竹头"二句:竹梢低垂着地,风也吹不起。文书堆满案头,瞌睡中还说梦话。两句写试院中的环境,把那百无聊赖、昏昏欲睡的情景非常形象地表现出来。

②"忽看"二句:忽然抬头,看到一匹高大的骏马,在迎风踢踏,扬起尘土。啊,我想到要回家洗换袍裤了。诗中把画马写成真马,表达被困在试院中思家的心情。

题伯时画严子陵钓滩

平生久要刘文叔,不肯为渠作三公①。能令汉家重九鼎,桐江波上一丝风②。

[题解]

　　古人重名节。北宋后期政局混乱，在残酷的党派斗争中，出了不少丧节败行的人，山谷对此深有所感。本诗赞美士大夫的名节，认为这是安邦定国的根本，恐怕也不无道理。严子陵，名光，东汉初年人，曾是汉光武帝刘秀的同学。光武帝即位后，严光隐居不仕。

[注释]

　　①"平生"二句：即使是少时的老友刘文叔，子陵也不肯为他去当三公！久要（yāo）：旧约、旧交。《论语·宪问》："久要不忘平生之言。"刘文叔：刘秀，字文叔。三公：指高官。东汉时以太尉、司徒、司空合称三公，为共同负责军政的最高长官。

　　②"能令"二句：能使汉朝的天下像九鼎般重的，就是在桐江的波浪上被风吹动的那一条钓丝啊！九鼎：相传夏禹铸九鼎。后以"九鼎"比喻分量之重。《史记·平原君虞卿列传》："毛先生一至楚，而使赵重于九鼎大吕。"桐江：即富春江，流经浙江桐庐县境。《太平寰宇记》："严子陵钓台在县南大江侧。"一丝：指钓鱼竿上的钓线。严光不肯在朝做官，在富春江上钓鱼。这里把九鼎之重与钓丝之轻并排起来，对比鲜明，给读者以深刻的印象。任渊说："东汉多名节之士，赖以久存，迹其本原，正在子陵钓竿上来耳。"可谓深得山谷之旨。刘祁《归潜志》载：王翰林从之（王若虚）尝论黄鲁直诗穿凿、太好异。云："若道汉家二百年自严陵钓竿上来，且道得，然关风甚事？"这位翰林先生真是煞风景的专家，真正的艺术是与御用文人绝缘的，于此可见。

题伯时画松下渊明

南渡诚草草,长沙慰艰难①。终风霾八表,半夜失前山②。远公香火社,遗民文字禅。虽非老翁事,幽尚亦可观③。松风自度曲,我琴不须弹。客来欲开说,觞至不得言④。

[题解]

本诗也是在试院中作。陶潜,字渊明。这位东晋末年的大诗人,对山谷的影响很大。在思想上,山谷欣赏渊明洁身自好的品质和悠闲高远的意趣;在艺术上,山谷宗仰渊明的"意在无弦""和光同尘"的境界,超于成法,妙悟入神。《松下渊明》正是用陶潜的《归去来辞》之意:"云无心以出岫,鸟倦飞而知还,景翳翳以将入,抚孤松而盘桓。"

[注释]

①"南渡"二句:晋元帝南渡长江,建立政权,实在是很草率的。晋成帝封陶侃做长沙郡公,来抚慰他辛勤王业。开头追述东晋立国和陶潜的曾祖陶侃创业的情况。西晋政治腐败,皇族间争夺政权,发生"八王之乱",激发各族人民起义。匈奴贵族刘曜率兵,攻破洛阳,俘去晋怀帝,后又攻占长安,俘去晋愍帝。皇族司马睿南渡,出镇建康(今江苏南京)。后建立东晋政权,是为晋元帝。成帝时,苏峻起兵反晋,攻入建康,陶侃讨平之,功封长沙郡公。

②"终风"二句:终日寒风呼啸、苦雨连绵,天地八方都昏暗了。

半夜时,已经失去了大好河山。上句写东晋末年政治环境的黑暗、混乱。下句写刘裕篡夺了东晋政权。刘裕,东晋将领,曾击败桓玄,灭南燕,败卢循,收巴蜀,消灭后秦,建立许多功业,在元熙二年(420)代晋称帝,国号宋。终风:《诗经·终风》:"终风且霾。"注:"终日风为终风。霾、土雨也。"八表:八方之外。八方,东、南、西、北、东南、东北、西南、西北。"半夜"句典出《庄子·大宗师》:"藏山于泽,谓之固矣,然而夜半有力者负之而走,昧者不知也。"本诗以前山比喻江山、政权。

③"远公"四句:改朝换代后,远公建立了香火之社,刘遗民用文章去阐明禅理。这些虽不是渊明老人要做的事,但幽远的风尚毕竟是值得赞赏的。这里写渊明对世事、社交的态度。远公:东晋末的高僧慧远。香火社:有共同宗教信仰的人建立的斋社。诗中指白莲社。遗民:刘遗民,彭城人,遁迹匡山,时与周续、陶潜合称"浔阳三隐"。据《高僧传》载:刘遗民随意远游,慧远建斋立社,令遗民作记,以表明宗旨。后两句任渊注:"诗意谓陶虽不入社,然常往来其间,以诸人志尚幽远,亦有可观故也。"据《庐阜杂记》载:"远师结白莲社,以书招陶渊明。……遂造焉。因勉令入社,陶攒眉而去。"

④"松风"四句:松风的声音,就是自己创作的曲子,我的琴是不须弹奏的。客人来到,有什么事正想开说一下,酒杯就端来了,始终没有机会说话。收处写渊明高尚自得、不与尘俗之事。据《晋书·陶潜传》载其不解音律,而蓄无弦素琴一张。每酒酣适,辄抚弄以寄意。自度曲:指不根据旧谱而自己创制的新曲。

这首诗着意去学习陶渊明诗的洗练、平淡的风格,在内容上也受到魏晋以来的玄言诗的影响。北宋后期,社会的政治、经济各方面的危机越来越严重,特别是王安石变法失败之后,理学、禅学等应运而生,当时士大夫阶层的文人想逃避现实，往往一头钻进禅理的迷宫中，溺而不返了。这首诗也反映了山谷这种思想倾向。

老杜浣花溪图引

拾遗流落锦官城，故人作尹眼为青①。碧鸡坊西结茅屋，百花潭水濯冠缨②。故衣未补新衣绽，空蟠胸中书万卷③。探道欲度羲皇前，论诗未觉国风远④。干戈峥嵘暗宇县，杜陵韦曲无鸡犬。老妻稚子具眼前，弟妹飘零不相见⑤。此公乐易真可人，园翁溪友肯卜邻。邻家有酒邀皆去，得意鱼鸟来相亲⑥。浣花酒船散车骑，野墙无主看桃李。宗文守家宗武扶，落日蹇驴驮醉起⑦。愿闻解鞍脱兜鍪，老儒不用千户侯⑧。中原未得平安报，醉里攒眉万国愁⑨。生绡铺墙粉墨落，平生忠义今寂寞⑩。儿呼不苏驴失脚，犹恐醒来有新作⑪。常使诗人拜画图，煎胶续弦千古无⑫。

[题解]

本诗作于元祐三年，生动地刻画了唐代伟大的现实主义诗人杜甫的艺术形象，歌颂了他的爱国精神。在本诗中，运用了很多杜诗的语句，这正是山谷和江西派的诗人所主张的"无一字无来处"，对表现杜甫的思想和性格有较大的作用。王世贞《弇州山人四部稿》谓此诗："力欲求奇，然是公最合作语。"

[注释]

① "拾遗"二句：杜拾遗流落到锦官城中，老朋友严武做大官，对他很好。拾遗：指杜甫。在安禄山作乱时，追随唐肃宗到灵武，拜为左拾遗，后贬到陕西任华州司功参军，遇到大饥荒，流落到四川，依靠剑南节度使严武。锦官城：四川成都，有管理织锦的官府，故称。故人：指严武。是杜甫老朋友严挺之的儿子。尹：古代官的通称。眼青：见《登快阁》诗注。《潘子真诗话》载山谷之语云："老杜虽在流落颠沛，未尝一日不在本朝，故善陈时事，句律精深，超古作者，忠义之气，感发而言。"可与本诗参看。

② "碧鸡"二句：在碧鸡坊西面修建了茅屋，在百花潭的水中洗濯帽缨子。碧鸡坊：在成都西南。百花潭：即浣花溪，在成都万里桥西。濯冠缨：《楚辞·渔父》："沧浪之水清兮，可以濯我缨。"后人常用濯缨表示清高自守之意。缨：系帽子的丝带。

③ "故衣"二句：旧衣裳未补好，新衣裳又绽裂了。枉自在胸中蟠屈着万卷诗书。写杜甫虽有真才实学，却过着贫困的生活。"故衣"句用古诗《艳歌行》"故衣谁当补？新衣谁当绽"。补：补缀破洞。绽：缝联裂缝。山谷此句只用古诗字面，"绽"，仍当作衣缝裂开解。书万卷：杜甫《奉赠韦左丞丈二十二韵》："读书破万卷，下笔如有神。"

④ "探道"二句：他努力寻求治国的大道，真的要超越到伏羲氏之前。论到诗歌，与国风距离也不会太远。两句写杜甫的政治理想和文学才能。羲皇：指伏羲氏。古人想象伏羲以前的人，生活闲适，无忧无虑。

⑤ "干戈"四句：干戈纵横，遮暗了世界；杜陵韦曲，鸡犬也不留。老妻幼子，虽还在眼前；弟妹飘零，已不能相见。四句写战乱后的情况。干戈：盾牌和长戈。峥嵘：本形容山的高峻，这里描写武器的纵横乱耸。

宇县：谓宇宙赤县，指中国。杜陵韦曲：地名，在唐帝国首都长安城南，杜甫曾在此居住。

⑥"此公"四句：这位老人家乐观平易，真是个合意的人。园中种菜的老翁，溪上打鱼的朋友，都愿意做邻居。邻家有酒，凡是请他都去；知道他的心意，连鱼和鸟也来亲近。四句用杜甫的诗意来表示他的平易近人、毫无机心的品质。史容注引杜诗："溪友得钱留白鱼。""田父要（同'邀'）皆去，邻家问不违。"《世说新语》：简文入华林园曰："会心处不必在远。翛然林水，便自有濠濮间趣，觉鸟兽禽鱼，自来亲人。"

⑦"浣花"四句：上了浣花溪的酒船，散开车马，在野外的墙边，欣赏那不知主人的桃李。宗文守在家，宗武搀扶着老父。落日时分，驴子驮着喝醉了的诗人归来。蹇（jiǎn）：跛脚。史容注引杜诗："手种桃李非无主，野老墙低还是家。""蹇驴破帽随金鞍。"四句点出题意，描述《浣花溪图》的画面内容。

⑧"愿闻"二句：希望能让战士们解下马鞍，脱去头盔。老儒生不需要当上千户侯。史容注引杜诗："老儒不用尚书郎。"山谷《和游景叔月报三捷》诗："诸将不用万户侯。"亦此意。两句写杜甫渴望战争早日胜利，恢复和平，他自己没有打算建立军功爬上高位。兜鍪（dōu móu）：头盔。

⑨"中原"二句：可是，并未得到中原的平安消息，在醉中也皱起眉头，为国家发愁了。这里写出杜甫忧国忧民的思想感情。攒（cuán）眉：紧蹙双眉，表示不愉快。国：古代指都邑。瞿佑《归田诗话》谓此二句"能道出少陵心事"。

⑩"生绡"二句：绘在生绡上的画，展挂墙头，粉墨零落。老诗人平生忠义，但现在已不复得见了。一句描写，一句议论，配搭得很好。

"今寂寞"三字,笔力甚重。既说明事去人逝,更指出了这种"忠义"已难为乎继了。与末句"千古无"相呼应。

⑪"儿呼"二句:儿子在旁唤不醒来,驴子也失了脚。还怕酒醒之后,有新的诗作。两句句意含蓄。新作:指忧生念乱之作。说明老诗人无论在醉中、在醒后都在惦念着国家和人民。用一"恐"字,更突出了对杜甫的敬仰。

以上十二句写《浣花溪图》的画意,特别是把杜甫醉中的情态,写得栩栩如生。通过作者丰富的想象,赋以深刻的思想意义。引出末二句。

⑫"常使"二句:使后世的诗人,经常礼拜这幅图画,但要像煎鸾胶续断弦那样继承杜甫的精神那就困难了。煎胶续弦:古代传说,把鸾嘴和麟角合起来,煎成胶,可以用来黏合断了的弓弦、琴弦。这里指继承杜甫的思想品德和文学才能。

黄爵滋云:"老杜一生心事,写到十足,洵是知己,他人无此实落。"确是中肯之评。

戏和舍弟船场探春二首(选一)

雨余禽语催天晓,月上梨花放夜阑①。莫听游人待妍暖,十分倾酒对春寒②。

[题解]

山谷的弟弟黄叔达,字知命,是个放浪不羁、一生潦倒的读书人。据《王直方诗话》载,知命曾与陈无己访李伯时:"知命衣白衫,骑驴缘道,摇头而歌……一市皆惊以为异人。"他与山谷兄弟间感情很好，后随山谷赴黔南贬所。山谷这首小诗在温婉中有清刚之气，不改本色。

[**注释**]

① "雨余"二句：一场夜雨下过之后，啼鸟声声，好像在催促着快点儿天亮。明月正照在梨花上，可惜啊，美好的夜晚却轻易地逝去了。这里一开头即用对偶而使人不觉。诗意是说：本来梨花开得正好，应该连夜游赏，可是偏偏下雨，不能出门，清晨时雨停了，那就要抓紧时间，不要再错过赏花的机会了。

② "莫听"二句：不要听信那些游人，要等到晴暖的天气才出门。来，把我们的酒杯斟得满满的，在料峭春寒中好好赏花吧！末语点出冒寒探春之意，极有风致。也表现了知命的豪兴。山谷《题知命弟书后》云："知命弟，江西豪士也。意气合其臭味，极力推挽之不遗力……至不合其意，虽衣冠贵人，唾辱之如矢溺。"连探春赏花也表现了这种"落落与时背"的个性。兄弟俩的意趣是多么相投啊！

次韵子瞻寄眉山王宣义

参军但有四立壁，初无临江千木奴①。白头不是折腰具，桐帽棕鞋称老夫②。沧江鸥鹭野心性，阴壑虎豹雄牙须③。鹔鹴作裘初服在，猩血染带邻翁无④。昨来杜鹃劝归去，更待把酒听提壶⑤。当今人材不乏使，天上二老须人扶⑥。儿无饱饭尚勤书，妇无复袴且着襦。社瓮可漉溪可渔，更问黄鸡肥与癯⑦。林间醉着人伐木，犹梦官下闻追呼⑧。万钉围腰莫爱渠，富贵安能润黄垆⑨！

[题解]

王宣义名淮,字庆源,四川眉山人,是苏轼的妻叔。晚年做过小官,后退居家乡。曾写信给苏轼索取红衣带,苏轼赠带并赋诗为献。请黄庭坚、秦观"各为赋一首,为老人光华"。本诗意思曲折,表现手法变化多端,在艺术上是典型的"山谷体"。

[注释]

①"参军"二句:参军家里只有四面直立的墙壁,从来也没有在江边的千株柑树。两句写王淮家境贫寒。参军:即录事参军,掌管各曹文书、纠察府事的属官。王淮曾做雅州户曹参军。四立壁:见《寄黄几复》诗注。千木奴:据《襄阳记》载,李衡曾在江边种了千棵柑树,临死时对儿子说:"吾州里有千头木奴,不责汝衣食,岁上一匹绢亦足用矣。"山谷很注意虚词的使用,这里用"但有"和"初无"两个有转折意味的虚词,以使句意跌宕变化。

②"白头"二句:白发苍苍的头颅,并不是作为折腰拜叩用的东西。戴着桐木的帽,穿起棕皮鞋,自称作"老夫"。两句说王淮年老了不愿做经常要对长官跪拜的小官,退隐回乡。折腰:用晋朝陶潜不愿为五斗米折腰的故事。据苏过所作的《王元直墓碑》载,王庆源"以论事不合,取长官怒,阳以罪去,谋于公,公笑曰:'古人不肯束带见督邮,彼何人哉?'庆源服其语,即谢病去"。

③"沧江"二句:他像沧江上的鸥鹭,本性疏野,不受拘束。他像幽谷中的虎豹,牙须雄健,气概豪迈。两句比喻奇特,音节险拗,是典型的山谷句法。正所谓"不知其所从何来,断非寻常人胸臆中所有"。

④"鹔鹴"(sù shuāng)二句:鹔鹴毛做的衣裘,那是他从前穿过

的衣服,用猩猩血染成的红衣带,那是邻居的老翁所没有的。鹔鹴裘:《西京杂记》:"司马相如以所着鹔鹴裘就市人阳昌贳酒。"初服:未做官时穿的衣服。《离骚》:"退将复修吾初服。"楚辞中常用服饰来比喻人的品质。如:"制芰荷以为衣兮,集芙蓉以为裳。""余幼好此奇服兮,年既老而不衰。"上句暗示王淮的高尚品格和表明他回复到平民的身份。"猩血"句,传说用猩猩血作红染料,颜色鲜明不褪。这里顺便点出作诗的缘起。

⑤"昨来"二句:早些儿,杜鹃鸟声声催人归去。等会儿还要拿着酒杯,听提壶鸟的鸣声。

⑥"当今"二句:现在人才很多,朝廷上两个大老者正要人扶。二老:指文彦博、吕公著。当时"皆以大老平章军国重事"(任宰相)。两句句意一转,行文曲折有味。写在朝有人,王庆源大可退隐不仕了。

⑦"儿无"四句:孩子吃不饱饭,还用功读书。妻子没有夹裤那就穿着短衣。社瓮中的酒,可以漉净来喝。溪水中的鱼,可以捕捞来吃。再要问一问黄鸡养得肥还是瘦?写村居闲适的生活,一气直下。社:指村社。古代风俗,春秋社日,祭祀社神,然后饮酒食肉。漉:滤过。漉酒,用布把酒糟分滤。

⑧"林间"二句:在树林间醉倒,听到伐木的声音。在醉梦中还以为是长官在传唤。意又一转,写出心有余悸的情景。反衬出退隐之后,萧闲得意的乐趣。

⑨"万钉"二句:即使当大官,有万钉宝带围着腰,也千万不要爱它。富贵怎能沾溉黄泉下的黑土呢!这里一方面表示对高官厚禄的鄙视,另一方面也表现了虚无、颓废的情绪。万钉:古人在腰带上钉上玉片。万钉,以示玉片之多。渠:它,指当大官。黄垆:《淮南子》:"上际九天,

下契黄垆。"高诱注："黄泉下垆土也。"垆：黑色坚硬的土壤。

听宋宗儒摘阮歌

翰林尚书宋公子①，文采风流今尚尔②。自疑耆域是前身，囊中探丸起人死③。貌如千岁枯松枝，落魄酒中无定止。得钱百万送酒家，一笑不问今余几④。手挥琵琶送飞鸿，促弦聒醉惊客起⑤。寒虫催织月笼秋，独雁叫群天拍水⑥。楚国羁臣放十年，汉宫佳人嫁千里⑦。深闺洞房语恩怨，紫燕黄鹂韵桃李⑧。楚狂行歌惊市人，渔父挐舟在葭苇⑨。问君枯木着朱绳，何能道人意中事⑩？君言此物传数姓，玄璧庚庚有横理⑪。闭门三月传国工，身今亲见阮仲容⑫。我有江南一丘壑，安得与君醉其中，曲肱听君写松风⑬？

[题解]

唐诗中有不少描写音乐的名作。如韩愈的《听颖师弹琴》、白居易的《琵琶行》等，都善于用具体的形象来表现乐器发出的各种声音。山谷这首诗不光是模拟乐声，还通过一些具有特色的典故，用音乐语言所引起的联想构成丰富的艺术意境。整首诗仿佛是一部变化多端的交响曲。摘阮：亦称"擘阮"，即弹琴。阮，是一种像琵琶的乐器。传说是晋朝阮咸所创，或曰即今之三弦琴。

[注释]

①"翰林"句：写弹琴者的出身。宋宗儒是翰林学士、工部尚书宋

祁的后代。

②"文采"句：指宋祁的文采风流，后继有人。两句仿效杜甫《丹青引》："将军魏武之子孙……文采风流今尚存。"

③"自疑"二句：好像耆域是他的前身，在袋子中摸出药丸就能起死回生。两句称美宋宗儒医道高明。耆（qí）域：印度来华的和尚。据说曾使一个瘫痪病人恢复健康。

④"貌如"四句：他的相貌清奇，像千年的枯松枝。放浪不羁，沉湎酒中，行迹无定。得到百万钱，全送酒店中预付酒钱，洒然一笑，不再问现在还剩下多少！四句写宋宗儒性情疏放，不拘小节。落魄：同"落拓"，放纵。末两句意出萧统《陶渊明传》："（颜）延之临去，留二万钱与渊明，渊明悉遣送酒家，稍就取酒。"

⑤"手挥"二句：手弹着琵琶，目送飞鸿。急骤的琴声扰乱醉意，把客人惊起。两句转入写"摘阮"。耾：声扰。

⑥"寒虫"二句：秋夜，月色笼罩着大地，蟋蟀在切切哀鸣。一只离群的雁，在呼唤它的同伴，波浪拍击着天边。两句写琴声如虫鸣、如雁叫，描画出幽静凄怨的意境。

⑦"楚国"二句：楚国的逐臣屈原，流放十年不返。汉朝的美女王嫱，千里远嫁匈奴。两句写琴声传达出的悲愤哀怨的感情。羁：作客他乡。

⑧"深闺"二句：深邃的内室中，小女子在呢喃私语，诉说恩怨。芳春的桃李花下，紫燕、黄鹂在悠扬鸣啭。两句写琴声的细腻轻柔。韵：和谐的声音。这里作动词用。

⑨"楚狂"二句：楚国的狂士接舆，在市上高歌，惊动市人。渔翁一竹篙把船撑到芦苇丛里。《论语》载，楚狂接舆，唱着"凤兮"之歌，

经过孔子车前。《庄子·渔父》载，有个渔父在江边，教训了孔子一顿，然后"刺船而去，延缘苇间"。两句写琴声中表现的豪放不羁的感情。葭(jiā)：初生的芦苇。

⑩ "问君"二句：问一问您，这张阮琴，只不过是在枯木上系上红色的弦线，为什么就能诉说出人心中的事呢？

⑪ "君言"二句：您说，这东西已传了好几家，在黑圆的琴身上有些横纹。玄璧：黑色的圆玉，中有孔。诗中用以指阮琴的琴身。庚庚：横貌。

⑫ "闭门"二句：闭门学习了三个月，才从国内最优秀的乐工那儿得到传授。现在好像亲身见到阮咸似的。阮仲容：阮咸，字仲容。

⑬ "我有"三句：在江南的家乡，我也有一丘一壑，几时能跟您同醉其中，曲肱而枕，听您弹一曲风入松呢？这里作想象之词，表示要归隐故乡的心情。丘壑：山川风景。高处为丘，低处为壑。末五句换平声韵。"闭门"二句承上启下，末三句换意。这是山谷习用的律法，先转韵，再接两个过渡句，然后才另出新意。《送范德孺知庆州》诗中亦用此法，可参看。

题子瞻枯木

折冲儒墨阵堂堂[①]。书入颜杨鸿雁行[②]。胸中元自有丘壑，故作老木蟠风霜[③]。

[题解]

苏轼在文艺上是个多面手。他不但是诗人,还是词人、散文家、书法家。也爱写几笔"文人画"。据宋人邓椿撰的《画继》载:"子瞻所作枯木,枝干虬屈无端倪,石皱亦奇怪,如其胸中蟠郁也。"东坡尤爱画枯木、竹、石,用简洁有力的线条表现画家本人的"恢诡谲怪"的艺术风格,把书法的用笔和结体的方法运用到水墨画上。前人常说"书画同源",山谷作为大书法家,自然能体会到这个道理。

[注释]

① "折冲"句:苏轼摆出强大的阵势,在儒家和墨家之间,纵横驰突,所向无敌。首句指出苏轼学术上集诸子百家大成的特点。儒、墨、佛、道,以至农、法、纵横各家学说,都对苏轼有过影响。折冲:见《送范德孺知庆州》诗注。阵堂堂:阵容强大。《孙子·军争》:"无邀正正之旗,勿击堂堂之阵,此治变者也。"

② "书入"句:他的书法,可跟唐代的大书家颜真卿、杨凝式并行同列。苏轼与黄庭坚、米芾、蔡襄合称"北宋四大家"。他们在继承传统书法艺术的基础上开创了新的书风。鸿雁行:像大雁那样整齐地排列着飞翔。指并行、平列。《晋书·王羲之传》:"每自称我书比锺繇,当抗行;比张芝草,犹当雁行。"

③ "胸中"二句:在他胸中本有着山丘涧谷等深远的意境,故能写出老木盘屈在风霜之中的画意来。两句指出,苏轼在学问、书法上的成就,正是他水墨画艺术的深厚的根基。按:苏轼曾认真地学过颜真卿和杨凝式的书法。山谷在跋东坡墨迹中多次说道:"东坡先生常自比于颜鲁公(真卿),以余考之,绝长补短,两公皆一代伟人也,至于行草正书,风气皆略相似。"又说东坡"中岁喜学颜鲁公,杨风子书……笔圆而韵胜"。

"比来苏子瞻独近颜杨气骨。"东坡在元丰年间,学过颜真卿的《东方朔画赞》,字的用笔结体厚重有力。元祐年间写的《西楼帖》,笔势流动自然,东坡也自诩为"得杨风子笔意"。按:杨风子即杨凝式。因其人放诞不羁,人称之为疯子。

和子瞻戏书伯时画好头赤

李侯画骨不画肉,笔下马生如破竹①。秦驹虽入天仗图,犹恐真龙在空谷②。精神权奇汗沟赤,有头赤乌能逐日③。安得身为汉都护?三十六城看历历④!

[题解]

据周密《云烟过眼录》载,李伯时画秦马好头赤在元祐二年(1087)十二月二十三日。苏轼的原作云:"岂如厩马好头赤,立仗归来卧斜日。"所写的是一匹饱食终日、无所用力的仪仗马。山谷诗中,却冀望它能成为英姿飒爽的战马,为国立功。

[注释]

①"李侯"二句:李伯时画马,着重画马的骨格,不画马的肥肉。落笔时气势凌厉,一匹骏马,神速地在他笔下诞生。杜甫的《丹青引》批评韩幹:"幹惟画肉不画骨。"山谷赞美李伯时画马风骨瘦劲,能得马之神。破竹:形容下笔干脆有力。《鹤林玉露》云:"'生'字下得最妙,盖胸中有全马,故由笔端而生,初非想象摹画也。"

②"秦驹"二句:这匹秦地的骏马,虽被绘入了皇帝的仪仗图中,

恐怕真正的龙马,还潜藏在空谷中呢!这两句用意深曲。"虽入""犹恐",故作顿挫。诗人的本意是:朝廷虽说网罗人才,但真正的人才还在草野之中。

③"精神"二句:骏马的精神卓异,汗沟流血。头上的毛色像赤乌,能追赶太阳。两句写好头赤的神态、才能。权奇:奇特不凡。《汉书·礼乐志》:"太一况,天马下……志俶傥,精权奇。"汗沟赤:指汗血。据《史记·大宛列传》载,汉武帝得大宛汗血马,传说是天马之子,汗自前肩膊出如血。《铜马相法》:"汗沟欲深长。"赤乌:任渊注:"此借用言马头赤如日中乌,故能逐日也。"古代传说谓太阳中有三足乌。

④"安得"二句:怎能够身任汉朝的都护,骑着这骏马,巡视祖国边境历历可数的三十六城啊!末两句表现作者渴望为国守边御敌的爱国思想。汉都护:汉时设西域都护,为驻在我国西域地区(今新疆维吾尔自治区)的最高军事、行政长官。三十六城:《后汉书·西域传》:"武帝时西域内属有三十六国,汉为置使者校尉领护之。"历历:分明可数。

这是题画诗中的高作。诗人并没有被画面束缚,一任想象天马行空、纵横驰骋,内容精切而用意超脱。

题竹石牧牛(并序)

子瞻画丛竹怪石,伯时增前坡牧儿骑牛,甚有意态。戏咏。

野次小峥嵘,幽篁相倚绿①。阿童三尺棰,御此老觳觫②。石吾甚爱之,勿遣牛砺角。牛砺角尚可,牛斗残我竹③。

[题解]

金代的王若虚,在《滹南诗话》中批评此诗:"山谷牧牛图诗,自谓平生极至语,是固佳矣,然亦有何意味!"这话说得太不公允了,承认"是固佳矣",究竟佳在何处?这是一首极有意味的小诗,不要粗略地看过。它既有浓厚的农村生活气息,又曲折地表达了诗人在政治思想上的矛盾心情。山谷珍爱它,是有理由的。

[注释]

① "野次"二句:在郊野中,有块样子奇特的石头,旁边长着翠绿的幽竹。次:中间。峥嵘:本形容山的高峻,此指画中怪石嶙峋特立之貌。幽篁(huáng):幽深的竹丛。《楚辞·山鬼》:"余处幽篁兮终不见天。"

② "阿童"二句:放牛娃拿着三尺长的鞭子,驾驭着这匹老牛。觳觫(hú sù):牛的恐惧颤抖貌。诗中用以代牛。《孟子·梁惠王》:"王曰,舍之,吾不忍其觳觫,若无罪而就死地。"

③ "石吾"四句:这怪石,我很喜爱它,不要叫牛在石上磨角。牛磨角还可以,但它们争斗起来就会伤害我的竹子了。四句写出山谷爱惜怪石和丛竹的心情。《历代诗话》云:"此诗极致圆美,只将竹、石、牛三件顿挫入神,自成雅调。"竹、石是美好的事物,诗人自然不愿意它们受到摧残。牛砺角和牛斗,大概也是有所指讽的。元祐初年北宋统治集团的内部斗争极其尖锐,山谷对此感到不安和痛心。

陈衍《石遗室诗话》批评山谷此诗说:"理之不足,名大家常有之……若其石既为吾所甚爱,惟恐牛之砺角,损坏吾石矣,乃以较牛斗之伤竹,而曰砺角尚可,何其厚于竹而薄于石耶?于理似说不去。"文章家、道学家论诗，往往有如此可笑之语。他们不懂得什么叫"诗趣""诗味"，硬是要用"理"来套进变化莫测的诗歌中，实在煞风景。其实山谷于竹于石，何有厚薄之分，砺角与牛斗，皆兴到之语耳。希望读者们不要读死书，欣赏诗歌也是要独具只眼的。

题伯时天育骠骑图二首（选一）

玉花照夜今无种，枥上追风亦不传①。想见真龙如此笔，蒺藜沙晚草迷川②！

[题解]

唐代开元年间，经济得到较快发展，统治者积累大量财富。唐玄宗爱好声色狗马等游乐，在西域搜求了大批天马。杜甫写有《天育骠骑歌》以记此事。山谷这首七绝，追想唐时盛况，感慨苍凉，真有尺幅千里之势。天育：天所养育的，指天马。一说是唐天马厩名。骠骑（piào jì）：快捷的马，轻骑。

[注释]

① "玉花"二句：唐玄宗时的玉花骢、照夜白等天马，现在已没有留种。马厩上的追风马也不传于后世了。追风：骏马名。《洛阳伽蓝记》载：后魏河间王琛遣使波斯国，得马曰追风。

② "想见"二句：追想可见当年真正的龙马就像这画一样，在蒺藜遍布的沙原上，傍晚，远处荒草迷离，一群骏马在自由驰骋着。诗中当有两意，字面上是说真龙如今只能见之于图画，世间已不复存在，颇有人物

渺然之慨。言外之意是感叹千里马得不到施展身手的机会，如任渊注所云："叹此物埋没于沙草荒凉之地。"也许这也是山谷的自况吧？末句境界空阔，莽莽苍苍，含不尽之意。方东树《昭昧詹言》称赞山谷诗"英笔奇气，杰句高境，自成一家"。姚范《援鹑堂笔记》云："涪翁以惊创为奇才，其神兀傲，其气崛奇，玄思瑰句，排斥冥筌，自得意表。"我们认真地诵读这首绝句，即可知方、姚二人所评决非溢美之词。

姨母李夫人墨竹二首（选一）

深闺静几试笔墨，白头腕中百斛力①。荣荣枯枯皆本色，悬之高堂风动壁②。

[题解]

山谷的姨母李夫人，李常的妹妹，是女音乐家、画家。宋人米芾的《画史》上记载她善于写松竹、木石等。山谷集中有好几首为她题画的诗。

[注释]

① "深闺"二句：深邃的内室、洁静的书案，李夫人在挥毫作画。在她老人家的腕下，有百斛重的笔力。李夫人爱写"劲节瘦枝"，用笔刚健有力。斛：古时以十斗为一斛。

② "荣荣"二句：画中枝叶纵横，有茂盛的，有枯槁的，都是竹子本来面目。把它悬挂在高堂上，仿佛有清风在摇动着墙壁似的。末两句把画竹写活了。"风动竹"，是常语。把"竹"字换上一"壁"字，全诗生

色。我们像看到壁上的画竹，枝叶低昂，随风舞动的情景。

古人评书画，重在笔力，忌笔法纤弱柔靡。山谷的书法也是以挺拔刚健见称的。咏李夫人墨竹诗共二首，其二有句云："人间俗气一点无，健妇果胜大丈夫。"以"健妇"称美自己的姨母，甚是可喜。张佩纶《涧于日记》竟肆口谩骂，谓"呼从母以健妇，殊不得体""近于伧父"。以现代人的观点来看，称赞一位女子为"健妇"，大概也算是"得体"吧！

次韵答曹子方杂言

醋池寺，汤饼一斋盂，曲肱懒著书①。骑马天津看逝水，满船风月忆江湖②。往时尽醉冷卿酒，侍儿琵琶春风手。竹间一夜鸟声春，明朝醉起雪塞门③。当年闻说冷卿客，黄须邺下曹将军。挽弓石八不好武，读书卧看三峰云④。谁怜相逢十载后，釜里生鱼甑生尘。冷卿白首太官寺，樽前不复如花人⑤。曹将军，江湖之上可相忘？春锄对立鸳鸯双，无机与游不乱行⑥。何时解缨濯沧浪？唤取张侯来平章，烹茶煮饼坐僧房⑦。

[题解]

句子有长有短的"杂言"诗，在山谷集中不多见。这一首写给曹子方的诗，笔墨淋漓，跌宕有致，在艺术上是成功的。但内容只不过是抒发士大夫失意时的感慨而已。曹子方：名辅，曾任太仆寺丞（在政府中掌舆马及马政的佐官）。

[注释]

①"酺池"三句：我住在酺池寺里，用个斋盂煮面饼。曲起胳膊当作枕头，懒得去著书立说。酺（pú）池寺：在汴京城西北，时山谷寄寓于此。汤饼：汤煮的面食。束晳《饼赋》："充虚解战，汤饼为最。"斋盂：和尚用来盛斋饭的钵盂。

②"骑马"二句：骑马在京城的大桥上，悠然地看着东流的河水。回忆起当年在江湖上游乐，清风月色满载一船的情景。天津：唐朝洛阳有天津桥。在本诗中借以指汴京的天汉桥。

前五句写清贫孤寂的生活，引出怀旧之意。

③"往时"四句：从前在冷卿家冬夜宴饮，尽欢至醉。侍女弹琵琶的纤手，把春风带来座上。仿佛整夜在听着春天竹丛中的鸟声，呵！第二天早晨醉醒起来，才知昨夜下雪，把门都堵住了。写昔年在冷卿家宴寝之乐。"竹间"两句，情景细腻。

④"当年"四句：当年听说冷卿家的客人，像黄须儿曹彰那样英武的曹子方。他虽能挽开石八的强弓，但不专恃武艺，读书之暇，还悠闲地卧看华山上的飞云。介绍曹子方文武全才。黄须：曹操次子任城王曹彰，长着黄胡子，勇敢善战。曾大破乌桓，曹操高兴地说："黄须儿竟大奇也。"本诗用以比曹子方。邺（yè）：古地名，在今河北临漳县西南。曹操为魏王，定都于此。石八：一石重一百二十斤。古时以石作为弓的强度单位。三峰：西岳华山的三座主峰。西峰名芙蓉峰，东峰名朝阳峰，南峰有二顶，分别名松桧峰、落雁峰。

⑤"谁怜"四句：谁知道十年后相见，他穷得连饭也吃不饱。冷卿也老了，在太官寺中，再也没有如花的女子侍奉酒宴了。"釜里"句：《后汉书·范丹传》载："范丹，字史云，为莱芜长，所止单陋，有时绝

粒，穷居自若。同里歌之曰：'甑中生尘范史云，釜中生鱼范莱芜。'"后用"甑尘釜鱼"形容贫苦人家断炊已久。太官寺：掌宫廷膳食以及酿酒的部门，属光禄寺。四句极写破落的情景，与上文成强烈的对比。

以上十二句写曹、冷十载的交谊和盛衰的情况。

⑥"曹将军"四句：曹子方啊，您怎能忘掉江湖之上的快乐呢？在那里，白鹭对对并立，鸳鸯双双齐飞。没有机诈之心的人，可与同游而不扰乱它们的行列。不乱行：《庄子·山木》："孔子逃于大泽，入兽不乱群，入鸟不乱行。"

⑦"何时"三句：几时能解下帽带子在青苍的流水中洗涤？最好叫张侯来醋池寺僧房中商量一下。先烹好茶，煮点面条吧！解缨：见《老杜浣花溪图引》诗注。张侯：指张仲谋。平章：筹划、商议。

以上七句劝告曹子方归隐江湖。

按：冷卿，疑即冷庭叟。山谷集中有诗序云："庭坚于庭叟有十八年之旧。"待考。

戏答俞清老道人寒夜三首（选一）

索索叶自雨，月寒遥夜阑①。马嘶车铎鸣，群动不遑安②。有人梦超俗，去发脱儒冠③。平明视清镜，政尔良独难④。

[题解]

俞清老是个怪人。他要学佛，自以为很虔诚，家中又没有妻子之累，去做个和尚也没有什么了不起！王安石成全他，度他到半山报宁禅院中，脱了青袍，换上袈裟，并赐他一个僧名"紫琳"。但这位先生入山不久，即便思凡，如"生龟脱筒，亦难堪忍"，清早起来，摸摸自己光秃秃的脑壳，后悔当初太孟浪了，终于蓄起长发，偷偷跑下山去。山谷见到清老时，前任和尚正"儒冠自若"，大吃其酒肉呢！我们的诗人写了这几首诗赠他，诗意谐谑，而又有山谷一贯所持的宽容，正所谓"善戏谑兮不为虐"吧。据《王直方诗话》引山谷云："金华俞清老，字子中。二十年前与余共学淮南。"任渊按："山谷跋此诗云：'子瞻屡哦此事，以为妙也。'"

[注释]

①"索索"二句：叶子沙沙地如雨般自落，月色清寒，长长的夜晚也将过尽了。两句写寒夜之景，衬托俞清老当和尚时清苦的生活。索索：落叶的响声。任渊注："乐天诗：'干叶不待黄，索索飞下来。'又云：'叶声落如雨，月色白似霜。'"或谓"雨"当读去声，作动词用，落也。

②"马嘶"二句：听到马嘶声和车铃子的响声，人们都动起来，再也不能安寝了。两句写清晨时日常生活开始的活动情状。"不遑安"三字甚妙，暗点出大和尚心动。不遑：无暇。《诗经·小弁》："心之忧矣，不遑假寐。"束皙补《南陔》诗："心不遑安。"

③"有人"二句：有人曾在夜里梦想自己超凡脱俗，他就剃光了头发，脱掉读书人的方巾。这里写清老当和尚时的决心。"梦"字有嘲谑意。儒冠：读书人戴的帽子。

④"平明"二句：一早起来，看看清镜里自己的影子——啊，这么样也实在是不容易的呀！末两句极亲切有味。把俞清老当时的心情真实地写出来，嘲讽而又不至于刻薄，这也与山谷平日为人的宽厚平和有关。政尔：同"正尔"，就是这么样。良：多么，甚。

本诗的艺术手法也很高妙。前四句刻画情景,细致入微。由清静之极到开始扰动,这与清老的心境是完全一致的。末四句看来是陈述事情经过,须我们耐心咀嚼,才能领会它那浓郁的诗味。正如潮州人的"功夫茶",要第二、第三道水后,才可以品出真味来。

秘书省冬夜宿直,寄怀李德素

曲肱惊梦寒,皎皎入牖下。出门问何祥?岑寂省中夜①。姮娥携青女,一笑粲万瓦②。怀我金玉人,幽独秉大雅③。古来绝朱弦,盖为知音者。同床有不察,而况子在野④?独立占少微,长怀何由写⑤!

[题解]

山谷在秘书省值夜,想念起母家的一位亲戚李粲,写了这首感情深挚的诗篇。李粲字德素,是个很有个性的读书人。他浮沉于俗,不谐于时,隐居在安徽桐城市北的龙眠山,经常一个人骑着青牛往来名山大川之间,亲自烧松烟制墨。山谷很敬重他的为人,并跟他结为亲家。

[注释]

①"曲肱"四句:曲肱而枕,忽被寒气惊梦醒来。皎洁的月光,正照进窗下。出门试问:这究竟有什么祥兆?啊,在这寂静的秘书省中,已是夜半时分了。起四句先刻画出岑寂清冷的环境,引起对幽人的怀想。祥:吉凶的预兆。《左传·僖公十六年》:"是何祥也?吉凶焉在?"

②"姮娥"二句:姮娥携同青女,在天上粲然一笑。月中霜里,万

家的屋瓦都明亮了。两句写寒夜清美的景色。姮娥：即月中的女神嫦娥。青女：司霜雪的女神。《淮南子·天文训》："青女乃出，以降霜雪。"粲：笑貌，也有白亮之意。此字是本句的"诗眼"。一字而含有两意，承上接下，使句子紧凑洗练。《昭昧詹言》谓："黄诗秘密，在隶事下字之妙，拈来不测。"此可为佳证。

③"怀我"二句：想起我那像金玉般坚贞深厚的友人，他幽居独处，怀着大雅的情操。金玉：《晋书·王戎传》载："山涛如璞玉浑金，人皆钦其宝。"秉：执持。大雅：宏达雅正。《汉书·景十三王传赞》："夫唯大雅，卓尔不群。"

④"古来"四句：古时伯牙弄断琴弦，为的是知音不在。同床共寝的人往往都不能互相了解，何况您僻处在野呢！在野：不在朝做官当政，与"在朝"相对。《书·大禹谟》："君子在野，小人在位。"

以上六句对李德素的赞美和怀念。

⑤"独立"二句：我独立庭中，占候那象征处士的少微里。悠长的怀思，向谁诉说啊！占：古时有据物象变化来预测事情的发展。少微：星名，亦名处士星，象征古时有才德而隐居不仕的人。据《隋书·天文志》载，少微星"明大而黄，则贤士举"。山谷占少微，希望李粲能被引荐出仕。"占少微"与"问何祥"呼应。写：宣泄，诉说。《诗经·蓼萧》："既见君子，我心写兮。"

忆邢惇夫

诗到随州更老成，江山为助笔纵横①。眼看白璧埋黄壤，何况人间父子情②!

[题解]

邢惇夫,名居实,邢恕之子,年少有才,东坡和山谷非常称赏他的学行。元祐初年,邢恕被贬知随州,惇夫从行,患肺病吐血,死时才二十七岁。山谷非常伤悼,其《书邢居实南征赋后》云:"今观邢惇夫诗赋,笔墨山立,自为一家,甚似吾师复也。日者阅国马,问诸圉人,曰:'千里驹往往不及奉舆毙于皂枥;驽骞十百为群,未尝求国医也。'闻之喟然曰:'吾惇夫亦足以不朽矣!'"

[注释]

①"诗到"二句:邢惇夫的诗作,到随州后,就更加老成了。像得到江山之助,下笔时气势纵横。随州:今湖北随州市。老成:指文章风格老健、成熟。江山助:《新唐书·张说传》:"既谪岳州,而诗益凄婉,人谓得江山助云。"指祖国壮丽的河山能启发诗情,提供诗料。山谷《跋所写答小邢止字韵诗并和晁张八诗与徐师川》云:"邢居实,字惇夫,才器甚过人,未尝友不如己者。治经行己,未尝一日不用心,使之成就可畏也。因随州寄诗来,诗律极进,故和答之。"

②"眼看"二句:眼看着白璧被埋在黄土中(一般人都感到难过),何况是人间父子的感情呢!两句哀悼惇夫的死。从邢恕着笔,意更深刻。白璧:喻邢惇夫。据《晋书·庾亮传》载,庾亮死后,何充叹息说:"埋玉树于土中,使人情何能已。"《世说新语》注中载,陶侃子死,王愆期对陶说:"贤子越骑酷没,天下为公痛心,况慈父情耶!"本诗合用两意。这是山谷用典的活法。后来邢恕因搞政治派系活动而被斥逐,山谷写诗叹息说:"惇夫若在镌此老(规谏这老人),不令平地生崎岖。"金人王若虚

《濠南遗老集》之诗话云："既下'何况'字，须有他人犹悼痛之意乃可。"郭绍虞先生据此以谓山谷诗"有语法上的毛病"，从而"可以看出这种纯艺术论是应当否定的了"（《中国文学批评史》），未免过于武断。"何况"二字甚工甚稳，把作者本人的感情融进去。粗略看过，有负古人了。

同元明过洪福寺戏题

洪福僧园拂绀纱，旧题尘壁似昏鸦①。春残已是风和雨，更着游人撼落花②！

[题解]

元祐四年（1089）三月，山谷与吕元明、毕公叔到汴京的洪福寺游览，见到元明在园墙上的旧题："与晋之醉后，使骑木撼花，以为笑。戏题乐天诗：'飒飒风和雨……'"山谷很有感触，在寺墙上题了这首诗。

[注释]

①"洪福"二句：在洪福寺的园庭，我轻轻地拂去蒙在墙上绀纱般的尘埃。看到元明旧日的题字，好像伏在尘壁上的一只只乌鸦。据《唐摭言》载，王播少时家贫，到和尚寺中讨吃斋饭，受到冷遇。后做了大官，重到寺中，发现自己当年在寺墙上的题诗，已罩上碧纱保护好了。王播深有感慨，再题诗云："三十年前尘扑面，如今始得碧纱笼。"山谷在这首《戏题》中，把"碧纱"改为"绀纱"，用来比喻灰尘，带有嘲弄的意味。绀（gàn）：深青带红色。

②"春残"二句：春残时候，已是风风雨雨，花儿也将要凋零了，何况再加上游人们故意去把春花摇落呢！两句有所深讽。元祐年间，北宋统治集团内部斗争尖锐。王安石新法全被废置，旧党中也开始分裂。山谷在诗中提醒执政者：不要再人为地把国家搞乱，把美好的事物摧残了！两句正所谓"言者无罪，闻者足戒"。

赠秦少仪

汝南许文休，马磨白衣食①。但闻郡功曹，满世名籍籍②。渠命有显晦，非人作通塞③。秦氏多英俊，少游眉最白④。颇闻鸿雁行，笔皆万人敌。吾早知有觏，而不知有觌⑤。少仪袖诗来，剖蚌珠之砺⑥。乃能持一镞，与我箭锋直⑦。自吾得此诗，三日卧向壁⑧。挽士不能寸，推去辄数尺⑨。才难不其然，有亦未易识⑩。

[题解]

此诗为山谷"以文为诗"的代表作。诗中称美秦觌的才华而惋惜其未遇。先言古人许靖兄弟之事以作引子，再言秦氏兄弟皆有文名，而唯独秦觌鲜为人知。后半段力写秦觌。谓其诗功力足与己相敌，相知恨晚，并叹惜才士之不易为世人所识。秦少仪：秦觌，字少仪，秦观弟，高邮人。《王直方诗话》谓秦觌"好为诗，初亦不甚工，既而以诗献山谷，山谷赠之"云云，"当时交游以此言为过。然少仪缘此（诗）思大发，交游亦刮目视之"。

[注释]

①"汝南"二句：古时汝南有一位许文休，他用马拉磨，自谋衣食。汝南：县名，在今河南。许文休：许靖，字文休。少时为从弟劭所排斥，亲自辛苦劳作。《三国志·蜀志·许靖传》："少与从弟劭俱知名，并有人伦臧否之称，而私情不协。劭为郡功曹，排摈靖不得齿叙，以马磨自给。"

②"但闻"二句：只听闻那位郡中的功曹，他的声名籍籍，举世皆知。郡功曹：指许劭。劭尝为汝南功曹。

③"渠命"二句：人的命运有显有晦，而通塞穷达也不关人事。渠：他。塞：不通。二句意谓命由天定，非人力所能为。犹白居易《江南谪居十韵》诗"行藏与通塞，一切任陶钧"之意。

④"秦氏"二句：秦氏一门有许多英俊之士，而以少游最为杰出。眉最白：《三国志·蜀书·马良传》载，马良兄弟五人，良最贤，里谚有"马氏五常，白眉最良"之语。因马良眉中有白毫，故以称之。

⑤"颇闻"四句：我听说秦氏兄弟，文笔都在众多文士之上。我早就知道秦觏之名，而不知有秦觌。鸿雁行：《礼记·王制》："兄弟之齿雁行。"此即以称兄弟。万人敌：力敌万人。《史记·项羽本纪》载，项籍曰："书，足以记名姓而已；剑，一人敌，不足学，学万人敌。"

⑥"少仪"二句：秦少仪携诗来让我看，好比剖开蚌壳，中藏的珍珠光辉闪砺。的砺：光亮、鲜明貌。司马相如《上林赋》："明月珠子，的砺江靡。"

⑦"乃能"二句：真好像纪昌手持矢镞与飞卫较量，少仪刚好与我势均力敌。《列子·汤问》："纪昌学射于飞卫，既尽卫之术，乃谋杀卫。相遇于野，二人交射，中路矢锋相触而坠于地，而尘不扬……于是二子泣而投弓，相拜于涂，请为父子。"此以喻少仪笔力可与自己相比。

⑧ "自吾"二句：自从得到此诗，惭愧得三天内都向壁而卧。向壁：面对墙壁。向壁而叹，表示心情不佳，自我反省。任渊注："自恨知少仪之晚，向壁愧叹也。"

⑨ "挽士"二句：荐拔士人时不易有一寸之进，而排斥时一下子就远离数尺。挽士：引荐士人。山谷《次韵秦少章晁适道赠答诗》亦有"士固难推挽"之叹。

⑩ "才难"二句：人才难得，事实不正是这样吗？即使有，也不容易被人了解。二语本《论语·泰伯》："才难，不其然乎？"

六月十七日昼寝

红尘席帽乌靴里，想见沧洲白鸟双①。马龁枯萁喧午枕，梦成风雨浪翻江②。

[题解]

没有丰富的想象力，是当不成诗人的。没有一定的想象力，也当不好诗评家。清代薛雪《一瓢诗话》说："'马龁枯萁喧午枕'，尤觉骇人。"袁枚《随园诗话》也批评其"落笔太狠，便无意致"。这其实是山谷观察事物现象精微之处。人在睡眠状态中，外界的一些轻微的刺激，往往会变成夸诞的梦境。叶梦得《石林诗话》云："一日憩于逆旅，闻旁舍有澎湃鞺鞳之声，如风浪之历船者，起视之，乃马食于槽，水与草龃龉于槽间而为此声，方悟鲁直之好奇。然此亦非可以意索，适相遇而得之也。"颇能道出此诗的情景。

[注释]

①"红尘"二句：我终日在尘土中奔忙，戴着席帽，穿着乌靴。多么企羡地想道：在江湖上，双双白鸟正逍遥地游翔。席帽：用芦苇竹篾等编边的毡帽子。《炙毂子》："席帽，本羌服，以羊毛为之。秦汉鞿以故席。"沧洲：滨水的地方。诗中指隐士的居处。

②"马龁"二句：马儿在咀嚼枯豆秸，扰乱着人的午睡。在梦中，嚼草声化成漫天风雨，大江上翻起了巨浪。龁（hé）：咬。萁：豆茎。晁君诚诗："小雨愔愔人不寐，卧听赢马龁残刍。"与山谷诗各臻妙境，未可轩轾也。

山谷在《寄王宣义》诗中也有类似的写法："林间醉着人伐木，犹梦官下闻追呼。"梦中把伐木声当成官吏的追呼声，后被江西派的诗人们一再模拟，本来是生新的手法也就变成陈熟。例如陈与义《风雨》诗："客子无定力，梦中波撼城。"情味便稍逊了。

赵子充示竹夫人诗，盖凉寝竹器，憩臂休膝，似非夫人之职，予为名曰"青奴"，并以小诗取之二首

其 一

青奴元不解梳妆，合在禅斋梦蝶床①。公自有人同枕簟，肌肤冰雪助清凉②。

[题解]

　　两首意谓赵子充有玉骨冰肌的美妾同枕共簟，无需求于竹夫人。而自己正索居无偶，故有赖于青奴之清凉以消烦暑也。谐中见庄，可知山谷灵台之清净。赵子充：其人未详。

[注释]

　　①"青奴"二句：这位青奴本来就不懂得梳妆打扮，那就只该放在居士参禅的斋中，庄周梦蝶的床上。禅斋：皎然《题周谏别业》："若访禅斋遥可见，竹窗书幌共烟波。"梦蝶：《庄子·齐物论》："昔者庄周梦为胡蝶，栩栩然胡蝶也。……俄然觉，则蘧蘧然周也。"任渊注："山谷鼓盆已久，故用庄子梦蝶事。"庄周妻死，鼓盆而歌。时山谷妻已卒，故云。

　　②"公自"二句：你自然有人同床共枕，她那冰雪般的肌肤，自可添助清凉。肌肤冰雪：《庄子·逍遥游》："藐姑射之山，有神人居焉，肌肤若冰雪，淖约若处子。"

其 二

　　秾李四弦风拂席，昭华三弄月侵床①。我无红袖堪娱夜，正要青奴一味凉②。

[注释]

　　①"秾李"二句：秾李弹起四弦琵琶，如春风吹拂在席上；昭华弹奏梅花三弄，明月照到床前。秾李、昭华：任渊注："贵人家两女妓也。"四弦：琵琶有四弦。三弄：琴曲有《梅花三弄》。

　　②"我无"二句：我没有红袖美女以供一夜的欢娱，正需要青奴这

独特的凉快。红袖：女子代称。娱夜：鲍照《拟行路难》："上刻秦女携手仙，承君清夜之欢娱。"一味凉：欧阳修《招许主客》："欲将何物招嘉客，惟有新秋一味凉。"

予既作竹枝词，夜宿歌罗驿，梦李白相见于山间曰："予往谪夜郎，于此闻杜鹃，作竹枝词三叠，世传之不？"予细忆集中无有，请三诵，乃得之（选一）

一声望帝花片飞①，万里明妃雪打围②。马上胡儿那解听？琵琶应道不如归③。

[题解]

山谷在这条长长的诗题中，故弄狡狯，说三诗是梦中李白自诵其所作。然诗歌的情致深远，音节清越，亦颇似李白手笔，山谷才大学厚，固无所不能为也。岳珂《桯史》谓此诗："今《豫章集》所刊，盖自谓梦中语也。音响节奏似矣，而不能揜其真，亦寓言之流欤？"

[注释]

①"一声"句：杜鹃鸟一声哀鸣，花片乱飞。望帝：周代蜀国的国王，号曰望帝，失国死后，其魂魄化为杜鹃。故杜鹃鸟鸣时，蜀人皆起曰：是望帝也。"望帝"二字既代表了杜鹃，也表现了明妃——诗人的化身——对君王的想望。山谷这时被贬黔南，瞻念朝廷，故哀怨如此。此句

音律为"仄平仄仄平仄平",不按照绝诗的正格,但朗诵时却极流畅和美。无怪陈衍《宋诗菁华录》谓其"音节极佳,先生所谓可以弦歌者"。此其选也。

②"万里"句:万里之外,明妃随着胡人在雪中围猎。明妃:即王昭君,因避晋文帝司马昭的名讳而改为"明妃"。昭君名嫱,汉元帝时被选入宫。竟宁元年(前33),匈奴呼韩邪单于入朝求和亲,她自请嫁匈奴。入匈奴后,被称为宁胡阏氏。打围:打猎时合围。诗中以明妃自况。

③"马上"二句:马上的胡人哪听懂杜鹃鸟的鸣声呢?而明妃的琵琶应会弹奏出"不如归"的意思了。琵琶:本作"批把",拨弦乐器。《释名·释乐器》:"批把本出于胡中,马上所鼓也。推手前曰批,引手却曰把。"不如归:古人以为杜鹃鸟的叫声很像人言"不如归去"。全诗的重点在"不如归"三字,表现了诗人被贬谪时的心情。

和答元明黔南赠别

万里相看忘逆旅,三声清泪落离觞[①]。朝云往日攀天梦,夜雨何时对榻凉[②]?急雪鹡鸰相并影,惊风鸿雁不成行[③]。归舟天际常回首,从此频书慰断肠[④]。

[题解]

宋哲宗在高太后死后亲政,拜章惇为相。新党再次得势,旧党的大臣多被贬官斥逐。绍圣二年(1095)初,山谷以修《神宗实录》不实的罪名,被贬为涪州别驾,黔州(今重庆市彭水县)安置。他的哥哥黄元明亲送出尉氏、许昌，经汉沔、江陵、夔峡，直到黔州摩围山下。"淹留数月，不忍别。士大夫共慰勉之，乃肯行。掩泪握手，为万里无相见期之别。"（山谷《书萍乡县厅》）元明在六月十二日离黔东归。

[注释]

①"万里"二句：在万里之外，兄弟相看，暂时忘记身在旅舍之中。猿啼三声，行客的清泪已滴落在别离时的酒杯里了。首句写兄弟相聚之喜，次句写相别之悲。逆旅：客舍、旅馆。三声：《水经注》引古歌："巴东三峡巫峡长，猿啼三声泪沾裳。"觞（shāng）：古代的盛酒器，相当于后世的酒杯。

②"朝云"二句：在巫峡中，想起那行云行雨的神女，托梦怀王的往事。啊，何时才能与兄长同听夜雨，对床而卧，一觉清凉？朝云：语出宋玉《高唐赋》：楚怀王在高唐梦见一个女子，自称巫山神女，说："妾在巫山之阳，高丘之岨，旦为行云，暮为行雨。朝朝暮暮，阳台之下。"故为立庙，号曰"朝云"。攀天：指进入朝廷，接近皇帝。上句写与元明同来巫峡，感慨地追忆当年在朝之事，已成一梦。下句希望能与亲人重聚，共话平生。

③"急雪"二句：大雪纷飞，两只鹡鸰依然形影相依。惊风乍起，鸿雁在天被吹得不成行列。任渊说，"上句谓元明同忧患，下句言其别去"。黄䔲《山谷先生年谱》据"急雪"句，认为这诗是冬时所作。误。急雪、惊风，只是象征的写法，并非实景。脊令：见《次元明韵寄子由》诗注。

④"归舟"二句：遥想别后，您的归船到天边，您一定经常回头西望。从此之后，您要多多寄信来，安慰我这断肠人吧！收处推远一层，作想象之词，表现别后怆痛的心情。

赠黔南贾使君

绿发将军领百蛮,横戈得句一开颜①。少年圯下传书客,老去空同问道山②。春入莺花空自笑,秋成梨枣为谁攀③?何时定作风光主?待得征西鼓吹还④。

[题解]

宋哲宗元符元年（1098）初，山谷在黔南，写诗赠给这位文武全才的贾使君，祝愿他为国立功。诗境也较开扬豪壮。

[注释]

①"绿发"二句：精神矍铄，黑发满头的老将军，管领着百蛮之地。在立马横戈时，得了好诗句，高兴地开颜一笑。绿发：黑而润泽的头发。百蛮：诗中指我国西南诸少数民族。

②"少年"二句：年少时，您像在圯下得到兵书真传的张良那样，深通军事。老了后，您像在崆峒山向广成子问道的黄帝那样，精研道术。圯下传书：据《汉书·张良传》载，张良游下邳，至圯桥下。有一老人，授他《太公兵法》说："读是则为王者师。"空同问道：据《庄子》载，黄帝听到广成子在崆峒山上，亲自去见他，说："敢问至道之精。"空同，即崆峒。

③"春入"二句：在您的故园中，春天来了，莺语花开，有谁去欣赏呢？秋天梨枣熟了，又有谁去攀摘呢？两句写贾使君忙于政务，无暇返

回家园。笑：指花开。李商隐《早起》诗："莺花啼又笑。"

④"何时"二句：几时能回去做故园风光的主人呢？只有等平定了西夏，奏凯归来！鼓吹：打鼓吹笛，奏凯旋的乐曲。

次韵黄斌老所画横竹

酒浇胸次不能平，吐出苍竹岁峥嵘①。卧龙偃蹇雷不惊，公舆此君俱忘形②。晴窗影落石泓处，松煤浅染饱霜兔③。中安三石使屈蟠，亦恐形全便飞去④。

[题解]

黄斌老，四川潼川府安泰人，北宋名画家文同的内侄，善写墨竹。元符二年（1099），山谷在戎州（今四川宜宾市），时斌老考中进士，后任戎州倅丞，与山谷过从唱酬甚欢。

[注释]

①"酒浇"两句：酒浇进人的胸中，感情无法平静，吐出青苍的竹子，能忍受那严寒的岁暮！前二句起得气势生动，颇似东坡的名句"空肠得酒芒角出，肝肺槎牙生竹石"。山谷也有句"东坡老人翰林公，醉时吐出胸中墨"。峥嵘：本形容山的高峻。诗中指一年将尽。任渊注："此引用以言岁寒。"

②"卧龙"二句：横竹像偃蹇而卧的神龙，即使雷震于前也不惊惧。大概是画家和竹子都把自己的形骸忘掉了吧。两句把人与画合为一体。画，表现了画家的思想、精神。画，就是画家。偃蹇（yǎn jiǎn）：夭矫横

斜之状。忘形：《庄子》："养志者忘形。"诗中指的就是这种"身心俱遗，物我双忘"的境界。艺术家们往往有这种着迷的情态。

③"晴窗"二句：晴窗倒影映在石砚的水中，磨好了松烟墨，蘸饱笔头上雪白的兔毛。石泓：石砚中有凹处贮水，故称。松煤：指用松烟煤制成的墨。

④"中安"二句：在画中，安放三个怪石，使竹龙屈曲盘绕着。恐怕它形体画全了，就会腾空飞去。两句从三怪石着笔，直接描写卧龙，更突出竹子栩栩如生的形象。据《历代名画记》载，张僧繇在安乐寺画四龙，不点眼睛，说："点之即飞去。"末句活用此意，这是山谷善用典故的例子。

本诗布局严谨而又曲折变化，从中可领会到山谷的句法诗律。先写画家创作时的精神状态，接着生动形象地写出画与画家的关系。然后转笔写创作时的环境气氛，最后从侧面落笔，收束得很有余味。潘伯鹰先生说："杜甫的题画鹰诗最后二句云：'梁间燕雀休惊怕，亦未腾空上九天。'这与山谷此二句有同一的巧妙，愈从反面松松地说，愈是在正面加了力量。山谷学杜大抵如此之例。"

次韵谢黄斌老送墨竹十二韵

古今作生竹，能者未十辈①。吴生勒枝叶，筌窠远不逮②。江南铁钩锁，最许诚悬会③。燕公洒墨成，落落舆时背。譬如刿心松，中有岁寒在④。湖州三百年，笔舆前哲配。规模转银钩，幽赏非俗爱⑤。披图风雨入，咫尺莽苍外⑥。吾宗学湖州，师逸功已倍。有来竹四幅,冬夏生变态。预知更入神,后出遂无对[7]。吾诗被压倒,物固不两大[8]。

[题解]

这是一篇墨竹的画史。山谷是大书法家,又精于国画的鉴赏,深通书画同源的道理。特别是画竹,笔法结构上与写字接近。本诗对此有很精到的艺术见解。

[注释]

①"古今"二句:古今以来,写生竹的能手数来不到十人。辈:同一类的人。

②"吴生"二句:唐人吴道子善于勾勒枝叶。宋初的黄筌、黄居寀两父子就远远不及他了。吴生:吴道子,唐代杰出的山水人物画家。山谷有《道臻师画墨竹序》曰:"墨竹出于近世,不知其所承。初,吴道子作画,运笔作卷(指曲笔),不加丹青,已极形似。"筌:黄筌,五代时前蜀的画家。画法工细,以写设色花卉著名,亦写墨竹。寀(cǎi):黄居寀,黄筌第三子,宋初花鸟画家。黄氏父子都是宫廷画师。

③"江南"二句:南唐后主李煜,写竹用"铁钩锁"的笔法,跟柳公权书法的用笔最为相近。铁钩锁:山谷自注:"世传江南李主作竹,自根至梢极小者,一一钩勒成,谓之'铁钩锁'。自云:惟柳公权有此笔法。"山谷《跋李后主书》云:"观江南李主手改表草,笔力不减柳诚悬。"诚悬:柳公权字。山谷《跋翟公巽所藏石刻》云:"柳公权《谢紫丝靸鞋帖》,笔势往来,如用铁丝纠缠。"

④"燕公"四句:宋代的燕肃写竹,笔墨随意挥洒,意态落落,与时流相背。他画的竹子,好像空心的松树,中有岁寒的本性。四句写燕肃

画竹的风格。燕公：燕肃，字穆之，师法李成，善写墨竹。落落：形容疏阔，不求遇合。刳（kū）：挖空。诗中指老松树树干木质部日久朽掉。

⑤"湖州"四句：文同画竹的笔法，可追配三百年前的名家柳公权。他模仿写字的铁画银钩来画竹，可供人幽雅地欣赏而不被世俗所爱。湖州：指文同。文同，字与可，梓州梓潼（今属四川）人，擅长写墨竹，技法上偏重水墨的运用。在元丰二年（1079）出守湖州。前哲：从前的贤士。规模：取法，模仿。

⑥"披图"二句：披阅画图时，如有风雨卷来。咫尺之间，就有莽莽苍苍的境界。两句非常生动地写出画竹的气势。

以上六句写文同画竹的成就。

⑦"吾宗"六句：我的同宗斌老，善于向文同学习。老师既感到轻松，学生成就更大。送来四幅竹子，冬夏不同，各有姿态。预知将来会达到更为神妙之境，后起的便再无敌手了。师逸功倍：出《礼记·学记》："善学者师逸而功倍。"疏："师体逸豫，而弟子所解又倍于他人也。"

⑧"吾诗"二句：我的诗要被您的画压下去了。我知道两雄是不能并存的。

本诗收束得很有谐趣。山谷诗常具此幽默感。

以上八句赞美斌老刻苦善学，青出于蓝，必有大成。

次韵答斌老病起独游东园二首（选一）

万事同一机，多虑乃禅病①。排闷有新诗，忘蹄出兔径②。莲花生淤泥，可见嗔喜性③。小立近幽香，心与晚色静④。

[题解]

　　山谷的思想受"禅学"影响很深。所谓禅学，实际上是被中国儒家、道家等学说羼杂了的佛学。禅宗的祖师们都是不立言筌的，信徒们想参究禅理，还得靠个人的"慧根"，才能够"顿悟"。山谷中年后常同禅师们来往，希望获得大智慧去立身处世。他的诗作中也常带有些"禅理"。好在黄山谷还能遵照艺术的法则去创作，不至写成和尚坐化时念叨的偈语。

[注释]

　　①"万事"二句：世界上一切的事物都出于同一质素，多思多虑乃是学禅者之病。机：同"几"，细微的质素。犹现代物理学中所说的基本粒子。《列子·天瑞》："万物皆出于机，皆入于机。"张湛注："机者，群有之始。"《楞严经》云："虽见诸根动，要以一机抽。"多虑：《传灯录》载僧亡名《息心铭》曰："无多虑，无多知；多知多事，不如息意；多虑多失，不如守一。"两句点题"病起"，指出斌老的病因是思虑过度。

　　②"排闷"二句：您写了新诗，想用来排解愁闷。要知道，得兔忘蹄，还是不用语言表现出来为好。忘蹄：《庄子·外物》："蹄者所以在兔，得兔而忘蹄；言者所以在意，得意而忘言。"蹄，指捕兔用的绳网之类。意谓言辞所以达意，既已得其意就不需言辞了。山谷认为写诗也是多余的，这是禅宗的观点，心即是佛，不立语言文字。山谷《赠高子勉四首》诗云："彭泽意在无弦。"亦即此意。兔径：任渊注引僧肇注《维摩诘经》曰："曷回龙象于兔径？"又《传灯录》真觉大师证道歌曰："大象不游于兔径。"小小的兔径不能行大象。诗中大概以喻斌老的新诗。

　　③"莲花"二句：莲花生自淤泥之中，它不用说话，也可表现它的"嗔"与"喜"之性。两句举出莲花为正面例子，以证明默喻的道理。

嗔：生气，恼怒。山谷《赣上食莲有感》诗亦云："莲生淤泥中，不与泥同调。"下句即所谓"嗔喜性"。

④"小立"二句：我悄悄地站在这幽洁芳香的莲花旁边，心灵就跟这傍晚的花儿一样恬静。两句写景极美，在景中寓有禅意。说明了"万事同一机"的道理。人和物之间的情趣是可以相通的，可以彼此默喻，故此如斌老写诗排闷也近于饶舌了。不知我们的诗人有没有想到，他这样的思想也是用诗歌表现出来的，如果真正做到无思无虑，色色皆空，他老人家早就该把几十卷《山谷诗集》一把火烧掉好了。

送石长卿太学秋补

长卿家亦但四壁，文君窥之介如石①。胸中已无少年事，骨气乃有老松格②。汉文新览天下图，诏山采玉渊献珠③。再三可陈治安策，第一莫上登封书④。

[题解]

前人诗中每以同姓或同名之人设喻，石长卿与司马长卿同名，故借司马相如作对比。石长卿有异于相如之处，他虽年少而有老松之风，但人品高尚，当不会像司马长卿那样被美色所诱。正因如此，如今朝廷正求贤于野，山谷有望石长卿能针对时病，进长治久安之策，而不要像司马长卿那样以阿谀邀宠为能事。此诗用笔简古，亦有老松的体格。长卿：指石长卿，眉山人，生平不详。太学：古时设于京师的最高学府，隶国子监。秋补：谓参加秋试补入太学为诸生。

[注释]

① "长卿"二句：石长卿如同司马长卿那样，穷得家徒四壁，不同的只是，假如有卓文君那样的美女挑逗他，他一定"介如石"。文君：指卓文君，汉代临邛富室之女，司马相如以琴声挑之，文君夜奔相如。介如石：《易·豫》："中正自守，其介如石。"意谓其人之心志操守，坚定得有如磐石。

② "胸中"二句：心目中已没有一般少年人那种轻浮之事，体貌气质已有老松般的品格。老松格：谓坚贞高洁的风格。郑谷《中台五题·乳毛松》诗："松格一何高，何人号乳毛。"

③ "汉文"句：这时天子新登基，观览天下的图籍，下诏在山中采求美玉，在深渊里网罗珍珠。汉文：汉文帝，此指宋徽宗。新览天下图：《东都赋》："天子受四海之图籍，膺万国之贡珍。"时徽宗初即位，故云。"诏山"句，以玉、珠喻人才，意谓求贤才于天下。

④ "再三"二句：可以向皇帝再三陈奏治安之策，最重要的是，不要奏上司马相如那样的登封书。治安策：《治安策》，又名《陈政事疏》。汉文帝时，贾谊上疏陈治安之策，言天下事势，"可为痛哭者一，可为流涕者二，可为长太息者六"，并提出治国的方略。登封书：谓登泰山封禅之书。《汉书·司马相如传》载，司马相如死后，汉武帝曾从他家中取到一卷谈"封禅"之书。所言不外歌颂汉皇功德，建议举行"封泰山，禅梁父"的祭祀天地的大典。末句呼应首联，别出新意。

次韵杨君全送酒

扶衰却老世无方,惟有君家酒未尝①。秋入园林花老眼,茗搜文字响枯肠②。醉头夜雨排檐滴,杯面春风绕鼻香③。不待澄清遣分送,定知佳客对空觞④。

[题解]

此诗为感谢杨君全送酒而作。谓世无却老之方,唯君家所酿之酒其或庶几焉。三、四句写老态,承第一句来。以下写酒之香美,正可用来款待客人。把酒写得作用如此之大,且又急应时需,可感之意,隐寓其中。山谷从自己一边说,谓杨君全为使我的客人有酒喝,故特送酒来也。诗分两截,但第二句已开下截意,把两截连贯起来,结构严密。夜雨滴檐,春风生香,形似之笔,清新可喜。

[注释]

①"扶衰"二句:都说世上没有方药能抵御衰老,恐怕是未曾品尝过你家的美酒吧。扶衰却老:抵御衰老。却老方,抗老的药方。《史记·孝武本纪》:"是时而李少君亦以祠灶、谷道、却老方见上,上尊之。"两句含义是:只有你家中所酿之酒能扶衰却老。极称美之意。

②"秋入"二句:秋天到了园林,真使人老眼生花,正好喝碗茗茶,搜索枯肠,写下美好的文字。首句意谓秋日的园林,红叶黄花,色彩斑斓,令人眼花缭乱。"茗搜"句,语虽本卢仝《七碗茶歌》"三碗搜枯肠,

惟有文字五千卷"，然句法甚为奇特，是典型的山谷体。"响"字是句中之眼，甚有风趣，与《宜阳别元明用觞字韵》"非关春茗搅枯肠"之"搅"字，各臻其妙。

③"醉头"二句：从醉头流下的酒，好比夜雨从屋檐滴下，春风吹来扑面，一阵阵酒香绕鼻。醉头：压酒器具。

④"不待"二句：你等不及把酒澄清，就急着派遣仆人分送，我已想到你有佳客到来，就只好对着空杯，无酒可喝了。澄清：新酿的酒有酒渣，进行"漉酒"，过滤除去杂质。两句写杨君全送酒，既急且多，益见其情意之深厚。

次韵杨明叔见饯十首（选三）

杨君清渭水，自流浊泾中。今年贫到骨，豪气似元龙①。男儿生世间，笔端吐白虹。何事与秋萤，争光蒲苇丛②？

[题解]

元符三年（1100）五月，宋徽宗即位。十二月，山谷自戎州贬所东归，他的学生杨明叔写了十首诗送别。山谷的和诗原序云："杨明叔从予学问甚有成，当路无知音，求为泸州从事而不能得。予蒙恩东归，用'蛟龙得云雨，雕鹗在秋天'作十诗见饯。因用其韵以别。"山谷在这十首和诗中，亲切地教导明叔处世做人的道理，鼓励他要胸怀大志，努力读书，不要为眼前的个人得失而苦恼。这里选了第二、第三、第六首。

[注释]

① "杨君"四句：杨君是清清的渭水，流入混浊的泾水中，依然不改其清。今年他虽然清贫彻骨，但仍像陈元龙那样不减豪气。清渭浊泾：参看《闰月访同年李夷伯子真于河上，子真以诗谢，次韵》诗注。据说渭泾虽合流，仍清浊分明。诗意谓杨虽处浊世之中，还能保持高洁的品质。元龙：东汉时名士陈登，字元龙。曾因瞧不起许汜的"求田问舍"而慢待他。许后来对刘备说："陈元龙湖海之士，豪气不除。"

② "男儿"四句：男子汉生在世上，下笔为文，应吐白虹之气。何必要跟那些渺小的秋萤，在蒲苇丛中争光呢！白虹：白色的长虹，是一种罕见的日晕。诗意谓文章应有万丈长的光焰，不必与小人争一时的虚名小利。范大士《历代诗发》谓此二语"喻言高挺"。

事随世滔滔，心欲自得得①。杨君为己学，度越流辈百②。坐扪故衣虱，垢袜春汗黑③。睥睨纨绔儿，可饮三斗墨④。

[注释]

① "事随"二句：一天的事，随着世上滔滔的潮流而去，但我们心中，总希望能对世事有自己亲身的体会。自得得：得到经过自己努力而得到的东西。《庄子》中曾批判过那种"得人之得，而不自得其得"的不实事求是的学习态度。

② "杨君"二句：杨君是为了努力修养自己而学习，所以能远远超过千百同辈的人。为己学：出《论语·宪问》"古之学者为己，今之学者为人"。意指古代学者的目的在修养自身的学问道德，而现代学者却为装饰自己，做做样子给别人看而已。度越：超出。流辈：一般的人们。

③"坐扪"二句：像王猛那样一边高坐雄谈，一边在旧衣服里捉虱子。袜子满是污垢，沾着黑黏的汗液。两句写杨明叔从容自得、不修边幅之状。扪虱：《晋书·王猛传》："桓温入关，猛被褐而诣之，一面谈当世之事，扪虱而言，旁若无人。"此处用以形容气度高扬、从容不迫的样子。

④"睥睨"二句：斜着眼睛瞥瞥那些贵家子弟，真想灌他们喝三斗墨汁！睥睨：斜视，有厌恶或傲慢意。纨绔：细白的薄绸做的裤子，引申以称富贵人家子弟。三斗墨：《隋书·礼仪志》："书迹滥劣者，饮墨水一升。文理孟浪，无可取者，夺容刀及席。"这是对不学无术的人的惩罚。诗言三斗，是夸张的说法。

　　山围少天日，狐鬼能作妖。䀹闪载一车，猎人用鸣枭①。小智窘流俗，蹇浅不能超②。安得万里沙，晴天看射雕③！

[注释]

①"山围"四句：四面高山围着，少见天日，狐鬼在兴妖作怪。猎人带了鸣枭去打猎，归来满载一车还在眨巴着眼睛的猎物。四句用打猎来比喻人精神世界的修养。猎人在谷中行猎，眼界狭窄，不带鹰隼而用鸣枭，则智术短浅。

②"小智"二句：小聪明的人往往困迫于时流习俗，所以就见识浅陋，无法超拔出来。这里补充说明前四句的含义。蹇：跛足。引申为迟钝、艰困。

③"安得"二句：怎能在辽阔的沙漠中，晴空万里，亲看英雄射大雕呢！山谷强调指出：要有宽广的思想境界，看得远，望得高，精神不受任何拘束，纵横驰骋，才能在学问、事业上有所成就。两句的意境，比王

维的"回看射雕处,千里暮云平"似还更高朗健举。

戏题巫山县用杜子美韵

巴俗深留客,吴侬但忆归。直知难共语,不是故相违①。东县闻铜臭,江陵换夹衣②。丁宁巫峡雨,慎莫暗朝晖③。

[题解]

山谷被赦后,离开戎州,沿江东下。在宋徽宗建中靖国元年(1101)初,来到四川东境的巫山县。想起八年的流离跋涉,今始得归,山谷心中喜悲交集。瞻望前途,尚是茫茫难卜,因题了这首感情复杂的五律诗。

[注释]

①"巴俗"四句:巴地的风俗,非常热情地挽留客人,但我这吴人,却老是想回到家乡。只因为语言不通,难以交谈,并不是大家有什么过不去。这里写出思乡之由。"难共语"三字,意在言外。山谷当时是被贬谪的罪人,忧谗畏讥,钳心钳口,万般心事,无可对人言,所以感到特别苦闷。尽管巴人风俗淳厚,也不留恋了。巴:古国名、郡名,此指四川省东部,故川东别称"巴"。吴:地名,泛指长江中下游一带。侬:吴人自称。

②"东县"二句:到了巴东县,就可以闻到铜钱的气味。再往江陵,也许已是初夏时分,该换上夹衣了。两句预写行程。东县:巴东县,在今湖北省西境,与巫山县相邻。铜臭:铜钱的气味,宋时巴蜀使用铁钱,过巫山进入荆州后始用铜钱,在诗中以"铜臭"作为中原地区的标志。江

陵：在今湖北省中部，离巫山县约三百公里。

③"丁宁"二句：我再三吩咐巫峡的云雨，千万别遮蔽了早晨的阳光啊！古人常以云雨蔽日比喻小人在朝蒙蔽皇帝。李白《登金陵凤凰台》诗："总为浮云能蔽日，长安不见使人愁。"亦与此诗同意。典出陆贾《新语》："邪臣蔽贤，犹浮云之障日月也。"丁宁：同"叮咛"。

元人方回《瀛奎律髓》对此诗有详细的评论。略云："此出峡诗，起句有石本，作'巴俗殊亲我，吴侬但忆归'。细味则改本为佳。'直知难共语，不是故相违'，此老杜句法……'东县闻铜臭'者……山谷旧改此句，谓乃退之'照壁喜见蝎'之意，予以为即班超'生入玉门关'之意也。'江陵换夹衣'，纪时序，亦见天气渐佳。尾句殊工，有忧时之意……学老杜诗，当学山谷诗，又当知山谷所以处迁谪而浩然于去来者，非但学诗而已。"

跋子瞻和陶诗

子瞻谪岭南，时宰欲杀之①。饱吃惠州饭，细和渊明诗②。彭泽千载人，东坡百世士③。出处虽不同，风味乃相似④。

[题解]

苏轼（字子瞻）在宋哲宗绍圣元年（1094）被贬到广东惠州。闲居多暇，曾把陶潜的诗全部和了一遍。本诗写在苏轼的《和陶诗》之后，赞美苏轼像陶潜那样品格高尚，胸怀坦荡，是一首感情深挚的好诗。没有一句景语，也没有一句情语，诗中只是不加修饰地叙述，意思也很明白流畅，这是前人所谓"淡中藏美丽，虚处着工夫""纯以意胜"。用平淡的语言去表现深刻的感情，这在素称"逋峭艰涩"的山谷诗中是难得的。本诗旧有石刻，题云：建中靖国元年（1101）四月，在荆州承天寺观此诗卷，叹息弥日，作小诗题其后。跋：指写在书籍、诗文、金石拓片后的短文，内容多属评介、鉴定、考释之类。

[注释]

①"子瞻"二句：苏子瞻被贬官到岭南，当宰相的想杀死他。时宰：指当时的宰相章惇。"时宰"与下文的"百世士"两相对比，显出两人不同的历史价值。一"时"字已含深讽。

②"饱吃"二句：饱饱地吃了惠州的饭，认真地和了渊明的诗。"饱吃"，表现苏轼的胸怀豁达，不为个人的遭遇而终日愁苦。这点与山谷是颇为相似的。"细和"，写出苏轼对渊明的人格和艺术的敬仰。

③"彭泽"二句：陶彭泽，是千古不朽的人物；苏东坡，也是百代传名的贤士。从历史的角度去评价这两个人物，特别是对苏轼，一个被流放的人，如果不是真正的知己，是不容易作出"百世士"的评语的。这里要注意的是，诗中用了"彭泽"和"东坡"这两个名号。"彭泽"，在今江西湖口县东三十里。陶潜曾在此地做县令，因不愿"为五斗米折腰"而辞官归去，后人故称之为陶彭泽。"东坡"，唐朝诗人白居易有《东坡种花诗》，苏轼敬慕白居易，故在黄州时，把黄冈山下州治东边的山坡称为东坡，自号"东坡居士"。彭泽和东坡两个号都是最能反映两人的生活、思想和品格的。

④"出处"二句：出仕和归隐，情况虽有不同，但两人的风格和情味，却是多么相似啊！出：出仕，指做官。处（chǔ）：指隐居不仕。东坡是要用世的，他大半生在宦海中浮沉，这与渊明的归隐在境遇上当然有

很大不同。山谷在诗中强调他们的思想、风格是一致的,这也算是"妙画骨相遗毛皮"吧。苏辙作《和陶集序》也说:"区区之迹,盖未足以论士也。"亦与山谷同意。山谷《题意可诗后》云:"渊明则所谓不烦绳削而自合者。"又云:"巧于斧斤者多疑其拙,窘于检括者辄病其放。孔子曰:'宁武子其智可及也,其愚不可及也。'渊明之拙与放,岂可为不知者道哉?"我们试观山谷此诗,真能效法渊明,在"拙"与"放"之间,"不烦绳削而自合",这也不是昧于诗者所能知的。

病起荆江亭即事十首（选三）

翰墨场中老伏波,菩提坊里病维摩①。近人积水无鸥鹭,时有归牛浮鼻过②。

[题解]

宋徽宗即位后,赦免元祐旧人,诗人也被召放还。建中靖国元年(1101)正月,山谷沿江东下。四月,至江陵,因患痈疽,卧病二十余日。病愈后游荆江亭,作组诗十首。组诗中或对当时朝廷政事提出自己的看法,或怀念一些被放逐或已逝的朋友,诗歌格调甚类杜甫的七绝。这里选取的是组诗的第一、第四、第八首。

[注释]

①"翰墨"二句:我是文化界中的伏波将军,年虽老而志不衰减,我又是菩提坊里的维摩居士,害了病还发下心愿。伏波:汉朝名将马援,封伏波将军。年六十二时,还骑马据鞍顾盼,以示可用。菩提坊:传说是

佛教创始人释迦牟尼成佛得道的地方。维摩：即维摩诘。是释迦牟尼同时代的人，尝以称病为由，向释迦遣来的使者宣扬大乘教义。山谷中年后颇信佛法，曾写过《发愿文》，要戒绝女色、酒肉。故以维摩自比。

②"近人"二句：接近人家居处，积水成池，也无鸥鹭；只是不时有归牛浮渡，水面露出鼻来。两句写荆江亭的景物，生动自然。这儿地势低洼，一雨之后，便流潦纵横，不久自退，故无鸥鹭栖止。唐人陈咏的诗："隔岸水牛浮鼻渡。"任渊认为："此本陋句，一经山谷妙手，神采顿异。"把山谷此诗作为"点铁成金"的好范例。陈衍谓此二语乃"宋人写景句脍炙人口者"，"亦不过代数人、人数语"而已。过：在诗中念平声，与"波"押韵。

成王小心似文武，周召何妨略不同①？不须要出我门下，实用人材即至公②！

[注释]

①"成王"二句：周成王小心谨慎，好似文王、武王。周公和召公两人又何妨有些不同的意见呢？这里希望新即位的宋徽宗能效法成王，小心处理国事，当国大臣之间要消除党派纠纷，求大同、存小异，以国家利益为重。成王：西周初期的国王，姬姓，名诵，文王之孙、武王之子。他加强了对地方的控制，奠定了西周统治的基础。后世称为"成康（成王子康王）之治"。周召：西周初年的政治家周公旦和召公奭（shì），共辅成王，讨平各地叛乱，建立典章制度。两人曾分陕而治，意见虽有不同，但仍两不相损。

②"不须"二句：选拔人才，不必定要出于自己的门下，只要能实

在地引用他们，就是出自公心的了。两句针对当时的不良政治作风，痛下针砭。新旧两党，纷争未了，各自罗致人才，互相攻讦，对非自己派系的人，则拼命压抑。山谷大声疾呼，当权者要放弃小集团间的斗争，不怀私利，大量提拔有用的人才，方能使国家出现真正的"成康之治"。"人材"，或指范纯仁（事见《范忠宣言行录》）。

闭门觅句陈无己，对客挥毫秦少游①。正字不知温饱未？西风吹泪古藤州②！

[注释]

①"闭门"二句：怀念两个知己朋友。陈师道，字无己，北宋诗人，与山谷并称"黄陈"。《王直方诗话》载：陈无己有"闭门十日雨，吟作饥鸢声"之句，大为山谷所爱。"闭门"句指此。或谓陈无己作诗时怕声音扰乱，把孩子和猫狗都赶出门，所以山谷说他"闭门觅句"。秦观，字少游，北宋大词人，能诗，善书法。《诗话总龟》载少游尝以真书题邢惇夫扇。王世贞《弇州山人四部稿》载，山谷中兴颂碑后诗跋尾云："惜不得秦少游妙墨劖之崖石。""对客挥毫"，疑为当时实事。

②"正字"二句：陈师道正做着"秘书省正字"的小官，家里很贫苦，不知温饱。秦观已在广西藤州病逝，西风吹泪，以寄托朋友的哀思。藤州：今广西藤县。据宋人曾敏行《独醒杂志》载，少游之子湛自藤州护丧北归，与山谷相遇。山谷执手大哭，以银二十两为赙。曰："尔父，吾同门友也。相与之义，几犹骨肉。今死不得预敛，葬不得往送，负尔父多矣。"可见山谷对朋友的情义。

本诗模仿杜甫《存殁口号》的作法。两句伤悼一位已死的朋友，两句怀念一位还活着的朋友,以见生死不渝的交情。

次韵中玉水仙花二首(选一)

淤泥解作白莲藕,粪壤能开黄玉花①。可惜国香天不管,随缘流落小民家②。

[题解]

山谷的学生高子勉《国香诗》有长序说明此诗本事:山谷在荆州等候改官时,僦屋而居,隔邻有一女子,诗人偶见之,"以谓幽闲姝美,目所未睹"。后其家以嫁里巷贫民,因赋此诗以寓意。后数年,山谷去世,荆南大饥荒,女子的丈夫把她卖给田氏家,已"掩抑困悴,无复故态"了。田氏知当年事后,把女子改名"国香",以纪念山谷。山谷诗原注云:"时闻民间事如此。"即指此事而言。实在本诗不光为这女子而发,中有无限感怆。建中靖国元年(1101),作者已五十七岁,饱尝世路风波的滋味,故借咏水仙以寓意。中玉:马瑊之字。马瑊时为荆州太守。山谷《次韵马荆州》诗:"谁谓石渠刘校尉,来依绛帐马荆州。"

[注释]

①"淤泥"二句:在淤泥里可以长出雪白的莲藕,在粪土中也能够开出金盏玉盘般的水仙花。淤泥句:《维摩诘经》曰:"譬如高原陆地,不生莲华;卑湿淤泥,乃生此华。"粪壤:犹言"粪土",即秽土,脏土。黄玉花:指水仙。其瓣白如玉,花中金黄,极香极美。两句以莲藕和水仙花比喻邻居女子。如《红楼梦》中所评晴雯:"身为下贱,心比天

高。"诗中亦用以自况。

②"可惜"二句：可惜啊，这国色天香没有人去爱护，只得任从命运的摆布，流落到小民的家里。国香：犹"国色天香"之意，常以形容花的香色可贵，不同于一般的花卉。《左传·宣公三年》："以兰有国香，人服媚如是。"唐人李正封咏牡丹诗："国色朝酣酒，天香夜染衣。"皆以国香喻名花。随缘：随着机缘。陈衍《宋诗菁华录》云："末二句实有所指，况以水仙花，恰称穷巷幽姿身份。"任渊注亦云："此诗盖山谷借以寓意也。"千秋万世迟暮的美人、失职的才士皆可同声一哭！

次韵马荆州

六年绝域梦刀头，判得南还万事休①。谁谓石渠刘校尉，来依绛帐马荆州②。霜髭雪鬓共看镜，荥糁菊英同送秋③。他日江梅腊前破，还从天际望归舟④。

[题解]

山谷于绍圣元年（1094）自涪州赴黔南贬所，复徙戎州，至元符三年（1100）始遇赦得还，凡六年。于建中靖国元年（1101）东归至荆南，辞吏部员外郎之命，乞知太平州，遂在荆南待命。诗前四句叙六年来之事。后二句写与马中玉在荆南相聚，一结想象到太平州后，预见中玉官满还乡之乐。用笔纵横恣肆，两联对仗，三四自然，五六精工，是山谷力作。马荆州：马瑊，字中玉，时任荆州太守。

[注释]

①"六年"二句：六年来身处偏远之地，总是梦回故乡，真能得到南还，那就万事皆休了。六年：山谷先后被贬到涪州、黔州、戎州，长达六年。绝域：与外界隔绝的偏远之地。梦刀头：《古乐府》："何当大刀头？破镜飞上天。"徐彦伯《鼓吹曲辞·芳树》："稿砧刀头未有时，攀条拭泪坐相思。"刀头有环，环，谐音"还"，谓何时得还也。诗意谓做还乡梦。判得：甘愿。万事休：刘禹锡《重答柳柳州》诗："耦耕若便遗身老，黄发相看万事休。"

②"谁谓"二句：怎想到当时那位在石渠阁讲经的刘校尉，如今却来依附这位曾施绛帐讲学的马荆州呢？石渠：石渠阁，在长安未央宫北，西汉皇室藏书之所。汉宣帝甘露三年（前51），刘向等儒生曾在石渠阁讲论《五经》异同。刘校尉：刘向，原名更生，字子政，沛郡（今江苏徐州）人，西汉经学家，尝为中垒校尉。山谷被贬前担任馆阁之职，故以刘向自比。马荆州：指马融。《后汉书·马融传》载，马融，字季长，常坐高堂，施绛纱帐，前授生徒，后列女乐，弟子以次相传。尝为南郡太守，南郡治所在荆州之地。此以马融比马中玉，既切其姓，复切其职。此联为流水对，运用故典，生发新意，毫不着力，流畅自然。本欲南归故里，但却留滞荆州，故感怆尤深。

③"霜髭"二句：照照镜子，彼此相看已是须发皆白的老人，不如享用些茱萸饭、菊花酒，一起度过这个秋天吧。茱糁：以茱萸糁饭。菊英：菊花，此指以菊花泛酒。

④"他日"二句：待到明冬腊前，江梅初放的时候，我当在天边望到你回乡的船只了。上句本杜甫《江梅》诗："梅蕊腊前破，梅花年后多。"破：开。下句本谢朓《之宣城郡出新林浦向板桥》诗："天际识归

舟，云中辨江树。"任渊注："中玉维扬人，官当满明年之冬，道出当涂，于时山谷已赴太平矣，故有望归舟之语。"

王充道送水仙花五十枝，欣然会心，为之作咏

凌波仙子生尘袜，水上轻盈步微月①。是谁招此断肠魂，种作寒花寄愁绝②？含香体素欲倾城，山矾是弟梅是兄③。坐对真成被花恼，出门一笑大江横④。

[题解]

山谷在荆州，与李端叔帖云："数日来骤暖，瑞香、水仙、红梅皆开，明窗静室，花气撩人，似少年都下梦也。但多病之余懒作诗尔。"这是一篇很美丽的小品文，可作本诗的小序读。山谷这时寄寓在荆渚沙市，心情颇佳，种菊艺兰，写了多首咏花之作，光是咏水仙花的就有八首。这里选的一首是山谷集中很有名的诗，在艺术上很有特色。它一扫前人咏物诗的陋习，没有一点儿柔靡纤巧的气息。直接继承了韩愈的遒劲老健的艺术风格。我们试取宋初西昆体的诗作来对照看看，就可知山谷是怎样革新了宋诗的了。

[注释]

①"凌波"二句：凌波仙子，穿着沾了细尘的罗袜，在水面上轻盈地漫步，照着一痕微月。两句写水仙花的优雅意态。用曹植《洛神赋》"凌波微步，罗袜生尘"意。

②"是谁"二句：究竟是谁，招来这断肠的精魂，种成了素洁的寒

花,来寄托他的愁思?这两句前人评"奇思奇句",写出水仙花幽怨的精神。这凌波仙子的化身,在水中,在月下,悄立盈盈,满怀幽思。诗人把自己的感情移到花中,与之合而为一了。这种写法,抓住描写对象的"神",因物以寓情,是传统的比兴手法。

③"含香"二句:她蕴含着芳香,素洁的形体,真叫满城人都倾倒,迟开的山矾花是她的弟弟,早开的梅花是她的哥哥。这两句虽写得较平庸,"山矾"句更是有些笨拙,但这是两个高峰中间的峰谷:一首好诗,不必句句精警,中间偶有些衬句,会使全诗显得更有波澜。倾城:汉李延年的歌:"北方有佳人,绝世而独立。一顾倾人城,再顾倾人国。"美人的笑盼,使整个城市,整个国家都倾倒了。在本诗中用以形容水仙花开时的美态。山矾(fán):即玚(yáng)花。春末开白花,极香,花和叶可作黄色染料。有人谓玉蕊花,又名芸香。

④"坐对"二句:坐对着这美丽的花,真是被她撩乱了情怀。算了吧,出门欣然一笑,忽然看到大江横在面前。被花恼:用杜甫《江上独步寻花》诗:"江上被花恼不彻,无处诉人只颠狂。"但黄诗更发展了杜诗的意思。陈长方《步里客谈》说:"古人作诗断句,辄旁入他意,最为警策,如老杜云'鸡虫得失了无时,注目寒江倚山阁'是也,黄鲁直作水仙花诗,亦用此体。"所谓"旁入他意",表面上,两句意思无关,实际上,是诗意在跳跃和转换。"出门一笑大江横",诗境内幽怨、纤细,一变而为开朗、壮阔。前后对比,以达到一个更为深远的新的境界,使读者有强烈的美的感受。清人张佩纶《涧于日记》竟谓:"余谓山谷学杜已粗,其病在'大江横'三字,欲以江映带水仙,而'大'字、'横'字则有粗犷气,非水仙,直是水师矣。"其对山谷诗精妙之处,直未曾梦见。

赠李辅圣

交盖相逢水急流，八年今复会荆州①。已回青眼追鸿翼，肯使黄尘没马头②。旧管新收几妆镜，流行坎止一虚舟③。相看绝叹女博士，笔研管弦成古丘④。

[题解]

山谷与李辅圣别后八年，在荆州重会而作此诗。"流行坎止"四字，是全诗的主旨，时李辅圣之后房孔氏新逝，故山谷劝慰他应任运随时。时山谷一再贬谪，实亦以此自慰。颔联跌宕多姿，与颈联并精于对仗，又旧管新收，以俗为雅，此山谷作诗之妙用也。

[注释]

①"交盖"二句：我跟你偶然路遇，倾心共话，不得久留，时间有如急流之水。想不到一别八年，如今又在荆州相会。交盖：车篷相接。形容路遇停车，亲切交谈。水急流：任渊注："言卒然相遇，不容少停，如流波之急也。"山谷于宋建中靖国元年四月到荆南，寓居至冬尽。诗云"八年"，与李氏初逢当为哲宗元祐八年（1093）。是年七月，在汴京，除秘书丞，兼国史编修官。

②"已回"句：感谢你对我依旧青眼相看，仿佛在悠然目送天上的飞鸿；而我也不像当年那样终日黄尘中奔走。任渊注："用嵇康诗'目送归鸿'之意。""谓不复浮沉京洛风尘间也。"上句写对方，下句自谓。曲

折跌宕,可称佳联。

③ "旧管"二句:不知你新新旧旧加起来纳了多少姬妾,人生好比水中的空船,随波逐流,总得听从命运的摆布。旧管新收:本吏文书中用语。旧管,谓旧账的余额;新收,谓新增之额。诗中用此,以俗为雅,亦有揶揄之意。妆镜:妇女所用镜子,此代指女子。流行坎止:贾谊《鵩鸟赋》"乘流则逝兮,得坎则止"之意,谓当委运乘化也。虚舟:无人驾驶的船只。《庄子·山木》:"方舟而济于河,有虚船来触舟,虽有惼心之人不怒。"

④ "相看"二句:彼此相见时最令人慨叹的是那位女博士,她和她的笔砚、乐器,早已成一堆丘墓。女博士:美称才女子。原注:"女博士,谓辅圣后房孔君也,于文艺无所不能,皆妙绝。"成古丘:李白《登金陵凤凰台》诗:"晋代衣冠成古丘。"意谓八年前孔氏还在,如今已逝去了。

和高仲本喜相见

雨昏南浦曾相见,雪满荆州喜再逢①。有子才如不羁马,知公心是后凋松②。闲寻书册应多味,老傍人门懒更慵③。何日晴轩亲笔砚?一樽相属要从容④!

[题解]

建中靖国元年(1101)二月,山谷自蜀放还,经过万州。时高仲本任万州太守,相与盘桓多日,依依惜别。是年冬,山谷在荆州与仲本重见,欣喜之余,写诗相赠。本诗一气呵成,流畅自然,是作者晚年渐趋平淡之作。

[注释]

①"雨昏"二句：雨昏云暗的初春，我们曾在万州相见。如今，飞雪漫天，又在荆州高兴地重逢了。"雨昏"句实指高仲本曾约游岑公洞，夜雨至晓，不能成行。山谷有诗记此事。南浦：万州在唐时为南浦郡，明以后改称万县，今重庆市万州区。荆州：宋时为江陵府，明、清为荆州府。今湖北省荆州市，江陵为荆州市辖县。

②"有子"二句：您的儿子才华奔放，如同没有套上络头的骏马。我知道，您的精神，正像经冬不凋的松柏那样啊！后凋松：《论语·子罕》："岁寒然后知松柏之后凋也。"比喻人能禁得起严峻的考验。

③"闲寻"二句：您一有空就翻检书册，应是有无穷的乐趣。老了，去依傍别人门户，您是懒得干的。这里写高仲本好学深思、不趋炎附势的思想品格。

④"何日"二句：几时能在晴日的轩窗下，细读您的好文章？相劝一樽清酒，从容谈笑啊！用杜甫《春日忆李白》诗意："何时一樽酒，重与细论文？"属（zhǔ）：倾注。《仪礼·士昏礼》："酌玄酒，三属于尊。"引申为劝酒。苏轼《赤壁赋》："举酒属客。"

次韵高子勉十首（选三）

雪尽虚檐滴，春从细草回①。德人泉下梦，俗物眼中埃②。久立我有待，长吟君不来。重玄锁关钥，要待玉匙开③。

[题解]

　　高荷，字子勉，江陵人，自号还还先生。宋徽宗崇宁元年（1102）春初，山谷在江陵，子勉献上长诗，中有"蜀天何处尽？巴月几回弯"之句。山谷深爱子勉的才能，前后写了多首诗指导有关作诗的方法。并在《跋高子勉诗后》中称赞他说："子勉作诗，以老杜为标准，用一事如军中之令，置一字如关门之键。"这实际是山谷自己用典和炼字的标准。

[注释]

　　①"雪尽"二句：积雪融化了，从空檐边，一滴一滴地流下来；春天悄悄地随着新长出来的细草，回到人间。写早春的景物，很细腻，很美。

　　②"德人"二句：那位品格高尚的人，已成了黄泉下的一梦，但鄙俗的家伙们，却像尘埃那样，老眯在我的眼里。上句痛悼东坡已逝，叹惜子勉不能从之向学。下句说自己被俗人包围，难得知音。德人：指苏轼。出《庄子》："德人者，居无思，行无虑，不藏是非美恶。"

　　③"久立"四句：久久地伫立，我在等待着您。曼声低吟着诗句，您怎么还不到来？这重重玄关上的金锁，要等您那玉匙来开启呀！这里所表现的感情非常深刻真挚。一位好老师在盼望学生到来，互相启发，共同研究，教学相长。这样的师生关系是很感人的。前两句语淡情深。玄：指玄关，幽深奥妙的入道之门。诗中指诗法的门户。关钥：门上的锁钥。玉匙：开启玄关金锁的钥匙。《黄庭经》："玉匙金锁常完坚。"本诗中指高子勉，期之能发诗歌之秘奥。

　　君不居郎省，还应上谏坡。才高殊未识，岁晚喜无它①。枥马羸难出，邻鸡冻不歌②。寒炉余几火？灰里拨阴何③。

[注释]

①"君不"四句：以您的才能来说，如果不做尚书郎，应当上谏官。但您的高才没人知道。所喜的是，一年过了，也没遭到什么祸害。郎省：诗中指尚书郎所居的台省。上谏坡：指进入谏院。谏议大夫掌规谏朝政的缺失。无它：无祸。它，即古"蛇"字。古人露宿在外，相见时即互相问候："无它乎。"诗意谓本来才高则易招嫉妒，带来祸害，而子勉是无名之辈，旁人不识，故曰"喜无它"。实在是叹惜高子勉的怀才不遇。"喜"比"悲"含有更深刻的内容。

②"枥马"二句：厩中的马，瘦得没法子出来；邻家的鸡，也冷得不能啼唱。两句写严寒的情景，用以衬托子勉作诗之苦心，在这样恶劣的环境中还能坚持学习。

③"寒炉"二句：寒炉中剩下无多的火种了，您从炉灰里把阴铿、何逊拨出来吧！两句比喻生动、新警。据《传灯录》载，百丈问沩山说：你炉中有火吗？沩山说：没有。百丈自己起来，在炉中深拨得火种，拿给沩山看。这不是火吗？沩山省悟了，向百丈道谢。意思是说：要通过亲身实践，努力探索，才能领悟出道理。山谷用拨火作比喻，教导子勉：写诗态度要严肃认真，反复推敲，深思苦求才能写出像阴、何那样的好诗来。从字面上，这两句也构成一幅冬夜围炉吟咏的画图。阴何：六朝的诗人阴铿和何逊。在当时享有盛誉。杜甫《解闷》诗："陶冶性灵存底物？新诗改罢自长吟。孰知二谢将能事？颇学阴何苦用心。"可与山谷此诗参看。任渊注："言作诗当深思苦求，方与古人相见也。"此与山谷《赠高子勉四首》"事须钩深入神"同意。

沙上步微暖，思君剩欲招。萎蒿穿雪动，杨柳索春饶①。枉驾时逢出，新诗若见撩②。樽前远湖树，来饮莫辞遥③。

[注释]

① "沙上"四句：春初，天气渐暖，在沙岸上漫步徐行。思念起您，真想找您同游。蒌蒿穿过地面的积雪向上生长，杨柳也发芽了，仿佛索取了更多的春意。写出春初生机勃勃的景色。春景与友情交融在一起，很美。"穿""动""索""饶"四字，把春景写活了。饶：多。

② "枉驾"二句：您来访我，有时又碰巧我出了门，您留下的新诗，像在引逗起我的诗情来了。枉驾：屈尊相访。是对对方的敬辞。见：敬辞，表"被""加"的意思。

③ "樽前"二句：在酒樽前，可欣赏远湖的树影。您来喝一杯吧，不要推辞路远啊！远湖：指江陵东郊的长湖。

赠高子勉四首（选二）

妙在和光同尘，事须钩深入神①。听他下虎口着，我不为牛后人②。

[题解]

本诗作于崇宁元年（1102），时山谷五十八岁。所选二诗为论诗诗，反映了山谷晚年的人生态度和文学主张：处世既要谨慎韬晦，又要自具尊严；作诗既要锻炼字句，又要追求意境。高子勉：高荷，字子勉，江陵人，诗入江西派。

[注释]

①"妙在"二句：任渊注："上句欲其韬晦涵养，与世同波；下句欲其学之精微，即事观理。""和光同尘"，语出《老子》："和其光，同其尘，是谓玄同。"意谓涵隐个人的光芒，混同于尘俗之间。"钩深入神"四字为山谷之奇创，也是诗歌创新的最高标准。郭绍虞谓"山谷论诗始于法而终于神"，深会此意。

②"听它"二句：任渊注："上句谓无若世人行险徼幸，如弈棋而置子于虎口。下句欲其特立独行，不落人后也。"着（zhāo）：围棋下子。虎口下着是行险棋。牛后：《战国策·韩策一》："宁为鸡口，无为牛后。"大意是宁肯小而尊，不可大而贱。山谷意欲自辟新径，即使是险径，也胜于在大路上随人奔走。

拾遗句中有眼，彭泽意在无弦①。顾我今六十老，付公以二百年②。

[注释]

①"拾遗"二句：任渊注："谓老杜之诗眼在句中，如彭泽之琴，意在弦外也。"杜甫曾任右拾遗。眼：诗眼，诗句中最精彩最关键的一个字眼，能起到画龙点睛的作用。何汶《竹庄诗话》卷一引《漫斋语录》云："古人炼字，只于句眼上炼。"又云："凡炼句眼，只以寻常惯熟字使之，便似不觉者为胜也。"陶渊明曾任彭泽令。萧统《陶渊明传》："渊明不解音律，而蓄无弦琴一张，每酒适，辄抚弄以寄其意。"

②"顾我"二句：意谓我年已六十，力不从心；写出传世佳篇的大任，就交托给你了。《南史·谢朓传》载，沈约称赞谢朓诗云："二百年

来无此诗也。"本篇用其语。

蚁 蝶 图

蝴蝶双飞得意,偶然毕命网罗①。群蚁争收堕翼,策勋归去南柯②!

[题解]

这是一首辛辣的政治讽刺诗。愤激的山谷,这时大概已忘记"温柔敦厚"的诗教了。诗中把那些小爬虫丑恶而可笑的表演生动地描绘出来,未加评论,读者自能会意。据南宋岳珂《桯史》载,题上了此诗的那幅《蚁蝶图》传到京城,冒充"新党"的蔡京见到,登时大怒,准备加山谷以"怨望"的罪名,重加贬谪。以此可见这首小诗的力量了。一首二十四字的小诗,包含着丰富的思想内容,用词简练,寥寥几笔,就把整个事件刻画出来,憎爱分明,艺术形象也真实生动。这是成功之作。

[注释]

①"蝴蝶"二句:一双蝴蝶儿正在得意地翩跹飞舞,忽然撞入蜘蛛网中,送掉了性命。这里"得意"两字很传神,与"毕命"成强烈的对比。一生一死,一喜一悲,以见政局的变幻无常,人事的难测。诗人对美丽的蝴蝶之死,用"偶然"两字,表示了惋惜和慨叹。

②"群蚁"二句:一群小蚂蚁,争着收取从蛛网坠下的蝴蝶的残翼。自以为立下了不世的奇功,凯旋而至大树的南枝上。"群蚁"句意一转。写蚂蚁坐收渔利,沾沾自喜的情状。那些跟在狮虎后边啃残骨剩骨的鼷

狗,我们不是非常熟悉吗?山谷对这些小家伙无情地嘲笑。把群蚁扰攘纷争的丑态揭露出来,最后以"南柯"两字作结。将蝴蝶、蜘蛛、蚂蚁之间纠缠不休的关系,一笔抹去,指出这一切到头来不过是南柯一梦而已。

策勋:把功劳记载在书策之中。南柯:唐朝李公佐的《南柯太守传》载,淳于棼做梦到槐安国,做了驸马,任南柯太守,荣华富贵已极,后打了败仗,公主又死去,被遣回。醒后见庭中槐树南枝下有蚂蚁穴,即梦中所历。

这一首二十四字的小诗,思想丰富、用词简炼,艺术形象也真实生动。六言绝句,在宋诗中得到发展,很多诗人都喜欢用这体裁。潘伯鹰先生对此有很精到的见解:"这其中要诀,须将句法炼得坚挺,把不相干的转折虚字删得干净,这样才能将意思的转折藏在里面,因而耐人寻味。"

按:日本京都建仁寺所藏《山谷诗抄》引蔡载语曰:"山谷诗,意谓二苏而有说焉。诗虽小,清婉而意足,殆诗之法言也。"谓蝴蝶指苏轼、苏辙兄弟。可供参考。

雨中登岳阳楼望君山二首

其 一

投荒万死鬓毛斑,生出瞿塘滟滪关①。未到江南先一笑,岳阳楼上对君山②。

[题解]

崇宁元年(1102)春,山谷遇赦后,自江陵返回故乡。途经湖南,登岳阳楼，写了这两首千古传诵的名作。上首写放逐归来的欣幸心情。山谷在四川住了六年，无日不思江南，未到先笑，到时的喜悦，就可想而知了。次首写登楼所见的美景，秀丽而有气势。岳阳楼在洞庭湖边，自唐朝张说创建以来，一直是著名的胜地。范仲淹曾写过有名的《岳阳楼记》。君山在岳阳楼西面，隔着洞庭湖水，相传是"百川之神"湘君游居之地。黄䎖《山谷先生年谱》载山谷手书二诗跋云："崇宁之元正月二十三日，夜发荆州，二十六日至巴陵，数日阴雨不可出，二月朔旦，独上岳阳楼，太守杨器之、监郡黄彦并来，率同游君山。"

[注释]

①"投荒"二句：我被流放到荒远之地，九死一生，鬓发也斑白了，想不到还能活着出了瞿塘峡和滟滪堆，返回故乡。瞿塘：在今重庆奉节县。瞿塘峡是著名的长江三峡之一。《水经注》："瞿塘、黄龛二滩夏水洄洑，沿溯所忌。"洄洑，水流回旋。滟滪（yàn yù）：滟滪堆，瞿塘峡口的巨石。因妨碍通航，现已炸掉。古歌云："滟滪大如马，瞿塘不可下。""生出"句用《后汉书·班超传》，班超多年在西域，晚年请求内调，云："臣不敢望到酒泉郡，但愿生入玉门关。"

②"未到"二句：未到江南的家乡，先已欣然一笑，啊，在岳阳楼上，正对着君山！这里写出放逐归来的欣幸心情。山谷在四川住了六年，无日不思江南，未到先笑，到时的喜悦，就可想而知了。这种写法与唐朝刘皂的《旅次朔方》诗有异曲同工之妙。刘诗云："客舍并州已十霜，归心日夜忆咸阳。无端又渡桑干水，却望并州是故乡。"岳阳楼：原为湖南岳阳县西门的城楼，隔着洞庭湖水，与君山遥遥相望。

其 二

满川风雨独凭栏,绾结湘娥十二鬟①。可惜不当湖水面,银山堆里看青山②。

[注释]

①"满川"二句:满湖风雨,在岳阳楼上,我独自凭栏眺望。远处的君山,恰似湘夫人盘结起的十二螺髻。川:本指河流、水道。岳阳楼所对的湖面较狭,与长江相通,故称"川"。绾(wǎn):把长条形的东西盘绕起来打成结。如"绾发""绾髻"。湘娥:湘夫人,其神灵居于君山。《楚辞》有《湘夫人》歌云:"帝子降兮北渚,目渺渺兮愁予。"

②"可惜"二句:可惜的是,不能正对着湖面,在银山般的波浪中去欣赏青青的君山。写凭栏时的实感。最好是泛舟湖上,平看那白浪青山的美景,因风雨而无法实行,故未免有些遗憾了。当:正对着。诗中指在湖上面对着湖水。刘禹锡《望洞庭》诗:"遥望洞庭山水翠,白银盘里一青螺。"为本诗所从出。

题胡逸老致虚庵

藏书万卷可教子,遗金满籯常作灾①。能与贫人共年谷,必有明月生蚌胎②。山随宴坐图画出,水作夜窗风雨来③。观水观山皆得妙,更将何物污灵台④。

[题解]

宋徽宗崇宁元年（1102），山谷由湘返赣，途经胡逸老的居所，题诗以赠。胡逸老家富藏书，不慕名利，性喜山水。山谷在诗中表示赞美和敬慕，也表明了自己高洁的情怀。此诗平仄格律变异，方回《瀛奎律髓》归入"变体类"，纪昀亦认为："此诗不甚入绳墨，略其玄黄可矣。不以立法。"胡逸老：生平不详。致虚庵：胡逸老书室之名。山谷又有《胡逸老吴生画屏赞》一首。

[注释]

① "藏书"二句：家中藏书万卷可以教好子孙，留下满箱黄金反而会招来祸害。首句典出《汉书·韦贤传》，韦贤为丞相，其少子玄成又以明经入仕，官至丞相，故乡鲁谚曰："遗子黄金满籯，不如一经。"籯（yíng）：竹箱、竹篓。经，指儒家经书。汉代立五经，能通一经者亦可入仕。《汉书·儒林传》载：举贤良文学，"元帝好儒，能通一经者皆复"。两句意谓以诗书传家能使子孙后代成才，而留下金钱则往往招灾。

② "能与"二句：在灾荒之年能拿出粮食与穷人共享，那就必能像韦端那样有佳子弟出于门庭。《后汉书·梁商传》载："每有饥馑，辄载租谷于城门，赈与贫馁，不宣己惠。"明月生蚌胎：明月，明月珠，珍珠。蚌胎，蚌育珠，如人怀胎，故曰蚌胎。《三国志·魏书》卷十《荀彧传》裴松之注引孔融致韦端书："不意双珠，近出老蚌。"孔融以"双珠"赞美韦端两子韦康与韦诞。诗意谓行善积福，可惠及子孙。方回《瀛奎律髓》卷二十五云："三四谓赈饥者必有后，此理灼然。"

③ "山随"二句：闲坐庵中，远望群山如图画般展现在眼前；入夜，像风雨声般的流水声从窗外传来。宴坐：安坐，闲坐。此为山谷诗中名联，构思巧妙，造语生新。上句写白天，下句写晚上。一山，一水，一视

觉,一听觉,所谓"极视听之娱"也。方回《瀛奎律髓》云:"五六奇句也。"许印芳评曰:"律诗上下联叠用风月山水等字,山谷以前作者皆用在前半,而且上联总起,下联分承,如沈云卿《龙池》篇、杜子美《吹笛》篇是也。山谷此诗却命在后半,上联分说,下联总收,变化得妙,惟气脉与前半嫌隔阂,晓岚所谓不甚入绳墨也。"潘德舆《养一斋诗话》亦称此诗联为"奇语"。连对山谷极有偏见的冯班也说了句公道话:"腹联佳。"

④ "观水"二句:观山观水,都能领略到妙趣,还有什么东西能污染清净的心灵呢?灵台:心灵。《庄子·庚桑楚》:"不可内于灵台。"末句暗用神秀、慧能两偈中有关"明镜台"不"惹尘埃"之意。此二句一作"莫将世事侵两鬓,小庵观静锁灵台",意似稍逊。

新喻道中寄元明用"舤"字韵

中年畏病不举酒,孤负东来数百舤①。唤客煎茶山店远,看人秧稻午风凉②。但知家里俱无恙,不用书来细作行③。一百八盘携手上,至今犹梦绕羊肠④。

[题解]

山谷回家乡后,马上就往萍乡探望哥哥元明。住了十五天,分别时心情也很轻松愉快。这首诗是崇宁元年(1102)四月底,山谷从萍乡赴江州,途经新喻时作。新喻离萍乡不过百多里,山谷又想念起哥哥来了。山谷晚年的律诗,写得平淡深厚,很有韵味。诗句中不堆叠辞藻,不专用实字,不刻意求工,如本诗五、六句,就很像杜甫后期的"剥落浮华"之作。诗中准确使用一些虚字,以表现诗人感情上的曲折变化。后山"深知报消息,不忍问何如",正是学杜、黄这一体的。钱锺书先生说:"这首是黄庭坚的比较朴质轻快的诗,后来曾几等就每每学黄庭坚这一体。"(《宋诗选注》一一三页)

[注释]

① "中年"二句:我自中年以后,怕生病,不敢喝酒,因而辜负东归后的好几百杯了。意思是,本来心情高兴,应该痛痛快快地喝几百杯酒的。这里换了个写法,更觉有味。中年:指四五十岁的年龄。山谷是年五十八岁。孤负:亦作"辜负",有负,对不起。

② "唤客"二句:招呼客人煮茶的山店远离城市,一边喝茶,一边看着农民将秧苗插入稻田,午后的凉风吹过,也就感到凉快了。两句写景,反映了诗人轻快的心情。"凉"字下得很妙。

③ "但知"二句:只要知道家里的人都没有什么病痛,写信时就不必细致地一行又一行了。这两句是人人心中所有的思想,所以特别真切动人。无恙:没有灾祸、疾病等。恙,忧。

④ "一百"二句:当年经过一百八盘的险地,我和你携手同上。到如今,还梦到绕着羊肠小路行走的情景。末两句意又一转,通过回忆,更深一步写兄弟间的感情。山谷被贬黔州时,元明相送,路经一百八盘、四十八渡等险地。"至今犹梦"四字,触目惊心。以过去的艰苦历程作反衬,更突出被赦后愉快的心情。

湖口人李正臣蓄异石九峰，东坡先生名曰"壶中九华"，并为作诗。后八年，自海外归湖口，石已为好事者所取，乃和前篇，以为笑实。建中靖国元年四月十六日。明年，当崇宁之元年五月二十日，庭坚系舟湖口，李正臣持此诗来，石既不可复见，东坡亦下世矣。感叹不足，因次前韵

有人夜半持山去，顿觉浮岚暖翠空[1]。试问安排华屋处，何如零落乱云中[2]？能回赵璧人安在？已入南柯梦不通[3]！赖有霜钟难席卷，袖椎来听响玲珑[4]。

[题解]

这是一篇感人至深的佳作。诗中写了一块奇石的得失遭遇，以象征朋友的生死命运。东坡去世，山谷失去了一位患难与共、志趣相投的良师益友，在多首诗中都表示伤悼。如"德人泉下梦""不见两谪仙，长怀倚修竹""东坡百世士""东坡道人已沉泉""经行东坡眠食地，拂拭宝墨生楚怆""何况东坡成古丘，不复龙蛇看挥扫"等。可见这两位大诗人友情的深厚。

[注释]

① "有人"二句：不知是谁，在半夜偷偷地把山搬走，顿时感到浮动的林雾、晴翠的山色都消失了。两句写李正臣的奇石被人取去，以喻东坡的逝世。"夜半"句见《题伯时画松下渊明》诗注。暧翠：天晴时青翠的山色。

② "试问"二句：试想想，与其把这奇石安置在豪华的房子里呆着，倒不如让它零落在云山之中吧。两句感情非常深刻沉痛。东坡曾一度进入中央，任翰林学士，知制诰，充侍读，也曾"安排华屋"，志得意满。结果是一再贬逐，转徙定州、英州、惠州、琼州、儋州、廉州、永州，最后也不免"零落乱云"，死在常州。诗中用"试问""何如"两虚词，使句意曲折跌宕，表达了诗人对变幻无常的政局悲观的看法。即使东坡不死，重新入朝恢复名位，也不见得是件好事。

③ "能回"二句：能完璧归赵的人，如今何在？啊，早已成为南柯一梦，连梦也不通了！这里写石失难返，以喻东坡去世，无法复生，如南柯一梦。赵璧：《史记·廉颇蔺相如列传》载：战国时赵惠文王得和氏璧，秦昭王诈许以十五城易璧。蔺相如自愿奉璧前往，说："城入赵而璧留秦，城不入，臣请完璧归赵。"

④ "赖有"二句：幸而尚有石钟山在，难以席卷而去，还是带个椎子去敲敲，听那清越的响声吧！两句意又一转。既然奇石不可得见，不如就到东坡生前所爱的石钟山去，以作悼念。霜钟：指湖口的石钟山。东坡在元丰七年（1084）六月，曾亲往考察，作《石钟山记》，以辨"石钟"名字的由来。袖椎：衣袖里藏着椎子。椎，捶击具。《石钟山记》载：唐朝李渤发现山下有双石，"扣而聆之，南声函胡，北音清越"。函胡，深沉浑厚。

观化十五首（选二）

红罗步障三十里，忆得南溪踯躅花①。马上春风吹梦去，依稀人摘雨前茶②。

[题解]

崇宁元年（1102）六月，山谷被委任领太平州事，九日而罢。在荆州居家半年，日日与朋友诗酒交游，生活颇为闲散。这一组七绝，正反映出山谷此时的心情。这里选了第十、第十一两首。观化：观察事物的变化。

[注释]

①"红罗"二句：郊野外三十里路上，繁花似锦，使人想起了南溪两岸的踯躅花。两句写诗人春日出游，看到万紫千红的美景，回忆起故乡。红罗：红色的绮罗。这里比喻春花。步障：在路旁插竹张幕为屏障，以挡尘土。《晋书·石崇传》："崇作锦步障五十里。"本诗以喻路旁的繁花。踯躅（zhí zhú）：亦称"闹羊花"。花鲜黄色，可供观赏。

②"马上"二句：骑在马上一路行来，千红缭乱，意绪迷离，多事的春风把这梦境般的情思吹到故乡，我依稀看到姑娘们的巧手正在摘雨前的新茶。梦：指诗人惝恍迷离的思绪。雨前茶：在春天谷雨前摘的茶，品质最好。山谷的家乡双井，是有名的出茶之地。欧阳修《归田录》："草茶以双井为第一。"

竹笋初生黄犊角，蕨芽已作小儿拳①。试挑野菜炊香饭，便是江南二月天②。

[注释]

①"竹笋"二句：这里用了两个很贴切的比喻：初生的竹笋，像小黄牛刚露出的角儿，蕨芽像小孩子的拳头那样拳曲着。有些批评山谷的人，说他是个"忍人"。这未免把艺术的真实和生活的真实混起来了，当然，蕨芽是可食的，但并不等于要去吃小孩子的拳头。

②"试挑"二句：试到野外去挖点野菜来煮一锅又香又甜的大米饭，这便是江南的二月天时了。这里写出江南二月的好风物，很有生活的情趣。挑野菜：挖野菜。指上文的竹笋、蕨芽。古代风俗，在清明时节到郊外踏青挑菜。

山谷原序云："南山之役，偶得小诗十五首，书示同怀，不及料简铨次。夫物与我若有境，吾不见其边；忧与乐相过乎前，不知其所以然。此其物化欤？亦可以观矣。故寄名曰《观化》。"这篇小序很能说明山谷当时的心境，饱经忧患之后，有了个喘息的机会，往往会产生这种"看化了"的想法。

题李亮功戴嵩牛图

韩生画肥马，立仗有辉光。戴老作瘦牛，平田千顷荒①。觳觫告主人："实已尽筋力。乞我一牧童，林间听横笛②。"

[题解]

　　李公寅，字亮功，藏有戴嵩牛图。戴嵩，是唐代著名的画家，曾跟韩滉学习，特别擅长画水牛，写田家、川原亦有意思。这首题画诗，以小见大，言近旨远，含蓄地反映了当时的政治现实，表现了山谷恬退的心情。诗的风格很似孟郊的苍老清苦。

[注释]

　　①"韩生"四句：韩幹先生善于画肥马，它站在皇帝的仪仗队中，很有光采。戴嵩老头儿却爱写瘦牛，要去耕种千顷荒芜的田地。这里用肥马和瘦牛作鲜明对照，象征两种人物：一是尸位素餐，脑满肠肥；一是终日劳碌，老病交侵。诗中山谷以老牛自比，颇有点不平之气。韩生：指韩幹，唐代著名的画家，擅写马。杜甫《丹青引》："幹惟画肉不画骨。"

　　②"觳觫"四句：老牛颤抖地告诉主人："我实在已筋疲力竭了。请叫个牧童照料照料我吧，在树林中休息时，听着他吹吹横笛。"这里山谷表明心事，要离开艰险的政治战场，好好地退休。任渊注引《南史·陶弘景传》："梁武帝屡加礼聘，（陶）并不出，唯画作两牛，一牛散放水草之间，一牛着金笼头，有人以杖驱之，武帝笑曰：此人岂有可致之理？"此诗颇采其意。觳觫（hú sù）：牛的恐惧颤抖之状。收两句结《牧牛图》题意。

追和东坡题李亮功归来图

　　今人常恨古人少，今得见之谁谓无①？欲学渊明归作赋，先烦摩诘画成图②。小池已筑鱼千里，隙地仍栽芋百区③。朝市山林俱有累，不居京洛不江湖④。

[题解]

　　山谷的七律诗，写至此，已是"皮毛剥落尽，惟有真实在"。把一切的富贵气、脂粉气、寒酸气、学究气都洗得一干二净，格调老苍，风骨骞举，无可摘之警句，无可挑之诗眼，全诗如百炼精钢，外表无异黑铁，而掷地则铿然而鸣。这样的作品，在山谷集中自不可多得，然觅解人亦政复不易。呜呼，山谷！

[注释]

　　①"今人"二句：现在的人经常埋怨：像古代高士那样的人太少了。如今真的能见到了，谁说是没有呢？古人：指作者心目中美化了的有高风亮节的读书人，如三、四句之陶渊明与王维，诗中以比李亮功。劈空而起，反诘有力。

　　②"欲学"二句：想要效法陶渊明归隐，作《归去来辞》，那就先要劳烦王摩诘画好《辋川图》。此以渊明比李亮功。赋：指《归去来辞》，参见《跛子瞻和陶诗》注。摩诘：唐代著名的诗人、山水画家王维，字摩诘，曾在辋川筑别墅。《画断》云："王维画《辋川图》，山谷盘郁，云水飞动。"诗中以摩诘比为李作《归来图》者。图：谓《辋川图》，诗中以比李亮功的《归来图》。

　　③"小池"二句：已筑起小小的池塘，可任鱼儿作千里之游。在村前村后的隙地里，还可以种植百畦芋芳。鱼千里：《关尹子》："以盆为沼，以石为岛，鱼环游之，不知其几千万里也。"此中亦颇有自得其乐之意。山谷屡用"鱼千里"意，如"寻师访道鱼千里""争名朝市鱼千里"。

两句意谓池地虽狭小，仍可养鱼植芋。句法生动，自有尺幅千里的气势。

④"朝市"二句：无论隐于朝市或是山林，都是件困难之事。最好还是您这样，不居在京洛之中，也不处于江湖之上。朝市山林：王康琚《反招隐诗》："小隐隐陵薮，大隐隐朝市。"京洛：指长安和洛阳，泛指大都市。意谓对于不仕者来说，朝市喧嚣，山林又无多余土地可以谋生，故都不应作为卜居之所。两句绝妙，把前人所盛称的"大隐""小隐"，一笔抹去。山谷所欣赏的不是那些隐士，而是"视其平居无以异于俗人，临大节而不可夺"（《书嵇叔夜诗与侄榎》）的真君子。

武昌松风阁

依山筑阁见平川，夜阑箕斗插屋椽，我来名之意适然①。老松魁梧数百年，斧斤所赦今参天②。风鸣娲皇五十弦，洗耳不须菩萨泉③。嘉二三子甚好贤，力贫买酒醉此筵④。夜雨鸣廊到晓悬，相看不归卧僧毡⑤。泉枯石燥复潺湲，山川光辉为我妍⑥。野僧旱饥不能馈，晓见寒溪有炊烟⑦。东坡道人已沉泉，张侯何时到眼前⑧？钓台惊涛可昼眠，怡亭看篆蛟龙缠⑨。安得此身脱拘挛？舟载诸友长周旋⑩！

[题解]

本诗是山谷至鄂州经途所作。《山谷先生年谱》："今赤㶉中有跋与李德叟书云：'崇宁元年九月甲申，系舟樊口题。'"武昌，即湖北鄂城。阁在城西的樊山上，松木蔽天，风景极佳。山谷游此，以"松风"名之，并亲书是诗，现墨迹尚存。诗写在砑花的布纹纸上，纸色微黄，字为行书，气势雄浑，用笔劲峭，与诗的风格一致，是我国书法艺术的一件瑰宝。

[注释]

① "依山"三句：靠着樊山，筑起高阁，俯瞰着广阔的平原。夜深时箕宿和斗宿，斜挂在屋椽上。我到来给它起了个名字，感到很适意。写松风阁的地势和名字来由。箕：二十八宿之一，苍龙七宿的最后一宿，有星四颗。斗：北斗七星。

② "老松"二句：山上的老松树，高大壮伟，已活了好几百年。人们的斧子放过了它们，现已长得耸入云天。赦：免罪。诗中指老松未被斧子砍掉，好像被赦免似的。

③ "风鸣"二句：风乍吹过，好像在弹奏着女娲氏的五十弦瑟。这松风之声，可以洗净人耳，不须用菩萨泉水了。娲皇：即女娲氏。神话传说中人类的始祖，是伏羲氏的妻子。传说伏羲曾作五十弦瑟。洗耳：东坡《听瑟》诗："归家且觅千斛水，净洗从前筝笛耳。"意说瑟的乐音比筝笛好，所以要洗耳倾听。山谷此诗是说松风如瑟，故能清人之耳。菩萨泉：在西山寺中。两句写松风声音之美，设想奇特。

④ "嘉二"二句：值得赞赏的是，你们几位能爱重贤士，竭尽己力，买酒共醉在这筵席上。力贫：尽贫人的力。这里写在松风阁上宴饮。

⑤ "夜雨"二句：一夜雨声响遍廊前，到清晨，雨还在下着。大家你望我，我望你，不能回家，只好睡在僧毡上。悬：形容雨下的情状。两句写因雨留宿僧房。

⑥ "泉枯"二句：以前泉水枯竭，涧石干燥，现在又流水潺湲了。

山川也有了光辉，像为我们而显得更美了。这里写久旱得雨，山河焕然一新。反映出诗人喜悦的心情。潺湲（chán yuán）：水徐流貌。

⑦"野僧"二句：野寺的和尚，由于旱灾饥荒，连粥也吃不上。早晨，却见到寒溪上升起了炊烟。这里写因下了大雨，农作物有救了，人们高兴地煮点东西吃。饘（zhān）：较稠的粥，诗中作动词用。寒溪：武昌西山附近的溪水名。

以上六句写夜雨至晓的情景。

⑧"东坡"二句：东坡道人已沉埋在黄泉之下，被贬的张耒几时到来相会啊！两句悼念东坡的逝世，并盼望张耒前来。东坡曾任黄州团练副使，经常到武昌西山，题诗留念。如今他已逝去整整一年了。张耒在东坡死后，举行悼念活动，被告发，贬为房州别驾，黄州安置。这时尚未到来。

⑨"钓台"二句：钓台之下，波涛拍岸，可让人舒适地午睡；怡亭之上，观赏李阳冰的篆书，笔势如蛟龙盘绕。钓台：在樊山之北，东坡曾游于此。怡亭：在长江中的小岛上。有《怡亭铭》，唐人裴虬撰文，李阳冰书篆。

以上四句怀念存殁的旧友，并记游踪。

⑩"安得"二句：怎能使此身摆脱世事的拘牵？用小船载着朋友们，在这儿长久地盘桓游乐！末两句总结全诗，写自己的愿望。拘挛：束缚、牵扯。周旋：任渊注："魏晋间多以交游为周旋。"

清季有人认为此诗可为七言古诗之法。全诗句句押韵，一韵到底。用汉代的"柏梁体"，音调铿锵，朗读时朗朗上口，是山谷诗中高华健举的名作。方东树云此诗："后半直叙，却能扫人凡言，自撰奇重之语。"

鄂州南楼书事四首（选一）

四顾山光接水光，凭栏十里芰荷香①。清风明月无人管，并作南楼一味凉②。

[题解]

山谷的七绝风格近于杜甫，古拗奇崛。往往"寡情少恩"，了无余味。但这组南楼诗却似李白、王昌龄的绝句，情致深美，余韵悠长，为历来人们所传诵。

[注释]

① "四顾"二句：写南楼上所见的景色，着意创造出一个清静、优美的环境气氛。南楼在武昌的黄鹄山顶，邻长江，接东湖，四围水光山色，风景极佳。楼外十里荷塘，盛夏时亭亭翠叶，阵阵幽香，已经透出一丝凉意了。芰（jì）荷：出水的荷。

② "清风"二句：写南楼之夜。南楼处地较高、四临旷野。明月无处不照，清风无处不在，这本来是南楼上最有特色的景物。"无人管"，三字妙绝，意思更深一层。清风明月让人自由去欣赏、享受，隐寓诗人自己赦归，已脱去拘挛，感到欣慰之意。明月清风，已与整个南楼融为一个统一体，人们已不把它们看成是外在的事物了。"一味凉"，这时已成为南楼之夜最主要的特征，是凭栏的人最深刻的感受。无论是山光水光、荷香风月，都化成了清凉之境。在盛夏时到过武昌的人，都会了解这个

"凉"字的可贵。

惠洪《冷斋夜话》载山谷语云:"天下清景,初不择贤愚而与之遇,然吾特疑端为我辈设。"在这颇为自矜之词中,也含着一些艺术的道理。感谢我们的诗人把这些清景摄进作品中,让后世的读者们跟作者一道,领受到祖国山河无尽之美!

寄贺方回

少游醉卧古藤下,谁与愁眉唱一杯①。解作江南断肠句,只今唯有贺方回②!

[题解]

崇宁二年(1103),山谷在鄂州作。本诗凄婉动人,不胜存殁之感。贺铸,字方回,北宋后期词人,今存《东山词》一集。贺词丰富多彩,既有写春花秋月的闲情,又有写征人思妇的深意,合婉约、豪放为一手,深受黄庭坚、张耒的推重。

[注释]

①"少游"二句:秦少游已是醉卧在古藤阴下,溘然长逝。如今,有谁为敛愁眉,在樽前更唱一曲呢?秦观,字少游,北宋婉约派的词人,著有《淮海词》。元符三年(1100),在放还的途中,死在藤州(今广西藤县)。惠洪的《冷斋夜话》载:"少游既谪归,常于梦中作《好事近》,有云:'醉卧古藤花下,杳不知南北。'果至藤州,方醉起,以玉盂汲泉,笑逝而化。"次句写少游多伤春怨别之作,每令歌女"弹泪唱新词"(《淮

海词·一丛花》)。可参看《病起荆江亭即事》诗注。

② "解作"二句：能够写出江南风物，令人肠断的词句的，现在就只剩下贺方回了。断肠句：指贺铸的名作《青玉案》词，下半阕云："碧云冉冉蘅皋暮，彩笔新题断肠句。试问闲愁都几许？一川烟草、满城风絮、梅子黄时雨。"贺亦以此词被时人称为"贺梅子"。"只今唯有"四字，淡语深情，对旧友的痛悼，对新知的推美，都包在里边了。吴曾《能改斋漫录》卷十六："贺方回为《青玉案》词，山谷尤爱之，故作小诗以纪其事。"

离福严

山下三日晴，山上三日雨①。不见祝融峰，还溯潇湘去②。

[题解]

崇宁三年（1104）春，山谷过洞庭湖，经湖南长沙、衡山、零陵入广西，赴宜山的贬所。本诗是途中所作。福严寺在南岳衡山，依山岩架空建筑，气势雄伟，是有名古迹。旧名般若寺。

[注释]

① "山下"二句：写作者在衡山逗留三日。用古乐府的作法，表现衡山的高大，一山之中，上下晴雨不同。

② "不见"二句：山上云雾缭绕，遮住了祝融峰，只好失望地南溯湘江而去。唐代大诗人韩愈被贬南方，自阳山徙江陵，曾泛舟湘江，往观南岳，写了有名的《谒衡岳庙遂宿岳寺题门楼》诗，内云："须臾静扫众

峰出，仰见突兀撑青空。紫盖连延接天柱，石廪腾掷堆祝融。"紫盖、天柱、石廪、祝融都是衡山的主要山峰。此诗气势开扬，后人认为这是韩愈"南迁得归之祥"。山谷诗说"不见祝融峰"，即有归期未可卜之意。溯：逆流而上。潇湘：潇水和湘水，在湖南境内，向北流入洞庭湖。

黄爵滋《读山谷诗集》云："看此外着不得字句，便是五绝胜景。"此诗空灵蕴藉，不着一"景语"，而胜景自见。

题花光老为曾公衮作水边梅

梅蕊触人意，冒寒开雪花①。遥怜水风晚，片片点汀沙②。

[题解]

崇宁三年（1104），山谷赴宜州贬所，途经衡阳，与花光寺的和尚仲仁相识，流连数日，极其欢洽。这首为仲仁题画的小诗，似是随意写来，诗笔流丽，实在已含有无限的感怆，也可以说是山谷以及东坡等人一生的小结。花光老：衡阳花光寺的长老，指仲仁。曾公衮：名纡，坐事贬到衡州（衡阳的古称）。

[注释]

① "梅蕊"二句：这些美丽的梅蕊，居然触动了老和尚的情思。冒着冬季的严寒，在水边开着雪白的花儿！这里有两重意思：一是点题，写仲仁画的水边梅；一是寄托，写有高洁情操的人不畏环境恶劣，坚持奋斗的品格。触：动的意思。白居易《榴花》诗："香尘拟触坐禅人。"本诗中用在和尚身上，可见山谷用事的严谨。仲仁善画，据《冷斋夜话》载，

衡州花光仁老，以墨为梅，鲁直观之，曰："如嫩寒春晓行孤山篱落间，但欠香耳。"

② "遥怜"二句：我远远想到，在水边晚风吹来，落梅片片，洒在汀洲的沙上。两句写出对落梅的无限惋惜之情。诗人大概这时想到他那些被贬逐而不幸逝去的朋友吧。山谷还有另一七古诗题云："花光仲仁出秦（少游）、苏（东坡）诗卷，思两国士不可复见，开卷绝叹。因花光为我作梅数枝及画烟外远山。追少游韵记卷末。"可与此诗参看。

戏咏高节亭边山矾花二首（选一）

北岭山矾取意开，轻风正用此时来①。平生习气难料理，爱著幽香未拟回②。

[题解]

山谷有一些轻倩流美的七言绝句，颇似晚唐的佳作。像这首小诗，信笔写来，毫不着意，而高情远致，溢于言外，这正是安石晚年退居锺山时学唐人七绝的风格。

[注释]

① "北岭"二句：写北岭山矾花开，轻风吹送着它的幽香。这里的关键在"取意"与"正用"二语。取意：犹言随意，写出山矾花漫山遍野、烂漫盛开的景象。山矾本是野花，向来不入士大夫之眼。山谷特意给它取了个"山矾"的名字，并在好几首诗中咏到它。正用：表现了诗人爱花之情。人来了，风吹得正好，没有辜负这幽香。

②"平生"二句：我生平逐渐养成的习惯，实在难以整治，您看，我还留恋着这幽洁的香花，不准备回家呢！一方面写出诗人对花的喜爱，另一方面，也表现了诗人像幽花一样的怀抱。《楚辞》中常以芳草喻美好的思想品格。诗人"爱著幽香"，也就是《楚辞》的"好修"之意。料理：整顿、治理。

此诗有序，文亦趣致：江湖南野中有一种小白花，木高数尺，春开极香。野人号为"郑花"。王荆公尝欲求此花栽，欲作诗而陋其名，予请名曰"山矾"。野人采郑花叶以染黄，不借矾而成色，故名山矾。海岸孤绝处补陁落伽山，译者以谓小白花山，予疑即此山矾花尔，不然何以观音老人坚坐不去耶？

书摩崖碑后

春风吹船著浯溪，扶藜上读《中兴碑》①。平生半世看墨本，摩挲石刻鬓成丝②。明皇不作包桑计，颠倒四海由禄儿③。九庙不守乘舆西，万官已作鸟择栖④。抚军监国太子事，何乃趣取大物为⑤？事有至难天幸尔，上皇局蹐还京师⑥。内间张后色可否，外间李父颐指挥⑦。南内凄凉几苟活，高将军去事尤危⑧。臣结舂陵二三策，臣甫低头杜鹃诗。安知忠臣痛至骨，世上但赏琼琚词⑨。同来野僧六七辈，亦有文士相追随⑩。断崖苍藓对立久，冻雨为洗前朝悲⑪。

[题解]

  这是山谷晚年时重要的诗作。崇宁三年（1104）春，诗人以"幸灾谤国"的罪名，被除名羁管宜州。此诗是山谷途经永州时作。诗中叙述在永州读到了《中兴颂》碑，评论了唐代安史之乱前后的政事，流露出对已走向没落的北宋王朝的忧心。诗人借古讽今，企图引起北宋统治集团的警惕，不要重蹈唐玄宗的覆辙。摩崖：亦作"磨崖"，在山崖峭壁上，磨平石面，刻上碑文或题字，称为摩崖石刻。周紫芝《太仓稊米集》载："此一纸涂窜至数十字，大似颜平原《坐位帖》。"可见这是山谷极用意之作。

  本诗风格苍老遒健，在艺术上已臻最成熟的高境。特别是叙事的语言精致干净，剥落浮华，绝似司马迁《史记》的笔法，值得我们用心领会。宋人曾季狸《艇斋诗话》云："山谷浯溪碑诗有史法，古今诗人不至此也。"胡仔《苕溪渔隐丛话》亦云："杰句伟论，殆为绝唱，后来难复措词矣。"连对山谷素有微词的张戒，也认为此诗"则真可谓入子美（杜甫）之室矣"。

[注释]

  ①"春风"二句：春风吹着船儿，来泊浯溪。我扶着藜杖上山，细读《中兴碑》。浯（wú）溪：在湖南祁阳县西南五里。《中兴碑》：即《大唐中兴颂》，唐朝元结作，颜真卿书写。内容写安史之乱后，唐肃宗收拾残局，使唐室"中兴"之事。这碑在书法上也有很高的价值，字体雄奇豪放，笔法苍劲有力，是大书法家颜真卿的重要作品。

  ②"平生"二句：我这一生过了半世都只是看到这碑刻的墨拓本，直到现在才亲手抚摩到石刻，鬓发已经变白了。这里先从书法艺术方面写亲见真石刻时的感慨。山谷是名书家，这样写很自然，行文上亦稍作顿

挫。墨本：从原石上摹拓下来的或刻印的本子。

③"明皇"二句：唐明皇不作固本之计，以致安禄山作乱，把天下搞得一塌糊涂。明皇：即唐玄宗李隆基。他晚年昏庸腐朽，不接受有远见的大臣的劝谏，把军事大权交到野心勃勃的胡人将领安禄山手里。从玄宗天宝十四载（755）冬安禄山起兵，到代宗广德元年（763）史朝义兵败自杀，天下大乱历时七年多，生产受到严重破坏，并形成藩镇割据的局面。从此唐王朝便一蹶不振了。包桑：包，亦作"苞"，本也。《易经·否卦》："其亡其亡，系于包桑。"意思说：怕失去了啊，就系在桑树干上吧！作包桑计，就是经常警惕着危亡的可能性，早些作好固守根本的大计。禄儿：即安禄山，平卢、范阳、河东三镇节度使，为取得信任，认做唐玄宗宠妃杨玉环的养儿。

④"九庙"二句：连太庙都失守了，玄宗逃到西蜀。官员们像乌鸦拣树栖止一样，纷纷投靠新的主子。九庙：指祭祀唐玄宗九位祖宗的太庙九室，其中祖庙五、亲庙四。李商隐《浑河中》诗："九庙无尘八马回。"乘舆：皇帝乘坐的车子。西：向西行。天宝十五载（756）六月，潼关失守，唐玄宗狼狈西逃。乌择栖：一说指宰相陈希烈等投降安禄山；一说指一部分官员追随太子李亨到灵武。姚范《援鹑堂笔记》云："谓群臣之向灵武而背上皇，杜子美所谓'攀龙附凤'者也。"

⑤"抚军"二句：统率军队，守护国家，这是太子本分的事，何必急急忙忙地称帝取天下呢？这里指玄宗逃至马嵬坡时，留太子李亨讨贼。李亨在朔方招募士兵，天宝十五载七月，未经玄宗同意，就在灵武登皇帝位，是为肃宗。尊称玄宗为"上皇天帝"。上句出《左传》，里克曰："太子君行则守，有守则从。从曰抚军，守曰监国。"趣（cù）：匆忙、急促。大物：指国家。《庄子·天下》："天下，大物也。"

⑥ "事有"二句：平治祸乱，本是非常困难的事，幸得老天爷保佑罢了。那位"上皇"终于局蹐不安地返回京城。事有至难：用《中兴颂》原文："事有至难，宗庙再安。""事"，指讨平安史之乱。局蹐：《诗经·正月》："谓天盖高，不敢不局；谓地盖厚，不敢不蹐。"意思是说，天是那么高，却不敢不弯着腰；地是那么厚，却不敢不蹑起脚。这里形容唐玄宗受儿子肃宗所制，无法舒展的样子。

⑦ "内间"二句：在宫中，要看张后的面色是否同意；在宫外，要听"李父"的颐指气使。这里写唐肃宗的昏懦无能，大权旁落到皇后、宦官的手里。张后：肃宗的皇后，与李辅国勾结，干预政事，牵制肃宗，后来被废。李父：太监头子李辅国，势力很大，肃宗至德二载（757）被封为郕国公，宰相李揆也要执子弟之礼，称他作"五父"。颐指挥：不说话，而用面部的表情来示意指挥。写李辅国不可一世的倨傲神气，以表现李的权势气焰。

⑧ "南内"二句：上皇在宫中南内，凄凉地苟且偷活；高力士被流放后，事势就更危急了。南内：宫城的南边。玄宗自蜀回京，初住南内兴庆宫。李辅国怕他复辟，与张后合谋，迁玄宗到西内软禁。诗云"南内"，疑山谷误记。高将军：宦官高力士，玄宗的心腹，曾任骠骑大将军，封渤海郡公。玄宗受幽禁后，高力士被李辅国诬陷，流放到巫州（今重庆巫山县），玄宗处境就更艰难了。

⑨ "臣结"四句：臣子元结，在舂陵上书献策；臣子杜甫，见杜鹃再拜作诗。谁知道忠臣入骨的悲痛？世人光是欣赏那优美的文辞。臣结：指元结，曾任道州刺史（道州，舂陵故地，今湖南道县），写过《道州谢上表》《再谢上表》，述说在代宗广德二年（764）在任所见到的情况："城池井邑，但生荒草；登高极望，不见人烟。"建议皇帝"精选谨择"

官员,"特加察问,举其功过,必行赏罚,以安苍生"。他还写了有名的诗作《舂陵行》,揭露统治阶级的横征暴敛,同情人民的疾苦。宋人袁文《瓮牖闲评》曰:"任渊解黄太史诗,改《磨崖碑后》诗'臣结春秋二三策'一句作'臣结舂陵二三策',引元次山《舂陵行》为言,此固一说也。然余亲见太史写此诗于磨崖碑后者,作'臣结春秋二三策',讵庸改耶?"臣甫:指杜甫。其《杜鹃行》云:"君不见昔日蜀天子,化为杜鹃似老乌。""虽同君臣有旧礼,骨肉满眼身羁孤。"对玄宗失位表示哀伤。又有《杜鹃诗》:"我见常再拜,重是古帝魂。"琼琚:美玉。诗中比喻元、杜文辞之美。

以上十六句评论玄宗、肃宗两朝的政事,对皇帝的昏庸和愚蠢作出深刻的批判。

⑩"同来"二句:一同来游的还有六七个和尚,也有几位文士相随。黄䎖《山谷先生年谱》载:"先生有真迹石刻,题云:崇宁三年己卯风雨中来泊浯溪。进士陶豫、李格、僧伯新、道遵同至中兴崖下。明日,居士蒋大年、石君豫、太医成权及其侄逸,僧守能、志观、德清、义明,崇广俱来。又明日,萧衮及其弟襄来。"

⑪"断崖"二句:久久地对着断崖,站在青苔上,一阵暴雨打来,为我们洗掉前朝的悲思。"前朝悲"三字,微露作者的本意。前朝,正是今朝之鉴。诗人看到北宋的统治集团,醉生梦死,毫无远见。宋徽宗的愚蠢无能有甚于唐玄宗,金人的狼子野心更过于安禄山。崇宁年间,朝廷重用蔡京等奸人,弄得民怨沸腾,国事日非。作者感到不安和焦虑,但又不能直接说出来,只得采用这种曲折隐晦的手法。涷(dōng):暴雨。《楚辞·九歌》:"使涷雨兮洒尘。"

太平寺慈氏阁

青玻璃盆插千岑,湘江水碧无古今①。何处拭目穷表里?太平飞阁暂登临②。朝阳不闻皂盖下,愚溪但见古木阴③。谁与洗涤怀古恨?坐有佳客非孤斟④!

[题解]

来到永州,自然会想起曾流寓此地的元结和柳宗元。这两位忧国忧民的诗人,平生郁郁不得志,屡次被排挤、贬斥。山谷从他们身上寻到与自己相似之处。

[注释]

①"青玻璃"二句:在青玻璃盆似的江水中,倒映着千百奇峰;清清的湘江水,千秋万代,不息奔流。岑:小而高的山峰。无古今:无古无今,千古如此。

②"何处"二句:到哪儿去擦亮眼睛,看尽山河的里里外外呢?在太平寺的高阁上暂且登临吧!

以上四句写登慈氏阁所见,起得很有气势。

③"朝阳"二句:如今,在朝阳岩下,再也听不到太守车马的到来;在愚溪边,只见到高大的古树,绿叶荫荫。这里写怀念元结与柳宗元。朝阳:元结《朝阳岩铭》:"泊舟寻之,得岩与洞,此邦之形胜也。以其东向,遂以'朝阳'命之"。皂盖:黑色的车盖,太守所用。元结曾任舂陵

太守。愚溪：本名冉溪。柳宗元《愚溪诗序》："灌水之阳有溪焉……余以愚触罪谪潇水上，爱是溪……家焉，更之为愚溪。"柳宗元曾被贬为永州司马。

④"谁与"二句：谁跟我一起用酒来洗涤那怀古的幽恨呢？在座中有好客人，我并不是孤独地自斟自饮的！末两句收束得较平庸，少余味。山谷不少诗中都有这个缺点。佳客：指同游者。山谷原注：晚与曾公衮同登。

宜阳别元明用"骱"字韵

霜须八十期同老，酌我仙人九酝觞①。明月湾头松老大，永思堂下草荒凉②。千林风雨莺求友，万里云天雁断行③。别夜不眠听鼠啮，非关春茗搅枯肠④。

[题解]

崇宁三年（1104）五六月间，山谷到达宜州贬所。十二月二十七日，元明自永州与唐次公来宜阳探望老弟，共度春节。第二年一月六日，山谷与诸人在十八里津饮饯元明，写了这首凄恻动人的诗篇。

[注释]

①"霜须"二句：我多么希望，老兄弟俩都能须发如霜，一同活到八十岁。喝点儿仙人用九次酿法制成的仙酒吧！山谷自注："术者言吾兄弟皆寿八十，近得重酝法甚妙。"术者，算命、看相等迷信职业的人。宋人范公偁《过庭录》载："一相士黄生，见鲁直，恳求数字取信，为游谒之资。鲁直大书遗曰：'黄生相予，官为两制，寿至八十，是所谓大葫芦

种也。一笑!'黄生得之欣然。士夫间莫解其意。先祖见鲁直,因问之,黄笑曰:'一时戏谑耳。某顷年见京师相国寺中卖大葫芦种,乃背一葫芦甚大,一粒数百金。人竞买,至春种结,乃瓟(指普通的葫芦)尔。'盖讥黄术之难信也。"可见山谷本来对这位术者"乱放葫芦"就不相信。诗中点出"霜须八十"四字,更见山谷兄弟亲爱之情。"重酘法",即双蒸酿酒法。诗句表面似乎很乐观,祝愿两人长寿,实际已含无限的感怆。期同老:只是聊以相慰罢了。山谷就在这年九月逝世,才六十一岁。酌:斟酒,饮酒。九酘:指多次蒸酿。酘:酿酒。

②"明月"二句:在修水的明月湾头,祖墓前的松树早已长大;在双井的永思堂下,长满了野草,一片荒凉。两句想象家乡的情景。兄弟离乡已久,故园无人料理。明月湾、永思堂都在故乡双井祖墓附近。

③"千林"二句:你看,万千树林里,尽管是风雨连天,黄莺还在声声呼唤着朋友,但在无边的天空中,乌云低压,惊雁断了行列,无法相顾。两句诗意悲怆。任渊注:"言鸟犹求友,而我独与兄别也。"

④"别夜"二句:在离别之夜,睡不着觉,听着老鼠嚼食的声音,并不是因为喝了浓茶,搅乱了枯肠啊!写彻夜无眠的情景。末句不直接写别绪难堪,而用否定句表明正意,更有余味。啮(niè):咬。春茗:春天摘的茶叶嫩芽。

这首七律,语言洗练,感情深挚,尤其是中间两联,虚中有实,实中有虚,既是想象之词,又是实际之景。真的能达到"骈枝尽去,而尘垢都捐,华逝而实存,滓去而沈在"的艺术高境。

附录

黄庭坚年谱简编

黄庭坚,字鲁直,自号山谷道人,又号涪翁,宋代洪州分宁人。父黄庶,庆历年间进士,摄知康州。

宋仁宗庆历五年乙酉(1045)　一岁

六月十二日生于洪州分宁县修水故居。

皇祐三年辛卯(1051)　七岁

幼年即有警悟之名,世传七岁作《牧童》诗。

皇祐四年壬辰(1052)　八岁

别集中有《送人赴举》诗云:"送君归去明主前,若问旧时黄庭坚,谪在人间今八年。"

嘉祐四年己亥(1059)　十五岁

游学淮南。

嘉祐六年辛丑(1061)　十七岁

从其母舅李常(字公择)游学淮南。孙觉(字莘老)爱其才,以女嫁之。

嘉祐八年癸卯(1063)　十九岁

应试,始贡于乡。

宋英宗治平元年甲辰(1064)　二十岁

以乡贡进士赴礼部试。

治平三年丙午（1066）　　二十二岁

　　秋，再赴乡试。以第一名贡于乡，受主考李询称赏。

治平四年丁未（1067）　　二十三岁

　　春，赴礼部试。登第三甲进士第，调汝州叶县尉。

宋神宗熙宁元年戊申（1068）　　二十四岁

　　赴叶县尉。九月到汝州，因迟报到被镇相富弼拘留。

熙宁二年己酉（1069）　　二十五岁

　　在叶县。河北大灾，作《流民叹》以哀之。

熙宁三年庚戌（1070）　　二十六岁

　　在叶县。七月初二日，元配孙氏去世。

熙宁四年辛亥（1071）　　二十七岁

　　在叶县。忽忽不乐，有怀归之意。

熙宁五年壬子（1072）　　二十八岁

　　参加学官考试，试中，任北京国子监教授。留北京八年。

元丰元年戊午（1078）　　三十四岁

　　在北京。始寄书苏轼，并上《古诗二首》。苏轼报书和诗。苏、黄自始订交。时多从岳父谢景初游。

元丰二年己未（1079）　　三十五岁

　　在北京。二月十二日，继室谢氏去世。

元丰三年庚申（1080）　　三十六岁

　　春，入京师。罢北京教官后赴吏部改官，得知吉州太和县。秋，到江南赴官，途经舒州，游三祖山山谷寺石牛洞，乐之，因自号山谷道人。途中作诗多首以写山川之胜。

元丰四年辛酉（1081）　　三十七岁

在太和。

元丰五年壬戌（1082）　　三十八岁

在太和。四月，下乡访察民间疾苦。

元丰六年癸亥（1083）　　三十九岁

在太和。十二月，移监德州德平镇。返乡。

元丰七年甲子（1084）　　四十岁

春，过扬州、泗州赴任。夏秋间到官。

元丰八年乙丑（1085）　　四十一岁

春，在德平。四月，以秘书省校书郎召。六七月间到京师。

宋哲宗元祐元年丙寅（1086）　　四十二岁

在京师秘书省。十月，除《神宗实录》检讨官、集贤校理。与苏轼、张询、晁补之、张耒、钱勰、邢居实、谢惊等游，唱酬颇乐。

元祐二年丁卯（1087）　　四十三岁

在史局。正月，为著作佐郎。

元祐三年戊辰（1088）　　四十四岁

在史局。春，苏轼知贡举。黄庭坚、晁补之、李公麟等皆为其属。在试院中题画唱和。

元祐四年己巳（1089）　　四十五岁

在史局。夏，苏轼出知杭州。黄庭坚与王长原诗跋云："年来头眩，不能苦思，因以废诗。"兼无诗伴，作诗遂少。

元祐六年辛未（1091）　　四十七岁

在史局。三月，进《神宗实录》，为起居舍人。以中书舍人韩川有言，诏行秘书省著作佐郎。六月，母李夫人逝世。

元祐七年壬申（1092）　　四十八岁

　　正月八日，护母丧抵家。持丧一年。

元祐八年癸酉（1093）　　四十九岁

　　二月，葬母于台平祖域。九月，服除。

绍圣元年甲戌（1094）　　五十岁

　　春，授知宣州、鄂州，皆未赴。六月，管勾亳州明道宫，命于开封府界居住，就近报国史院取会文字。哲宗亲政，斥逐旧党。十二月，谏官上疏："实录院所修先帝实录，类多附会奸言，诋熙宁以来政事，乞重行窜黜。"遂贬官涪州别驾、黔州安置。

绍圣二年乙亥（1095）　　五十一岁

　　正月，与兄黄大临赴贬所。四月二十三日，达黔州，寓开元寺摩围阁。秋，弟黄叔达携亲属往黔。大临别去，兄弟和答诗意怆恻。

绍圣四年丁丑（1097）　　五十三岁

　　在黔南。

元符元年戊寅（1098）　　五十四岁

　　春，在黔南。三月，外兄张向提举夔州路常平，以避亲嫌故，移戎州安置。六月，抵戎州。寓居南寺，后僦居城南。

元符二年己卯（1099）　　五十五岁

　　在戎州。与黄斌老酬唱。

元符三年庚辰（1100）　　五十六岁

　　春夏，在戎州。三月，弟叔达归江南，在荆州去世。五月，宋徽宗即位。复宣德郎，监鄂州在城盐税。七月，自戎州至眉州青神探望姑母。十月，改奉议郎，签书宁国军节度判官。十一月，自青神返戎州。十二月，发戎州。

宋徽宗建中靖国元年辛巳（1101）　　五十七岁

三月，至峡州，改知舒州。四月，到荆南，寓居至冬尽。是年心情较佳，作诗颇多。有《病起荆江亭即事十首》感慨政局，怀想平生故友。七月，苏轼卒于常州。

崇宁元年壬午（1102）　　五十八岁

正月，发荆州，返家乡分宁。探省兄大临于萍乡。五月，至江州与家人相会。六月初九日，领太平州事，九日而罢。八月，复至江州。九月，至鄂州寓居。是年诗，多伤悼苏轼之作。

崇宁二年癸未（1103）　　五十九岁

在鄂州。管勾洪州玉隆宫。转运判官陈举承执政赵挺之风旨，摘庭坚在荆州所作《承天院塔记》数语，以为幸灾谤国。遂谪宜州。十二月十九日，自鄂州赴贬所。

崇宁三年甲申（1104）　　六十岁

春，过洞庭湖，经潭、衡、永、全、桂等州。作《书摩崖碑后》诗。夏，抵宜州。十二月十七日，兄大临到宜州。

崇宁四年乙酉（1105）　　六十一岁

在宜州。一月六日，于十八里津饯别兄大临。有《宜阳别元明用"觞"字韵》诗。九月三十日，在宜州贬所逝世。